U0902238

青春祭

Q i n g c h u n J i

张曼菱 作品

四川人民出版社

图书在版编目（CIP）数据

青春祭/张曼菱著．—成都：四川人民出版社，2017.11

ISBN 978-7-220-10309-4

Ⅰ.①青…　Ⅱ.①张…　Ⅲ.①中篇小说-小说集-中国-当代　Ⅳ.①I247.5

中国版本图书馆 CIP 数据核字（2017）第 207832 号

QINGCHUNJI

青春祭

张曼菱　著

责任编辑	唐　婧
封面设计	张　妮
内文设计	戴雨虹
责任校对	韩　华
责任印制	祝　健
出版发行	四川人民出版社（成都槐树街 2 号）
网　　址	http://www.scpph.com
E-mail	scrmcbs@sina.com
新浪微博	@四川人民出版社
微信公众号	四川人民出版社
发行部业务电话	（028）86259624　86259453
防盗版举报电话	（028）86259624
照　　排	四川胜翔数码印务设计有限公司
印　　刷	自贡华华广告印务有限公司
成品尺寸	145mm×210mm
印　　张	10.75
字　　数	214 千
版　　次	2017 年 12 月第 1 版
印　　次	2017 年 12 月第 1 次印刷
书　　号	ISBN 978-7-220-10309-4
定　　价	42.00 元

目录

青·春·祭

有一个美丽的地方

有这样一个地方，那里四季郁郁葱葱，遍地是涓涓的清流。

多年以前，在鞭炮和锣鼓声中，列车载着我们离开了自己的城市。

从火车换乘大卡车，从一个城里出来的大群被分成了小群。一种失落的感觉越来越强……汽车绕过峡谷，忽然，有一个轮子滑下公路。车身猛地一震，我们几乎要被簸入深谷。车上一个女孩子突然喊叫起来：“司机，翻车吧！我们不活了！”

我有点诧异。我从没有绝望。每逢停车，我都用手绢在山泉里洗洗风尘。她的喊叫给了我一种悲惨的实感。也许，一切比我想象的更可怕。

在那青山绿水之间，我忽然看到一个深邃幽暗的峡谷，像一张要吞噬我的大口，在等着我。

在县革委门前的场地上，早已云集着许多马车、马帮。主人们有的蹲在那里用舌头舔着薄薄的纸片做烟卷——后来我们的男同学几乎都学会了抽本地烟；有的在井台上磨一把匕首——在山寨生活中它是这样的实用、漂亮，知识青年们很快就弄到了这种匕首，一种新的身份的象征。

我们三五成堆地和自己的行李站在一起，由几个县干部拨拉着，分给一个个威严的马车和马帮首领。他们那黑色的脸膛、奇异的装束、当家的气派，使我暗自把他们称作古代的部落首领。

我们又再次被分成了更小的群，踏上更加细小和崎岖的道路。

马铃铛在幽谷里响着。对面山上青烟袅袅。有一队马帮在就地做饭。对面山道上，几个知识青年也在眺望。我们隔着山谷挥手，然后各奔前程。那个大喊“翻车”的女孩好像也在其中。

黄昏时分，这队人马到了目的地。我命定要在那里经历种种悲欢离合的小寨，隐藏在竹林之中。在一百米之外，我还没发现它的存在。狗吠声，缭绕于竹梢的缕缕炊烟，使那沿途伴随着我们的热带鸟的长鸣声减弱下去。走过小路的最后一个拐弯，密集的竹丛豁然开朗。

在空地上长着一些大树。它们一棵离一棵很远。那虬伏在地面上的粗大的根茎，像终生劳作的老人苍劲的手指。而那浓郁青翠的巨伞形的绿枝，却充盈着青年人的炽热的生命力，遮天盖地，无休无止地滋长。

夕阳在大树中间投下金子般的光斑。有一棵树上缠绕着十几条红布带。它裂开的树皮像一道伤口，正在流出鲜红的血样的树液。这就是龙树。如果有一天它拔地而出，化为五爪金龙飞入云霄，霹雳暴雨就会随之而起，把这个江畔的小寨淹没。每当人们发现大树中的一棵忽然流血，就立刻用红布条把这条正在蜕变的龙给拴住。

在最初的夜晚，这些不得飞升的巨龙曾带给我多少恐怖啊！当我外出归来，手电的微光总把我引离了小路，于是那地上的龙爪便阻挡着我的脚步。停留在树根上的磷火，被人惊起，张皇地、一飘一飘地窜过树林，往田野上空飞去。滴答！滴答滴答！几粒圆圆的果实打在我的肩上。

“谁？是谁？”

我喊了几声，几乎透不过气来。没有人答应，只听见一阵雨点般的声音，又是一片小果子向我投下。

月光似乎一下子分明起来。我正要向亮处走去，忽看见月光中出现了一个怪物，长大漆黑，好像大狗熊。它向我招招手，还发出“唔唔呀呀”的声音来。

野兽？坏人？特务？

我抢上小路，头也不回地跑回寨子。

第二天，那个面容温良的、总是细心地照应着我的小普少[1]娃宝来找我，交给我那支失落的手电。是布比叫她来的。布比？就是那个放牛的老哑巴？他鬓发苍苍，身体粗壮，总是赤着紫铜般的背。谁也说不准他的年龄。他没有家，只有一个老姐姐嫁到江下游的外国去了。

原来是他，是他吓坏了我。娃宝说他去找牛，可我不要听。我觉得他是故意埋伏在那里吓人的。我不理他。当我看到恶作剧的孩子溅水在他身上，或是向他扔小石头，把牛群赶散，害得他跑来跑去地吆牛，我并不制止。娃宝总是跑上去呵斥、怒骂，有时给小孩们一巴掌。

我们站在寨子的公房前，每个人守着自己的行李，被人们围观着。

孩子们挤在竹篱上。我一朝那边望，他们就轻声地哄笑着，"哗"地又挪个地方。不看他们了，他们又在轻轻地叫唤着。这些细小的穿着筒裙的身子，有浅黑的脸色，戴着项圈还戴了耳坠。

有位老人在路上来回地敲铓锣，一面喊着傣话。后来我才知道，他喊的是："知识青年来了！毛主席给我们送姑娘儿子来了！"

政府的政策常常在语言翻译中被重新创造。知识青年向

---

① 普少：傣语，姑娘。

社干部请假，他会说：“最高指示，伟大领袖教导我们：农民没有星期天。”但如果你真有事，他也就忘了这条“最高指示”。

“毛主席给送姑娘儿子来了！没姑娘的来领姑娘，要儿子的来领儿子。”在许多地方宣传的都是这两句话。寨子里那些戴黑包头的老奶奶，拉着知识青年悄悄地问：“爸爸、妈妈有哇?”我们被当成了孤儿。

一个年纪稍长的女学生，被一个四十多岁的汉子领了回去。这一家刚死了妈妈。父亲让孩子们来叫“大姐”，然后拿出一串钥匙交给她，说：“妈妈没有了，就是大姐管家。这是谷仓，这是红糖、白酒、烟叶，这是钱、布票……”

一个男生分到了一双年轻夫妻家。那个血气方刚的汉子指着牛栏说：“兄弟，这条小牛是你的。等大嫂帮你喂大了，你就使它吧。”

他们对这些突然加入傣寨生活的汉族男女没有怀疑。他们以为我们将在这块土地上长住下来，传宗接代。

围观我们的人群让开了，那些有资格挑选我们的人走到跟前来。小孩子们也一下子鸦雀无声。“首领”带着他们。走到我身边的时候，“首领”皱了一下眉，指着屋檐下对我说：“你到那边去。”

人很快就分完了。小孩们看见自己家领了一个，就欢呼雀跃着离开伙伴，跑去帮拿东西，回头向孩子群用傣语喊：“我们家的！我们家的！”那些自己家里没领人的孩子，便三三两两地跟着别人。

我担心，“首领”是不是把我忘了。同时，发生了一种牵强而又自然的联想：我父亲已经被送到远离城市的地方去了。他的作品被批判。母亲在临别时叮咛我：“千万自己小心，你跟别人不一样……”

我跟别人不一样。

“首领”来到我跟前，没有再看我一眼，就一把扛起我的行李包。这是个五十多岁的瘦削男子，长脸，中等个，裸着的脚杆和手臂像青铜一样发亮，穿着布扣繁多的傣家衣裳。他眼睛有鹰的特征，总向前方凝视。

“首领”头也不回地在前面走，只在转弯的路口停一下等我。寨子里都是青石板铺路。每家都有院子。完整的傣家院落分为前院后院，带着牛栏、水井、菜地和果园，有的人家还把小河也圈进去一部分。

在小河里洗衣服，直到穿破，褪色，也显出一派皎洁，从不发乌泛黄。有什么在小河里洗不干净的啊！小河水总是这样的清亮。

“首领”的家就是这样一座“田园城堡”。

傣家陈设简朴，四壁空空，随时洒扫。丰饶的大自然培育了他们无牵无挂的天性。他们不善积攒，有了余款常是卷成一卷塞在瓦罐、墙缝里。往往竹楼起火，就烧得一文不名。然而，在傣乡看不到叫花子。老辈人说，早些年间，这里更是地广人稀，稻米种出来，不及收获，就让它一片片烂在田里，所以土地十分肥沃。傣家的大米饭晶莹剔透，自己冒油，好像人们需要的一切营养都在里面了。

吃得傣家的菜，住得傣家的寨。傣家口味以酸为主。酸醋、酸笋、酸菜、酸果……种种的酸，可以杀菌解暑。

收工回来，男人提回来犁田捉的黄鳝、泥鳅，女人从小竹箩里倒出拾来的田螺。黄鳝甩进灶膛，在灰里“砰砰”地跳。螺蛳带壳煮。这些奇特的吃法令城里人骇异。多数知识青年只吃在城里吃过的扁豆、瓜茄之类。

也许是我的好奇心特别强，我急切地想进入这个新鲜的世界。另外，在那个人口简单的家庭里，我不忍违背那位高龄老奶奶的美意，也不愿扰了大爹的口味。我怀着一种热情扑向盛在瓦钵里、土碗里的各式难以分辨的菜肴。

劳动、流汗，带来好胃口。我也和小普少们一样采水芹，拾田螺。不久，我已经特别喜欢吃这些菜。我觉得神清目朗，开始时那种皮肤发痒，体温升高的“水土不服”症候消失了。

“首领”叫我称作伢[①]的，是他的母亲，一位黑瘦的老奶奶，她像一棵枯干的老树，好像连走路都会发出“吱吱”声，使人担心它会折断。她已经八十多岁，不通汉语，耳朵也聋

① 伢：傣语，奶奶。

了。她是这个家里唯一的女性，还在厨房里劳作。

她穿一身黑布裙，使我想起童话里的老巫婆。可是不久，她那慈蔼的黯淡的目光，和她那一双干枯得像秋天的树枝的手，却使我回到了遥远的童年：

早晨，母亲把早点给我包好。阴天，把雨衣放到我书包里，还有一个梨或是一个橘子。但母亲忙于她的教书工作，她让我安静，甚至叫我到屋子外边去的时候也多。每学期我送上自己的成绩单。母亲漫不经心地看着，因为上面全是“优秀”。如果我没有拿到第一，母亲表现出一种淡淡的不悦，那是最刺激人的。

而伢却已是一位走在人世边沿上的极老的慈母了。她总是坐在那空旷的堂屋前，把草墩倚着柱子，守着饭菜已毕的厨房，等着我们。每当我推开院门，总觉得院里洒满了落日的余晖。

大爹说，自从我来家后，伢的精神好多了。我问，伢喜欢什么？大爹说，人太老，什么都不需要了，伢就喜欢我在家。大爹叫我做什么尽量在家里，在伢的眼跟前。要找伙伴玩，就约她们到家里来。

当我第一次把几个同学带到家里来时，伢默默地走进堂屋，“哗”地把一簸炒焦的带壳花生倒在我们围坐的桌上。当大家向她道谢时，伢已经没有应答的精力。她毫无表情地退下了。

我爱和伢在一起相处的短暂的日子。冬末春初，天天都那么晴朗，空气鲜洁得像可以吞下去。清冽的泉水洗得人面如朝霞。我觉得每一天的气候和景物都像是为盛大的节日准备的礼品，我真不忍心把它当作普通的时日。难道将来也总是这样吗？

我们往往以为凝固不动的那些日子，其实只是人生的瞬间片刻。那时候，我和伢都以为我们会长久地厮守下去。

有一次，我看见伢站在院子里，用手摩挲着我晒在竹竿上的一件花衬衫。她珍爱地看了又看，又慢慢地走进厨房里去。

大爹，就是“首领”。自从他把我领回家，说“你就在大爹家了”时，我就开始叫他“大爹”。大爹是合作社社长。这个地方是“九大”以后才公社化的。大爹只有一个儿子，在山上给社里烧窑。当孩子还小的时候，大妈就“打摆子”死了。堂屋墙上的弯刀、猎枪，使我构想出一个青年猎人的形象。我觉得他腰里一定有一块虎皮，像古代的武士一样。

从我来后，家里的用水都是我挑。早晚各三趟。

竹槽引来山泉。青石砌了长方的池，搭着草棚。井边是女人们的天地，普少们、小媳妇们在那儿交谈几句，约定一块儿赶街，或打听出工干什么活。有时外寨的小普毛[①]到泉边来候他的意中人，大嫂们就坐在一边玩笑，让他把每个人的桶都打满水。大家挑水回家时，就去帮他叫人。

---

① 普毛：傣语，小伙子。

挑水是女人的事。小普少和年轻媳妇们，累死也不能让家里的男人出去挑水。挑水的男子总被人议论、可怜或讥笑，因为那说明他家的女人病了、生孩子，或是吵架回娘家了。

大爹原来却一直是长年地挑水。人们说，他总是天不亮就到泉边去，只要见到一个女人的影子，他就站到路边的树后头去。

挑水使我成了家庭的一员，成了傣寨的一员。早晨，我晃悠着水桶出门。大爹站在台阶上用一副当家人的神情漫不经心地看着我。当我担满水进门时，他只是略略走开，给我让路。伢已经把水缸盖打开，正坐在灶旁翻弄着烤糍粑。家庭里静寂无声。家庭里充满了愉悦。

大爹一字一板地说："今天出工去打坝，你不会搞，挑畚箕去吧。"他指指地上一双新编的、带着青色竹皮的畚箕。

伢给我小竹箩里放进芭蕉叶包好的午饭和几根芭蕉。

伢又把热乎乎的裹着蜂蜜的糍粑递在我手里，指着门，催我该走了。

每年冬闲，傣寨都要去把所分的一段江堤加固。在清波浅退、白沙片片的大盈江边，漫长的江堤是一条高耸的林荫路。江堤上整天都像凉爽沁脾的早晨一样，在那儿干活不觉累。

"打坝啰！"第一天打坝像过节一样，孩子们也跟着去玩，顺便拾点干树枝。普少们边走边哼哼唧唧地唱着，她们带着害羞的神情唱汉族歌曲。

火红的高大的攀枝花映入蓝莹莹的天空。妇女们在花下站住了。一个在旁边原野上抓田鼠的小孩被叫了过来。他摘下竹笠，赤脚一蹬一蹬，蹿上树去了。

一枝枝攀枝花像一把把火焰从空中投下来。惊呼，欢笑。少女、小媳妇和老太婆们立刻扑了过去，往地上抓，往空中抓。表示三种身份的三色衣服交织起来，乱成一团。年轻媳妇敏捷地截走了小姑娘快到手的花枝，不顾一切的少女把老婆婆擎着的花枝掐走一段。

这突然展开的热烈场面吸引了我。平时，傣寨的长辈都有驱使普少普毛的权力。在这场鲜艳的花雨中，她们之间是这样平等。

那些得了花的人胜利地站在一旁呐喊助威。在戴花之前，争夺就是一种欢乐。我面对着一个青春旺盛的民族。我虽才十九岁，却已带着一种暮气。

我也爱花。母亲窗台上有只景泰蓝花瓶，总是由我去换水添枝。可是，城里人从来也没有想过用鲜花来装扮自己。从上学起，我的小辫上就只扎过橡皮筋。我非常顾虑被师长们看作是会打扮的女孩。人们曾经用一种“不美”就是“美”的理论教育我们。我常常无缘无故地反复洗一件新衣服，希望它显得陈旧些。

而今面对这空中降花的奇观，我只是好奇地观望着，胆怯地拾一两枝没人要的小花。

小孩在树上顾盼着，挑选着。他小得像一只金丝猴。下边的一伙只是拼命地叫："安虎，那枝，再过去，那枝！上头，上头！……"他踩着颤抖的细枝，忽上忽下，忽左忽右。

当她们都气咻咻地理着鬓发，整着衣裙，把火红的花枝装戴起来时，"啪!"最后一枝花扔下来，安虎抱着树干往下滑了。

又一阵惊呼声被激起来，这是仿佛鸟鸣一样没有固定语气词的惊呼。最后的这枝花非常繁茂，好像闪光的鲜红绸缎。花朵奇大，与众不同，好像花中的公主。立刻就有几个人抛下手中的花枝重新冲上去。花枝一下落在两个人的手中：一老一少，身材和面庞都一样。两人怒目而视，都不松手。穿一身黑的老大妈牢牢地握住了花的主干，穿白上衫和孔雀蓝筒裙的少女抓住了枝上最夺目的几枝花。

人们哄笑着：

"碧郎，使劲!"

"咩碧郎（即碧郎母），抓牢啊!"

猛地一下，咩碧郎夺去了整枝花。

人们哄地大笑。碧郎冲上去，朝着她母亲落下的一块大披巾，狠狠地跺了一脚。大伙又笑。咩碧郎骂骂咧咧地上来拾起披巾，拍打着尘土。碧郎生气的杏眼里才露出一丝解恨的笑。她望望小普少们。猝不及防地，她的目光碰见了我的目光。我正呆呆地看着这一幕。她从我的眼中也许看出了惊异。她哼了一声，回过头去和别人说话。她非常傲气，也很美丽，丰满鲜艳，在小普少中就像一位公主。

碧郎她们，正是傣家女儿长得最好的一代。按照传统美的要求，她们用一根宽布带裹住腰肢，小普少个个出落得苗条浑圆，婀娜有力。传统的傣族女子，前胸要用一块布紧紧地绷起来。碧郎她们却解放了自己。

碧郎的杏眼、丰唇看来十分温柔，骨子里却是活泼泼的，热辣辣的，顽皮捣蛋，毫不容情。打坝时，她用泥块和小普毛开仗，把人家雪白的衬衫弄一块污泥。她却一点不抱歉，笑得眼泪都出来了。

小普少飞扬跋扈，作弄小伙伴，使唤小伙子，目无尊长，也就是那么几年的黄金时光。在得意中，她们又掩盖不住迫切想出嫁的心情。可是等到她嫁了人，再没有谁宠她、怕她了，人人都使唤她。槟榔染黑了牙齿，少女变成了大嫂。每天傍晚，再不能到龙树下唱歌了。

当碧郎欺负得我无奈的时候，我常常巴望她快点出嫁。

只给我评了六分，说等我学会了农活，再提升。娃宝她们都是八分，而碧郎评了十分，成为普少组的“标兵工分”。在那闹哄哄、昏暗暗的公房里，只有会计的桌前放一盏汽灯。评到碧郎的时候，一说“十分”，大伙都叫：“同意哇!”有一个小普毛的声音高叫着：“夯里呢!”

“夯里”就是好看。好看也能评二分吗?

我打不惯赤脚，也找不着出工和回家的路，遇到那种独竹小桥，还得娃宝先过去了，又转来接我的担子。

打坝完了是打绿肥。碧郎她们爬上树去砍绿枝，几下就装满了筐，然后就去摸小鱼，找野菜。我上不了那刺棱棱的树，摘些她们拣剩了的树叶，遍地去割青草。

有一次我捡到了一大枝绿叶，挺神气地装了满筐。会合的时候，碧郎看了我的筐一眼，说："这种树叶要不得!"为什么要不得？沤到田里难道不是有机物？可是小普少们谁都不帮我的腔，只含着笑。

娃宝过来帮我倒光了箩筐，说："耶弄[①]，还有一大阵呢，我帮你找。"看来碧郎是对的。我真可怜！

后来，当我成了这一带小普少中的栽秧能手，一下田，人们都让我去插最里边的一路时，我才抬起头来，也和人们嬉闹，也调皮，并且扯开嗓子唱"刘三姐"，唱"洪湖水"。当人们在公房里评我"十分"时，又是那个调皮的小普毛说了一句："唱歌团木里!"（即好听）人们哄笑着喊："同意哇!"我不由偷看了碧郎一眼。

然而，碧郎可以鄙薄我的地方还很多。

一天夜里，我从乡里取信回来。当我踏着那座吱吱响的小竹桥走到河中间时，忽然看见一个奇怪的人站在对岸，个子特别高大，举着一只手，僵直地站着。我一时惊住了。我冲了过去，回头看看，他还在那儿。我鼓着劲走近他，啊！是一棵被砍过的树，砍得非常像人形。

---

① 耶弄：傣语，大姐。对女孩子的尊敬。

一刹那月光分外地明，小径、小草都显得清清楚楚。两行冷冷的泪水从我颊上流过。

第二天出工，我却打消了追问这件事的念头。在白日的阳光下，昨夜的感觉变得可笑。

但在碧郎不时瞟过来的机灵的目光下，我却好几次别转了脸。碧郎笑嘻嘻地挨近我，问："耶弄，你昨夜什么时候回来的？路上遇见人了吗？"

也许我的脸涨红了，小普少们哈哈大笑，说："耶弄，你跑了没有？你心跳了吧？"

娃宝狠狠地瞪了几个笑得最响的小普少一眼，说："耶弄，她们太调皮了，你别跟她们生气。等收谷子守场的时候，我帮你吓唬她们。"

娃宝，眼睛细细的、身段苗条的娃宝，我觉得她像京戏里的小旦，然而这却不甚合傣族对女孩儿的审美观。瓜子脸的总是含笑的娃宝被公认在碧郎之下。哎，谁知道我们就不能再在一起割谷打场了呢！

在栽秧的大田旁，小普毛们的自行车由远而近。小普少们忙乱起来。她们甩了秧把，跑到沟边，用清水洗净手脚，从围腰里取出小圆镜和"百灵"雪花膏盒，一面照一面往脸上抹。动作快的已经跳上高田埂，用尖溜溜的嗓子喊起来，迎接那些普毛，把他们截住。否则，他们也许就到下一段去了。

沿着大路，都是栽秧的小普少。十几公里长的公路，从江堤直达街子。到公路边来栽秧的日子，她们全不顾泥水，都穿上了漂亮的粉蓝、粉红、粉白的衣裳。

学校里的女孩子总要掩饰想吸引别人的心理，小普少们却大张旗鼓地竞赛，迫切地想招人喜欢。用含笑的眼望着远处来的小普毛，几个人窃窃私语，兴奋得脸红红的。她们完全投入了自己热烈的情绪。

我手捏秧把，一边栽，一边偷看她们。在这里最尴尬的是我。我往田埂边一靠，不想干了。

“干哪，干哪！”负责的大妈喊我。

“她们也不干啊！”我指指那欢乐的一群。

“她们对歌哩！你对不对？……”

大嫂们都笑了。她们都享受过这个权利。

我却为这句玩笑话心跳了，一时连望也不敢朝那边望。我从来没有想过要去爱一个走到我跟前来的男孩子。爱情对于我总是在书上、在诗中。男孩子们对于我一直还都只是“同学”。

收工的路上，小普少们顾不上理我，都走到一边去议论刚才的小普毛们。互相打趣，耳语着，笑闹着，猜测着，寄予着希望：也许明天，小普毛们还会来。也许“关秧门”的时候就会有媒人来，分谷子的时候，这几个普少中就有人要出嫁，带着她的口粮——对歌时栽下的稻子。

我呢，又累又沮丧，好像我只会干活……

老大妈上来说：“今天来的这几个普毛好看哩！”

我不知对答。

她又说："你喜欢就嫁给我们傣族得了。"

大家哄笑着，走回暮色中的寨子。

"耶弄在家吗？"有人在门外柔声说。

我的心"腾腾"地跳了起来。碧郎！她从来没有到过我屋里。

我招呼她进屋，有些受宠若惊了。

碧郎冷淡地翻看着桌上的画报，黑亮的眼里放出惊喜的光来，嘴里轻叹着："啊嘎！……啊嘎！"她问我：那座几十层的大房子在哪里？还有那许多有颜色的像花一样的鱼在哪里？显然，娃宝她们向她介绍过这些画报。

她走近我从家里带来的镜台，用手抚弄那镜面上凸起的花纹，又左右地照着自己的影子。她还偷偷地用眼角扫了一下我的床，死命盯了那块提花大枕巾两眼。那上面是大朵的紫玫瑰图案。

我正心里盘算着，还有什么可以拿出来招待这位稀客。把她挽留住，仿佛就是我们长期较量的一个胜利。我落落大方地招待碧郎。我要让她知道，她在水田里、在河滩边、山坡上所取笑的我是什么样的人，是不是就该让她那样地小看？

碧郎站在屋子中不动。她那带长眼梢的眼睛又往四下里一瞬。但这已经不是那种惊羡的神色，它又恢复了那种爱嘲弄人的光彩。她说："耶弄，告诉你，明天我们上山打柴，路远哩！你挑不回来。你和老人组去菜园吧。”

她转身走了，分明是一副讨厌我，要把我开除出“普少组”的架势。在她眼里，我笨手笨脚，干活总要人帮忙，要人等，简直就不配做一个“普少”。我是她们那支轻松活泼的队伍中的绊脚石，一条黏人的水蚂蟥，让人直想把它甩掉。

碧郎站在屋中宣判我的那一刻，她简直就像公主一样的骄傲。她好像看穿了我这小屋里的世界，比起她们终年奔忙在其间的绿水青山来，是多么微不足道。她到我的屋里来，不过是偶然的片刻。看吧，明天一早，只要一回到那蓝天白云之下，那歌声、水流、微风又仿佛是为碧郎而设的。她照常轻轻巧巧地挑着担子，从我身边擦过去，故意把竹桥踩得吱吱响，让我在后头心发慌。她照样率领着小普少们在溪边饮水、洗脸。等我满头冒汗地刚刚赶到，放下担子，她又响亮地喊着“走啰！”带着众普少呼啦啦地往前赶了。

沿着笔直的河岸，挑担的普少们走成一条单线，一律的乌黑辫子盘头，露出红毛绒绳头，洁白的小短衫，下身各种绚烂的花筒裙。赤着脚，袅袅娜娜地走着，好像是一条游动的花边，装饰着河岸、田野和公路。她们爱自己的群，不许哪一个穿黑的或者戴包头的已婚妇人混杂其间而破坏这少女行列的风韵。

有一个小普少曾告诉我，碧郎说，讨厌我这身不白不蓝的衣服夹在她们当中，太难看。

我挑起担子独自回来，心头充满了被遗弃的悲伤。我对着水照了又照，试着把辫子也往头上盘。我看见一张红扑扑的脸，像上了登台演出的油彩一样放着光。眉毛和头发黑亮。眼睛很大，一点也不像我的内心那样愁苦，反而透出一种野痴痴的光芒。

我撇撇嘴自笑着，忽然发现这是碧郎的神情。我被水中那个健壮泼辣的漂亮模样吸引住了，对她做各种表情。我用两手把那件旧卡其布上衣下摆折向后边，卡住自己的腰。水中那个姑娘的脸庞、身段那么像碧郎啊！我要换上傣家衣裳，一定不会比碧郎差。

我弯腰去采池塘中的水莲花。那最旺盛最娇艳的一蓬，总是差一点够不着。忽然“扑通”一声，我一回头，见布比跳下了池塘。他大步朝那蓬水莲走去。水里的绒毛鸭子们惊叫着躲开了。他折下水莲花，捧着向我走来。他那高挽过膝的裤子已湿了一片，腿上还爬着一个小虫。

我呆呆地，也不敢去接那花。他笑着，看着我。我却倒退了一步，避开他期待的目光。他“唔唔”了几声，把水莲花放在我的脚前，上岸，去追牛群了。我心里矛盾。那天夜里龙树下的怪影还在使我困惑。

我走开了。那蓬被我遗弃的水莲花躺在地上。那纯洁的花瓣上露珠盈盈。

回到家，我赶快走进自己的小屋。把门插上，急忙走到镜子那里，我又找到了自己。我从箱子里把所有的衣物翻出来，挑选着，毫不吝惜地撕拆着整件的新衣服，凭着我平日有心的观察，裁剪着，缝着……

翌晨，我已经有了一套小普少们最时兴的新装。白底微微起绿点的小衫，青布围腰上的是伢给我的带穗头的长腰带，一床半新的紫花被面做了筒裙。幸好，我的头发梳成独辫后，刚刚绕过头顶。66年那阵我如果不铰的话，现在我的辫子准比谁都长。

“耶弄，你真好看!”

“耶弄，你再戴上耳环，就和我们傣家一样了。”

“耶弄，你戴耳环要戴绿宝石耳环，最配你的红红脸。”

那围腰带扎在腰里，挑起担子来多有劲啊!

从那以后，我学会了长久地照镜子，审视自己，比较人们的穿着。穿衣服成了我生活中的一项乐趣。在傣寨老辈人心目中，小伙子就应该是活泼勇敢，在姑娘们面前争相表现自己。小姑娘就是应该打扮得像花朵一样。年轻人的欢乐，是家庭的骄傲，是傣寨的光荣。

而我，从摘下红领巾起，就是蓝上衣。花衬衫总穿在里头，只见到一点领子。在我们那个时代，最引人注目的正是我这样的姑娘：小辫紧紧地编在耳后，抿着嘴，皱着眉，目不斜视，红着脸，穿过肃穆的礼堂，上台行礼，从老校长的手里领取优秀生奖状。我的穿着和我所受的教育、家庭环境、整个时代是完全一致的。

我希望自己像卓娅，像居里夫人。我做梦也没想到，我会那么迫切地希望自己像碧郎。

谁忘得了异乡那个光线阴暗的小邮局？

污脏的四壁，低低的天花板。在这荒僻的傣乡，它是一个被人遗忘的角落。而由于我们这些被遗忘了的人们，它忽然有了强大的魅力。

那跋山涉水从四乡拥来赶街的知识青年，在这划着一根火柴就可以走到头的街道上，总是首先跨进邮局。如果你挎包里放着寄往家乡的信，而又在第一步踏入街子时看见邮局闭门盘点，那么，集市的热闹，同学的相遇，什么也填补不了你心头的空虚。夕阳西下，踏上归途，最后一次眺望那逐渐冷落的街道，带着没有发出的信件，你怅然若失……

妈妈的来信总是说："爸爸回家没有希望，你千万不能再出事。"

而老师的信里又写着："不要忘记了功课，有空复习复习。"

他们那遥远的叮咛完全与这儿无干。但我总是期待着来信。他们的心愿又好像给人一种微茫的希望。在那变幻莫测的年头，我强烈地需要感觉到我所敬所爱的人们的存在。仿佛这存在本身就是一种希望。

"少一分钱。"柜台后的营业员说。

“少一分?”

柜台外的知识青年又掏了掏衣衫口袋。

啪！七分钱硬币被营业员重新放回高高的柜台。

那个知识青年又朝裤包里掏。

“给我两张邮票。”我上前去。他尴尬地退开了。

我把连在一起的两张印着天安门的邮票撕开，放了一张在他面前的柜台上：“你用吧。”

他抬起眼睛，不解地看着我，从头上的小竹笠，看到围腰带、筒裙。

“嗨！都是知青，一样的。听声音还听不出来?”我笑着，把自己的信粘了，投到邮箱里去。

要走出邮局的时候，我又朝他看了一眼。他好像是不好意思当我面使用那张邮票，手里仍捏着信。他说：“你是哪个寨子的，下次赶街我带来还你。”

“下次？下次你就赔不起了。我得算利息!”我笑着逗他，“下次你带点吃的来，你们寨子的芭蕉、花生都行。”

他朝着我一笑：“真的?”

我忽然觉得，和一个素不相识的男青年纠缠得已经有点过分，而且怎么不知不觉地学起小普少的腔调来了。我赶快跑了。

穿过街子，走上桥头，我浑身都带着欢快。在河岸的空地上，在去岁收割过的、残留着高高的谷桩的田野里，一群群马儿正在悠闲地啃着，遛着，摇摇摆摆，甩着尾巴。

街子上有一面大穿衣镜，照一次要一毛钱。小普少们在那里排队。娃宝也去了。不知又是遇上了哪个寨子的小普毛，她迟迟不来。

当她出现的时候，脸上是满意的又带点歉意的笑。她走得急，鼻尖上都冒出小粒的汗珠。

“耶弄，再等我一会儿，啊？”

“一只孔雀飞到了龙树上，

哎……啰！……”

我唱着娃宝教的歌。傣族风情的歌里，总好像有一股清水在流。那婉转的拖腔仿佛山谷的幽泉，忽而流利，忽而停顿，忽而呜咽一两声。

扑通！一颗小石头落在河里。细小的水花溅在我的衣上。

扑通！第二颗小石头又落在我的近旁。我抬起头来，一个傣族小伙子笑眯眯地伏在桥上看我。他不像一般小普毛那样身材偏于单薄，而是宽肩、高个，两只手臂抱在胸前，挺有劲的样子。

他直望着我的脸，讲了几句傣话，大意是：大姐，你是哪寨的？赶街的人都回家了，我送你回去吧。

我暗自好笑。这小普毛，他准以为我是傣家吧。

我用几句简单的傣语回答他：“别送！别送！有人等着我呢。”

我把头一扬，甩甩两手的水，踢了一脚河水，没等碧波漾漾的河面重新平静下来，转身悠悠地走了。这完全是碧郎的动作。

我越走越快，这小普毛可别真的跟着我来！

马车铃在我身后响着。

马车在我身边慢慢停住了。

“上车吧！我带你一截。”

我心头一惊，难道是小普毛追来了？不过那是知识青年的口音。

赶车人从遮阴的竹笠下望着我，那似笑非笑的神情，轮廓分明的嘴角……这不是邮局的那位吗？

车上满载着谷种。我们并肩坐在车前。

“马车好赶吗？”我问。

他把短小的马鞭递给我：“你试试。”

路旁顽皮的孩子喊：“喂！小普少赶马车啰！”

我偷偷笑了。他含笑望着远处。远处，缅寺塔上的小圆镜在落日下闪闪发光，清风吹转，翩舞不息。路旁，落在地上的熟透了的野果散发着如酒的浓香。灰尘不动，炊烟升起，无边的原野在黄昏里含着甜美的醉意。

他叫任佳。

此后多少个赶街天，我们一路回来。回家的马儿跑得快，任佳很少举鞭。当车子爬坡的时候，我总是跳下车来。任佳说：“它哪在乎你这点分量？”

旁边一辆马车上坐满了人，马昂头奋力爬坡。主人一面和车上的几个女子嬉笑，一面不停地打它。

“这人真讨厌。”我说。

任佳盯着我看，笑笑摇头，“我也打马呢！马拉车本来就不是天性。哪一匹马生来是拉车的？”

任佳给人一种似有深沉的心事之感。

他不像有的知识青年那样随心所欲，偷鸡摸狗。他颇受傣寨的信任。

我曾告诉他，有的知识青年议论我穿傣族服装。他皱紧眉，看着我说：“你还怕这个？”

他引了一句大家都知道的话：“走自己的路，任别人说。”我羞愧了。他以为我是那样的人，而我却不是。我应该是。

“听说，你们学校有个女生，把人家男生写给她的信交给团支部了。哼！真可怜！”

“不，她不是因为害怕，是汇报思想……”

“反正这种人我不喜欢。真不知道那写信的喜欢她什么！”

我一直在揣测，任佳后来是不是知道了，他嘲笑的那个不招人喜欢的女学生，就是他每个赶街天在路头等待的这个乔装的小普少？我既为过去的自己感到委屈，又为现在有一种得意。

他身上有这么多刺，我却喜欢和他在一起。

他也嘲笑自己：“那年我爸爸专程从美国回来接我，我正评上了学雷锋标兵呢。说了几夜，我也不走。这回他一定在太平洋那边嘲笑我：好啊，音乐学院不上，跑到乡下拉田园交响曲。哈哈！”

马被加了一鞭，车子快起来。我们一连超过了好几辆马车。在风驰电掣中，我好像进入了一个新天地。

从取下红领巾起，他是第一个和我离得这么近的男孩子。我像对待知心女友那样什么都告诉他，而他比我所有的女伴都另有一番见解，又明白又简单。

一张斑斓夺目的豹子皮挂在堂屋墙上。

大哥在山中烧窑时，打中了这头为害四乡的豹子。区里给了他一张奖状。何必还要挂奖状呢？那豹子皮就是一幅最富丽堂皇的锦旗。

全寨子的男女老幼都跑来看它。小女孩轻轻地用手摸它。小安虎“呜”地变出豹子声来吓她们。

普少们也来了，叽叽喳喳地，一面看豹子皮，一面东张西望。她们是在找大哥。当大哥出现时，她们又一个个屏声敛气了。

碧郎独自站在堂屋的门口，不笑也不闹。

那天赶街回来，大爹说：“大哥回来了。”

一个剽悍的小普毛走进堂屋来，去摘墙上挂着的弯刀。我们互相望见，都怔了一下。

从此，我有了一个沉静温厚的大哥，我们谁也不提在小河边扔石子的事。

傍晚，全寨的少男少女都跑出去。在龙树下面，先来者用悠长的傣歌召唤着他们。有那懒惰的或动作迟慢的，也被父母呵斥出门。在傣寨，受赞誉的是那些有本事拐回媳妇来的普毛，和能赢得众多追求者的普少。

在夜色里，普少和普毛们凭着歌声接近。越凑越拢了，往往是小普毛们把手电一按，强烈的灯光直刺女方的眼睛。顺着一排照下去，直到发现那个意中人的脸庞。灯光停在她的脸上，其他的小普少便一哄而散了。

有时我从那里走过，也会遭到伏击。四处照来强烈的亮光，弄得人睁不开眼睛。我拿手捂住脸，一个劲地跑回来。娃宝常笑着警告我："耶弄，晚上别出去，担心小普毛用大毡子把你裹走啊!"

大哥不爱出去，他常坐在堂屋的油灯下编竹器，看画报。

隔壁的小安虎高兴地用我的钢笔在纸上画。我轻弹着从家乡带来的曼陀林。安虎忽然回过头来说："耶弄想妈妈啦!"

田野上的风吹着我的后颈，像一块轻柔的绸子，轻轻地抚弄着我，若有若无。一阵酥痒的感觉从腿弯传了上来，我感到全身一阵轻松。我想笑。我俯下身去看，是一根细细的纤草钻进我的裤管。

夜里，从小河里沐浴回来，我躺在床上，身上带着凉爽的河水气息，又慢慢地透出一股温热来。

我没有一点倦意，掀开薄被，让月光照着我。

跟着碧郎她们，我学会了傣族的游泳法：走到女人专用的河湾里，只用一条筒裙系在胸上，一面走下水去，一面顺着水面把裙子提起来，最后，从头顶上脱出去，甩到岸边，人就像鱼一样，赤条条地在水里游走了。那件在城市游泳池招人羡慕的有松紧带的游泳衣，在这里遭到碧郎们的嘲笑。现在，我已经习惯了那自由的、鱼儿一样的游泳，再不愿穿那黏人的沉重的游泳衣了。

在月光下，我有兴趣地看自己。这只有在傣家的屋顶下。那竹棚上的人字形草顶留下了一个大三角。日月星光和风从那里进来。

星宿还在远方亮着。小虫子不叫了。鸟儿还没醒。寨子沉睡着，有一两声狗吠，也带着浓浓的睡意。

只等屋外轻轻的一声口哨，我就系上带午饭的小竹篓，背上昨夜磨快了的砍刀，悄悄地闪出院门，踩着沾上露气的沙地，朝着那棵麻桑婆树下奔去。

“快点！你聋了？叫了好几声不出来。”

“我以为你睡着了呢！”

“我早就起来，等了半天啦！”

……

小声地吵着，打柴去的小普少们很快就穿过了竹林、小桥、公路。

在安谧的晨曦中行动分外轻松，远离了寨子和长辈们，心境是这样的自由。长长的路上，静静的山中，小普少们谈着无穷无尽的话题。最重要的，是关于普毛们的话题。

“耶弄，赶街天你坐谁的马车？”

“赶车的小普毛喜欢你了吧？”

“耶弄，我们大哥晓得，要气倒了吧？”

碧郎狡黠地看着我，说：“耶弄，上个街天你没去，我看见那个小普毛拉着个普少，脸白白，头发弯弯的，好看得很哪！”

我装出满不在乎的样子说：“马车嘛！谁爱坐谁坐……”

“那个普少是宣传队的，唱小常宝哩！”

碧郎直盯着我的脸。

是真的，她说的是范娟娟，就是那个大叫“翻车”吓坏了司机的女孩，和任佳一个寨子的。

“一——二！一——二！……”

任佳从粮食局高高的台阶上背下百多斤重的谷种麻袋。一伙调皮的孩子围起来给他数口令。负重的任佳每一步都踩在口令上。他们得意了。

任佳一挺腰把麻袋卸下，猛地转身朝他们走去。小孩们嬉笑着后退。任佳一下子就把当中一个拎起来，往空中抛了一下。孩子们发出惊叹的欢呼。

他没有发现，我一直站在人后看他。那天和他一起坐在马车上时，我心里格外快活。

我爱玩他的匕首。

“喜欢吗？借你玩两街。”他得意了，讲着他为了这把匕首如何跑了百多里路，如何精选。

“这匕首怎么不太亮?”我问。

“你外行。等着吧，这是好钢，要慢慢磨，越使越快。”他说。

每次和他分手，我都会感到惆怅。劳动一天天显得单调、重复。我企图淡忘的过去、家庭和未来，又慢慢地回到我心里。

“晴天像黄牛，雨天像水牛。”我告诉他这句傣家的自嘲语。

“不过，还少一条鞭子。”任佳扬了一下手中的马鞭。

他深深地吸了一口气，回头看着我说：“你知道我最担心什么呢？我最担心的就是，忘记了自己的理想……”

那隐藏着的创伤一直在令人疼痛：我们再也不能重返学校，继续自己心爱的学业了。

家信上说，母亲也被“疏散”离城。

家乡，已没有我的家了。

……月亮升到了中天。高高的几乎要碰到月亮的两三根竹梢，微微弯着，好像在为这醉心的琴声颤抖。新种的芭蕉树像垂着长袖、亭亭玉立的古装女郎。火焰跳跃着。稻草蜷缩着钻进火的怀抱。在火光若隐若现的地方是任佳拉琴的身影。

小提琴声使人丧魂失魄。我得到的是双重的享受。这是他的声音。我把它看作是我俩在马车上未曾讲完的、余味无穷的话。

静，一种年深月久的静。

在我之前，这里没有人。我又惊又喜。

那沿着深涧爬上来，挂在参天古木上的苍藤，当我刚用手一触，它就发出脆响，化成粉末。脚下，松软的，是多年的落叶，重重相叠，腐烂为有弹性的泥。

黄金草莓落在地上发出酒香。

在斑驳的残叶上瑟瑟地动的，是一条大蜈蚣。

树林中总有什么在窸窸窣窣地响着。我想起大哥说的，在山上碰见老熊的事。老熊一面走，一面用前掌拨开一路的枝叶。听见那声音，人就赶快躲在一边，别动，别惹它。它是个瞎子，自己照直地就走远了。

我走下去，是断崖。走上去，小路错综难辨。

一切都变得那么遥远，碧郎，范娟娟……

一切又都变得那样可亲，因为我已从人世上失落，在茫茫的植物的海洋上，孤身一人。

坐在一块大石头上，握着砍刀，靠着一担柴，我等候着毒蛇、老熊和豹子的出现。

松鼠们轻盈地跳上跳下……

任佳的小提琴声还在响着。我头戴迎春花环，穿着一条代表白帆的纱裙。好像是在少年宫的草地上，伙伴们唱着：

划小船，小船摇，

小小的船儿水上漂。

……

当我舞蹈着转过身来，任佳正对着我笑。他的琴弓跳荡。他那蓝白条的球衫上还沾着几粒谷种……

暖洋洋的，我醒了。金色的火焰在黎明的林中活泼轻盈。

我面前放着一竹筒水。大哥正在火里烤什么。我又睡着了。

旭日高照，大哥引着我走到大路上。我的手掌划了一道伤痕。大哥递给我一片叶子。贴在手上，凉滋滋的，止住了疼。

自从大哥回来，我就有一种放心的感觉。半夜里听见老猫跳梁，小牛撞栏，再也不害怕和感到孤寂了。家里有一个堂堂男子汉，堂屋里又挂着一张豹子皮。

家里仍然常是静悄悄的。可是这已经不是那种风烛残年的寂寞的静，也不是那种严峻的固执的静。

大哥把腐朽的栅门、缺损的阶石修好了，在后院的小河边上给我安了一块平坦的搓衣石。古老的庭院焕然一新。收工回来，我常常高兴地去收拾大哥带来的鲜鱼，有时还有野兔、野鸭。

人们都说我的眼睛有神。生气的时候，我一投眼，连男孩子都不作声了。我不怕课堂答问、口试、登台演剧。可是我知道自己最怕什么。当我捉摸不透心中的情绪时，当突然的暖流袭击心灵，我的眼总是往下看，或是死盯着一个无人的角落。

大哥打量我的时候，眼光总是匆促的。其实，他对我很注意。每当我改了装束，他会立刻用眼光注视我新做的围裙或小帽。他的眼睛像尺一样量我一下，随后他立刻就看了下自己。他的腰挺得更直了，他的身姿焕发着豪迈之气。

在学校里没有人这样看我。也许，那时，我不好看。

我爱看大哥在院子里干活，那么利索，显出男子的刚勇。看着他，好像在看体操健儿练功夫。他一下一下甩起斧子，劈那些多年的老树疙瘩；或是给葡萄架换柱子；要不，就是磨刀，把全家的砍刀、镰刀、锄片磨得像镜面一样。

后来，我又迷了几次路。想到大哥对这些山都熟极了，想到他一定会找到我，我的心安然了。走一阵，自己也就找到了归路。人与人之间的信赖心，会产生巨大的力量和勇气。

那天打柴，小普少丢了两个人：我和娃宝。

找娃宝的人整整两天两夜才回来。娃宝没找到，他们只带回了抢她的小普毛的姓名。

娃宝的父亲铁青着脸。

寨子里有儿子的父母都乐呵呵地谈论这事，希望自己的儿子也抢一个省钱的媳妇回来。有女儿的父母都惊惶了，好像他们的女儿就要被抢走。

小普毛如果抓住了姑娘的心，那么，再贪财的父母也得考虑媒人的条件。因为，顽固回绝的结果，女儿会干脆让人家“抢走”，假装干号两声，让同去打柴的女伴回去应付爹娘。抢亲的人们往往翻山越岭，数日不知去向。待到父亲跑细了脚杆，母亲哭肿了眼睛，她回来了。照例站在寨子门口，一身媳妇打扮，挎着一个五色筒包，装的是水果糖，抓给围绕着她的大人孩子吃。恭恭敬敬地哈腰行礼，喊着，“大爹”“大妈”“大嫂”“大哥”，连小妹子也招呼到。

寨子里的人都兴高采烈，亲切地对待她。总有一位大嫂把她让进自己的院子。坐在小竹椅上，喝水，回答人们对新郎方面的种种关心、询问。这就是她婚礼的尾声。

新郎这时候是不进寨的。待到秋收完毕，这位快婿就会跨上那匹拐带媳妇的骏马——用塑料线缠得花花绿绿的自行车，带上礼物，来到丈人家，帮老人修屋顶，垫猪圈，报告媳妇有喜的消息。

而眼下，老丈人正从区政府碰一鼻子灰回来。

干部说：“你要我们找你姑娘，找回来，人家也不要了。”

老爹说：“那我收了人家的彩礼……”

“谁叫你包办？这样吧，你赔一半，那抢亲的人家赔一半。”“政府”公断了这件家务事。

四季更新着田野，也更新着傣家的生活。不久，一家人亲睦无间了。

寨子里有几位白发苍苍的老奶奶，常常爱回忆她们当年被“抢”的过程。而老头们依然会为当年的情场本领骄傲地微笑着。抢来的和娶来的同样受尊重。

傣家省下全家的钱装扮长成的女儿，不太拘束，更不能打。一打，就会飞的。

娃宝走了，我心里有些不太好受。我以为，娃宝和我很亲密，可是我却对她的出嫁毫无思想准备。我有一块水绿的纱巾，娃宝挺喜欢它。我用一张红纸把它包起来，等着娃宝回门的时候送她。

我，并不真的知道傣寨生活的内面。

从日落到天黑有很长的时光。在闲暇的日子里，我爱坐在自家的篱墙边看书。

窸窸窣窣地，有人在我身后。我转了一下椅子，是布比。他拖来一根青竹，正在用大砍刀剖着篾条。我正要生气，他抱歉地笑着，用篾条在篱墙上比了比。那里有一块让牛撞断了。我仍然坐着看书。布比沉默得像一头黑熊。他那轻手轻脚的窸窣声使我感到一种被照顾者的舒适。暮色徐徐地降临。不知道什么时候，布比已经把一切收拾好悄悄离去。

我对他的嫌恶渐渐淡漠。我已经习惯了每天早晨在“呜呜”的牛角号中醒来。林鸟在晨曦中吵闹。各家的牛被布比召唤出来。早起的主妇担着水桶出门，站在路边让牛群通过。人们说："布比走了，该起床了。"

傍晚，炊烟升起，收工回来的人们等着主妇摆饭桌，又听见群牛踢踢踏踏地从屋外路过。

布比从不生病。无论人们过节度假，赶街赴会，布比永远是不换班的放牛人。

人世间的家庭之乐对他有如隔岸观花。他的白布褂子被树枝扯破，就在破处打一个结。

有时，他放牛归来，举着从野地里砍来的一根树枝，上面缀满金红的羊奶子果，简直是一棵小果树。孩子们扑上去争摘果子，没抢到的还向布比发脾气。布比歉意地笑着，把带刺的剩枝小心地拾走。

我走过去，想帮助他。布比指着他手上被刺的伤口，向我摆手。然后，他又对我一笑。这使我一阵轻松。他没有计较过去我的冷淡。

安虎从沙地上飞跑过来，跑过吱吱响的竹桥。突然，他站住了，扳着脚掌，吸着气，一下子拔出一根扎入脚心的粗刺。他跺着受伤的脚，咬牙说道："我叫你疼！疼啊！还敢疼吗？"

安虎跟着我跑。雨就要下来了。我去自家的菜园里，把晾着的柴火盖上。

大地热气蒸腾。辣椒地像小树林，下一场雨就落一地红辣椒，辣气扑鼻。只要上点肥，明年又能结出果实。在这地方，种下一粒瓜子，压塌一座房子。

忽然，黑裙一摆，一个女人绕到豆棚后面去了。

菜畦间有一只大背箩，盛了半箩柴火。偷柴的！

安虎跑上来了，天真地嚷道："我们家的箩！耶弄，你借我妈的？"

我明白了。我好像看见咩安虎那总是对全寨人都笑着的脸，门牙向外飞着，带着一种乞讨的神情。

偷窃，是傣家最不齿的。

安虎向着豆棚跑去。我一把拉住他："安虎，快跑回去，给我拿顶帽子来，你也戴上！"

安虎跑开了。我自言自语道："唉，我自己去吧。"便离开了菜园。

号称"米粮仓"的盈江坝连年减产。咩安虎总是向社上借谷子。她家又没有个男人可以去捉鱼、打猎、做竹活换钱，打柴也困难啊！

咩安虎喂着两只和小安虎一般高的大白鹅。当戴着银项圈的安虎拿着小树枝，在它们中间走的时候，就像是一幅童话故事的插图。

街天，咩安虎卖鹅蛋。她喂鹅勤快得像喂猪。全寨就她这寡妇家没养猪。

两只鹅不停地长，大屁股，摇摇摆摆。小安虎假装出要骑鹅的样子，把他母亲急得直骂。

一天中午，人们在吃中饭的时候，听见咩安虎在打骂儿子。大白鹅丢了一只。晚上，安虎也丢了。

咩安虎向大爹哭诉，刚收工的大哥带着人又出去寻安虎。

半夜，疲乏的人们举着快要熄灭的火把回来。安虎没找到。咩安虎号啕大哭，捶胸自谴，说她自己不该偷窃邻居，触犯了上天。我难过极了。

有人在黑夜里嚷着。

安虎回来了。

在火把和手电的光芒中，安虎出现在寨口。大白鹅在他的胸前扑腾着，摇摆着长脖子，用它的硬嘴壳在安虎的颊上敲。安虎摇着头躲避鹅嘴，两只手紧紧地抱着鹅那肥白的身子。他脸上尽是泥。在那稚气的眼里，有一股坚韧不屈的光芒。他不把鹅交给任何人，一直朝他们家的破竹门走去，就像一个小当家人，一个小小的男子汉。

雨季，劳累的、多病的日子。每年栽秧有一百多天。最后一批秧没插完，割下的早稻已经从田头挑走。整整一个夏季，右手的指甲因为栽秧而总是秃秃的。

累，什么也不再关心，麻木、瞌睡代替一切思想。看书、写日记都停了。活着，好像就是为了在夜里躺上那张二尺半宽的小床。

常常，还没有把沾满泥浆的裤腿放下来，我一沾床就睡着了。黑夜里响起了敲铓锣的声音，赤着脚跳下湿冷的地面。在未逝的暝色中，大队人马急匆匆地越过山坡，蹚过冰冷的小河，谁也不想说话。

栽秧进入最艰苦繁重的时期。全寨同心协力，每月都出满工。这是傣寨考验人的时候。平时干私活，串亲戚，都在情理之中。这时候，谁要偷奸躲懒，劳累的人们就会向他投来蔑视的眼光。

大清早，我去挑水。雨水仿佛封锁了寨子。鸡好像也忘记了啼明。

龙树下传来哭声："安虎哇！……"

咩安虎守着一堆欲燃欲灭的纸钱。

安虎今早尿血了，昏迷不醒。

我扔下水桶，向附近的解放军驻地跑去。

病因查明了。昨天分发给各户的抗疟药带着红色的糖衣，小孩很喜欢吃。安虎吃了他的一粒，咩安虎又把自己的两粒省下给他。正在帮他们家修屋的布比也把两粒给了安虎。过量的药物伤害了孩子的肾脏。

给安虎打针的解放军大夫说："如果再加一点剂量，孩子就没救了。"

第二天，全寨的人都停药了。收工的人们走过公房时，不管两位抗疟队的同志怎样招呼，都没有人进门去领药。

一街后，碧郎母女都没有出来栽秧。疟疾传到了我们寨子。

雨无休无歇地下。伢轻悄悄地走动着。我们沉默地吃饭。

"空几架牛？"大爹望着檐外的夜雨，问道。

"昨早空两架，今早空四架。"大哥说。

“大爹，要叫大家吃药……”我忍不住了。以前，我没有在他们谈生产的时候插过嘴。

我们家没有停药。每天晚上，我把各人的药片分出，用一只大碗盛开水，让大爹、伢和大哥当我面把药片吞下。

“大爹，我来发药，就像我们家一样。”我可以去抗疟队把全寨的药领来。

雨下着。小路变成了蜿蜒的小河，在夹路的草丛中哗哗地流。出工的时候，我因为常在田埂上摔跤而感到害羞。今天夜里，我又摔得满身是泥。可是，我感到的不再是弱者的羞耻，而是一种神圣的使命。

走在桥中，我又看见那棵被砍成人形的树。树长出了新枝叶。

从此，收工后，我不再忙着换下泥湿的衣服，回家带上手电，就从寨子的第一家开始发药。

人口少的家庭常聚在灶边吃饭。

咩安虎家借着灶膛里的火光，连油灯也不点。我进屋去。咩安虎忽然有一种小姑娘的羞赧。在灶旁微弱的红光中，一个赤背的男子在烤衣服，是布比。

“耶弄，吃鱼！”安虎偎在母亲的怀里。

在以往的漫长的年代里，傣乡的母亲唯有以自己的体温和抚爱来保护病孩。

安虎拒绝从任何人手中服药片，他只吃“耶弄的药”。

每当他从母亲怀里探起身来，张嘴吃药，我真希望，我能给他比药粒更好的东西。

富裕的家庭则在堂屋里吃饭。汽灯雪亮，火塘里茶罐发出沸腾声，还烤着麂鹿干巴。男子先坐在小桌边喝酒。有时候，这位当家人会说：“耶弄，你放着，快回家吃饭吧。我们会吃的。”

但是他们拗不过我。我要等候在厨房里忙着的大嫂，到厢房里去找早卧的老人，到院外去唤贪玩的孩子。总要等一家人齐了，让他们当着我的面服药。

久之，每家都放好了一只吃药用的干净瓷碗。后来，他们开始取笑我：“耶弄，我们都知道了。不信，我告诉你，谁吃几粒。”

不，绝不能再让一个孩子尿血，也不能再让一个粗疏的汉子染上疟疾了。他们记不住的，我得替他们记住。

天晴了，不知谁向我的小窗中放进一束雪白的茉莉花来。送药的时候，我想带些给碧郎。

刚推开院门，一条黑狗窜了出来，凶猛地对我咬着。我喊：“大妈！”大黑狗紧紧绕着我，每挪动一下，它都好像要扑上来。

“海！海！”碧郎在屋里焦急地唤着狗的名字。

海忽然一转身跑了。碧郎扶着墙出现在屋门口。她面无血色，浑身哆嗦，正在发冷。

咩碧郎也回来了。我们去扶碧郎。她抬起头来，恼怒地问咩碧郎：“你出门也不把海关起?”

咩碧郎歉意地对我说：“我去请神药……”

“我只吃耶弄的药。”碧郎生气地瞪了她母亲一眼。

院子里茉莉花洒落一地，一阵阵馨香袭人。

大爹下令杀牛了。人们在田里高兴地互相通知：“打平伙了!”

在龙树前架起了两只大锅。黄色的油沫咕嘟嘟地冒着。

“打平伙”从来不是按家庭进行的。凡是能够形成独立的劳动集体的，包括小男孩的放羊组，都能分到一份大锅菜。不算正式劳动力的小娃娃就跟着母亲。

“普毛”组最排场。他们烤小猪、喝酒。

龙树下，一盏盏的汽灯。一圈圈的人们分坐在地上。火光熊熊，大锅沸腾着。喝了酒的男人们在划拳呼叫。

“耶弄，有人找你。”碧郎喊我。

“谁?”

“你的大哥哎!”

我离开人群。

在龙树后的小路上，两个去捡柴火的小普少在笑嘻嘻地和任佳说话。

傣语中“大哥”有两个意思：一是指同胞兄长，一是指情郎、未婚夫。

普少们你推我搡地笑着走了。

他瘦了，脸上明显地有两片连鬓胡子。

我有点不好意思。有两个街天了，我故意绕过他停马车的地方走回来。碧郎的话我总想着。让范娟娟去坐他的车吧!

到我的屋里，点上灯，我才发现他的腿包着纱布。下雨天，马失前蹄，他受伤了。

“要不，我那马车一天也歇不了，哪有时间来?”

我硬要他在我的床上躺下。

“打平伙”的人们哼哼唱唱地回来了。

我去找碧郎借宿。

寨子里人声鼎沸，“打平伙”收场了。

碧郎终于回来了。她见了我就一把拉住：

“耶弄，你在这里！我们到处找你……”

“耶弄，你回去不得。你们家大哥和那个知识青年打架了……大哥拿弯刀把你的床都劈了。”

“那个知识青年也发火了，不见了。我以为你和他一起走了呢。”

碧郎把我送到渡口。

“耶弄，你到区上去吧。我早就看出来，你们家大哥蛮喜欢你。今天他喝了好多酒。他的脾气就跟豹子一样。”

我急急地抽竿撑筏。竹排驶进江流。

两岸的江堤像两道无尽的黑沉沉的墙，渡口从我的视线中消失。那顺流而下的速度立刻攫住了我。听不见傣寨的狗咬，也看不见区委会的灯光。

那使我如此眷恋的“家”，我流着汗水、血水和泪水建立起来的小寨生活，已经远远地隐没在激流的后面了。

我又失去了一个家。

月亮小得像一只发卡，弯得使人心醉。

我心里慌乱。那种朦朦胧胧的感觉，一下子被证实了。我有些害怕，又感到新鲜：我第一次被人爱了。

我从来没有想到，爱是这样到来的。我从书上得到一个程式：那应该是一封隐晦的情书，然后是黄昏的散步，等等。

此刻，我明白了，我生活在大哥的挚爱中。

大哥这样愤怒。我一面自伤，一面又觉得歉疚。

任佳，他又怎么想我呢？

我朝侧边一瞥，发现了一颗不太亮的星。它清清楚楚的，顿时使我像有了可倾诉的朋友一样，安下心来。这是一颗多么令人难忘的星辰啊！

有一个美丽的地方啰！

傣族人民在这里生长啰。

密密的寨子紧紧相连，

那弯弯的江水呀，碧波荡漾！……

合唱声伴着琴声，悠悠扬扬，直飞到江边来。我终于靠了岸。

寨外的土台上，县宣传队正在演出。

我向一个提着胡琴准备上台的知识青年说：“请帮我叫一下范娟娟。”

范娟娟涂着油彩，穿着“娘子军”的服装走出来。

当夜，我坐着范娟娟她们的马车去到县革委。

躺在范娟娟洁净舒适的床上。白粉墙，小花瓶，挂着小铁梅的剧照。电灯亮着，还有小书桌。怪不得范娟娟说任佳不来宣传队是傻。她到了这里，白天就没脱过鞋袜吧。

那么长的时间，范娟娟没有学会傣话。她说：“哼！住十年我也不学。我就是不愿意在这儿。”大概，她总有办法回到城里去。

范娟娟大惊小怪地要给我的手脚上红汞，包纱布。我没想到她对我能这么热情。但我那久久回旋于心的泪水，却不能向她流出来。因为，她和她的小屋，对我是太隔阂了。我不需要怜悯。

范娟娟跟县里的干部好像是平起平坐的。过了两天，她告诉我，县上决定把我调一个寨子。

在新分去的寨子里，区上的人已经把我的行李搬来。我索然无味地住下了。

任佳变得阴郁了。

“我们要是能一起离开这里，去学习……”

他提出一个秘密的设想。我一下子感到恐怖。我依恋任佳。他和我的家乡、父母、师友、往日的岁月连得最紧。可是突然间，我感到他是在另外一边，那遥远的一边。

到异国他乡去，去找任佳那个当音乐家的父亲。

“我们可以学习音乐。学成以后，不也可以回来吗？”任佳说。

然而在他的话里就带着疑惑。那时，知识青年中发生了几起越境的事件。

忽然，一切都变得令人留恋，每天我都感到一种要离去的辛酸和凄凉。我渐渐体会出：离去，对我来说并没有成为一种甜美的诱惑，相反地，变成了一种迫人的威胁。

我告诉任佳，我不能走。

任佳说：“我也不愿意……要不，从前我父亲就来接过我。可是这么混混沌沌地下去，心里实在着急。”他打量了我一下。这时，我又穿上了知青的旧衣裳。他轻轻地说：“我们不能只是要求适应环境……”

我低下了头，百感交集。

他依然忙忙碌碌地赶车，休息的时候拉小提琴。

一个全身穿黑的人坐在我的门口。

“大爹！”

我帮大爹把箩筐拿进屋里。箩里是花生、鸡蛋。

“你不愿意，就算了。好好说，不要跑。大爹找你好几街了。这个寨子，水没有我们的甜，打柴又远……”

大爹讲不下去了。

我低着头。

“伢……死了。大爹来叫你回去……明天要请客。”

伢死了!

泪水夺眶而出。

负疚和痛苦强烈地包围了我。我完全忘记了他们，我的伢、大哥和布比、碧郎……不，我是用“忘记”来压盖我的思念。我总也不快活。

像是为了安慰我，大爹反复地说着：“伢太老了……”

伢不明白，为什么那个她已视为孙媳妇的年轻姑娘，突然不在了。大哥又沉默地出来，夹杂在女人们中挑水了。

有一天，伢跑出寨门，竟独自走过了那防野兽的壕沟。后来，就病倒了。

夜里，猫跳墙，她抖抖索索地起来，点了灯进隔壁我的小屋，看是不是我来了。

直到临终的时候，伢还用手指着她床头上我遗落在那里的一件花衬衣。大哥把衣裳拿给她。伢用最后的力气摩挲着，嘴里说：“毕告，毕告（别走，别走）……”

又来到了江畔那个渡口。

秋天来了，傣乡不见一点萧瑟。淫雨和蚂蟥消失了，天地间是一派干净。江水又恢复了它的澄碧和宁静。坐在那儿等筏子，在凄清中我感到一种复生的希望。我渴望归去。

我又将看见龙树，看见那小寨。我又将在一片烟霞之中谛听布比老人的牛群声。

怀着期待之情，我渡过江去，登上那藤萝苍翠、秋虫长吟的山峦。

我不愿意去掀开那盖着伢的白布，不，那不是她。我不愿让往日的依恋和期待，那慈爱的眼和温存的手被这无知无觉的死亡幻象所取代。

大爹带着我，一一察看着绘彩图的灵柩、纸花扎的轿子。问我："这样行了吗?"

我穿上青白二色的傣家衣裳，扎上白头绳。在葬礼的忙碌中，我感受到一种赎罪的欣慰，一种肃穆的洗涤心灵的气氛。整个家园就是一座凭吊伢的纪念堂。蒲团上洒着夕阳的余晖。伢保存的芭蕉正在黄熟发香。

伢的葬礼举行在富足的秋天。农家分了满筐的黄豆。墙上挂着玉米、辣椒。甘蔗酒已经酿出。蜂蜜也割了。

厨房里老婆婆们在炸肉。年轻的大嫂们在后院小河边成桶地洗着，切着，拌凉菜。小普少们来往端菜，张罗客人入席。

我和大爹一起在门口迎送客人，接过他们带来的一包米，倾在堂屋中的一只大箩里。无论本寨的或是远来的亲友，都用粗布帕包着米。最普通的又是最珍贵的米，表达着对逝者的朴实哀悼和对生者的诚挚慰问。

太阳下去的时候，我和女人们守着家。人们把伢送到山上去安葬了。

夜里，我带着劳累和满足的心情沉沉入睡。

翌日，大家都起得很迟，人们仍来院里帮忙。

骚乱，先从堂屋里的男人们开始。他们耳语着。大爹满面焦灼，几次走进我的小屋。妇女中有一个跟他进了小屋。惊惶立刻也传给了女人们。人们把目光投在我身上，又赶紧转移开去。

大爹否认着："没有事。你今天歇歇，累了。"

几个女人已经在我的屋里翻腾起来了。屋里并没有我的东西。床上铺盖的，是昨夜大爹才从柜里抱出来的新被褥。

男人们也在堂屋里搬弄起来。坛子，案桌，米囤都挪开了。

人们不搭理我的问题，用疏远的、惊惶的眼看我。

我独自站在后院里，无聊而惶然。

碧郎来了。

"耶弄，我告诉你，社上的钱丢了。丢了一千多块，是大爹才从信用社取来，要分的。大爹把钱夹在被子里，昨天拿被子给你睡，忘了。耶弄，我晓得，不是你……”

谁带来的小孩受了惊，哭喊起来，接着是男人的斥骂声和女人的埋怨声。

咩安虎疯狂了似的找到后院来，包头全散了也顾不上。

碧郎匆匆在小河里洗净了一摞瓷碗，端着走了。

寨子里正住着一位区里的干部，是来搞“清队”的。在傣寨，干部就代表政府。我仿佛听到他说：“哈哈！你原来是个贼。”接着，将会在区里乃至全县将我定案、通报、批判……

我再不能走进邮局，母亲再也收不到我的信。她将在久盼的惊惧中，听到我的噩耗。师长们将为之震动。我的往昔的纯洁将被玷污。带着一个耻辱的印记，我将真正地被世界所遗弃。

小河水依然清光流转，我的眼中却一片昏暗。在这块土地上，我所发现的新生，我所热爱的人们，又将离我而去。生活，又是旧的把戏，又是陷害。父亲的命运又落到了我的头上。

迄今为止，一切的吃苦都使人感受到为人的自豪。而这耻辱，带来的是绝望。

一阵发热的兴奋后，我的心中变得空空洞洞的，好像整个人正在往无底的深渊里落下去。我忽然想起范娟娟的喊声：“翻车吧！……”

蓦地，一个剽悍的男子站在我面前，大哥！

在整个葬礼中，他率领着男人们一直忙碌，好像在回避着我。

“妹子，别害怕。钱找不见，我们家卖牛。我还有几张皮子。你不要再跑了。”

他急促地离开了。

我麻木地坐在屋里，天色又晚了。那位区干部已经来问过我各种细节。民兵队长也来过了。

人们已经阴郁地散去，屋子里一片死寂。

暮色中又传来熟悉的踢踏声，布比的牛群归来了。

传来小安虎叫妈的声音，他总爱骑在牛背上跟布比玩一整天。

咩安虎忽然带着儿子进来了。

布比也来了。寨子里的人们跟来了一大半。

布比向大爹比画着。碧郎俯在我耳边兴奋地说：“钱还在!”

我们跟着布比走出寨子。布比把安虎举上高高的龙树。安虎从树上掏出了一个黑布帕小包。这一老一少天亮时赶牛出门拾到它。布比一看是钱，怕放牛没处搁，就让安虎先藏起来。

人们高兴了，去拍打安虎的屁股。布比笑着。咩安虎也笑着。

我再也忍不住那涌到喉头的哭声。眼泪像小河水一样流下。

碧郎挽着我，也哭了。

大爹说：“就是找不见，大爹也不说是你呀！”

女人们叹息着。咩安虎用袖子擦泪。

人们簇拥我，安慰着。这更使我痛哭不已。

一切又重新变得青翠美丽。我所热爱过的一切又重新回来。

沉默的龙树下面站着沉默的布比和睁大眼睛的安虎。一老一少，赤着背，用竹篾子当裤带。日光、风雨和蚊虫在那青铜般的身体上留下印记。

过了几天，那位区干部又来了。他说，小学里缺少老师，区里已决定调我去教书。他笑着说：“你的傣话说得不错。我看，你挺合适。”

在一片童声中，我的生活更新了。

许多年过去了。我终于回到故乡，继续我中断了的学业。

而任佳是永远地留在那里了。

那是在第二年的雨季，山洪暴发，掀掉了一座山尖。深夜，泥石流覆盖了山脚下的寨子。

寨子里的知识青年都跑出来了，因为他们年轻，又没有家口之累。许多埋在沙石下的傣族家庭，妇女已背上了孩子。有的汉子去解救牛，和牛一起被覆盖。

有一个力大如神的知青救了好几个人。他急中生智，把孩子和老人送到龙树上去。

这个寨子的几匹好马都跑出来了。马缰绳让人用匕首割断了。

奇特的洪灾惊动了城里知识青年的家庭。传说，城里的父母们排着长队在邮局拍电报。成千的家庭不久都收到了平安的信。而任佳的母亲，一位音乐教师，听到儿子失踪的消息，她的两鬓会蓦然添霜。她还能再把辛苦搜集的乐谱寄出吗？她还用得着再缩衣节食，以求为心爱的独子买一架钢琴吗？

洪灾后，布比和咩安虎的喜事刚办过，我在等着安虎来上学。

青青山坡上，一个小红点欢跳着奔来。

安虎带了一个人——范娟娟。

我立刻就明白，结局来了。他确切无疑地离去了。

范娟娟带来了那把匕首。他一直握着它。那初露锋芒的匕首，它本还应在人间磨砺多年……

小学生们在绿荫深处唱着我教的歌，带着傣语的夹舌音：

划小船，小船摇，

小小的船儿水上漂……

在马车上，在悠长的白日里，沿着悠长的大路，任佳爱唱这支童年的歌。他带着稚气，悄悄地唱着：

小小的船儿水上漂。

不怕风儿吹，不怕浪儿高……

丁零零！学校里在摇手铃，上课了。

那些光溜溜的小脊梁和系着筒裙的细小身影欢奔向竹棚草顶的教室，中间夹着一个小红点。

我离开范娟娟，边擦眼泪边急步走进教室。

大哥参军的时候，我又回了一次家。

我注意到，碧郎的眼睛像晴空里起了阴霾，眼圈红红的。她不想掩饰，把含怨的目光射向大哥。

大爹在不露声色地关心着碧郎，总给她一个亲切的位置。“首领”，我又想起了这个最初的称呼。

“妹子，我有一件事。”大哥慢慢地对我说，“我对不起那个知识青年……你去请他来，家里要杀猪。”

我转过头去，不让大哥看到我眼中的泪水。我说：“他不会怪你的……”

“你请他来吧。你信不过我吗？”

我吞下了泪水，回头看着大哥。我笑着说：“大哥，我信得过你。他回去了……我写信，告诉他。”

大哥失望地说：“写信？怕见不着了。”

见不着了吗？

我常常梦见那个地方。

如今，那吸取了我们的青春的土地，是不是变得更美丽了？

云——献给养育我的小城……

黄昏。

我又在这初秋的云华树下散步。我又看见了故乡八月的天空。

在外面的大平原上，常常是一碧万顷的蓝天，或是凝重呆滞的阴云，看不到这样奇丽多变的高原云景。地方叫“云城”，这里出生的孩子也爱命名为“云”。

一月前，我还在大学里对付纷繁的考试，在闷热和蝉噪声中，仿佛这大千世界都已经不存在。现在，整个人生又这样切近地包围了我。

在初放的灯辉中，驰来一团金黄的云。一辆簇新的自行车猛地刹在那儿了。

“一帆，是你？快来！”

热情的旁若无人的招呼声，使路边的人们都抬起了头。

“英英！”我惊喜地喊着，又不由矜持地站住了。

英英生就一头微黄的柔发，用一根暗红的丝发带束在脑后。淡眉淡眼，配上金黄的尼龙绸束腰外套，全身就像一片新鲜的秋叶，轻盈别致。这刚生了第一个孩子的少妇，出落得高胸丰臀。我在研究所资料室工作的时候，她在所里绘图室。引人注目的是，她是当今市委黎副书记的女儿。

“给你这个！正要去你家呢。”英英拉开提包，抽出一张红笺来。

喜鹊闹梅的结婚喜帖。

“谁？”我的心里微微一震，自然是他。我一面微笑着接过喜帖，一面表示祝贺：“你们家的老大难问题总算解决了。”

“就是呀！你不还说，我们家是倒着来，妹妹赶在哥哥前吗？”

这是说的两年前，英英把她自己的喜柬送给我的时候。英英那时穿海蓝色的卡上衣，显得有些硬邦邦的，长辫子编得紧紧的，对新娘子的身份感到羞涩。当时听了我的打趣，她红了脸答道：“谁知道！我哥的媳妇还不知在哪里呢！”

就在英英的婚礼上，我遇见了那双眼睛。我与英英的哥哥——我童年的伙伴黎云，在分别十年后重逢了。

那是粉碎“四人帮”后，标志着老干部翻身的一个婚礼。多年来养病、退休、离职、回老家的、不露面的老头子们全都出来了。在那个没有轻音乐的，年轻人感到拘束的婚礼上，他们互相庆幸着，叙着别情。因为清明节纪念总理事件受拘禁刚刚放出的我，对这个婚礼也怀着亲热的感情。

哦，那双难忘的眼睛，直率地看着我。我周身的光彩骤然起了变化。那个热闹的婚礼离开了我们，对于我俩，有一件重大的事情开始了。

那夜，英英的新房没有开日光灯。汽车司机黎云给妹妹装了一串七彩灯。光线柔和。当我和黎云坐在那里谈话的时候，有一刹那，我感到那彩灯是为我照耀的。

英英蹬车远去了。我没有看手中的红帖。那个陌生的新娘，管她是谁呢？我好像又看见了黎云的那双眼睛……

夜凉下来，桂花的香气透出来了。一丝一丝，飘逸四空。特意地一吸气，它反而没有了。这如同爱情一般的气息。在路口菱形花坛边，桂花树枝摇了一下。黎云骑着自行车出现了。他一脚蹬在花坛上，刹住了车，月光清楚地照着他。他直瞅着我的脸。

“从哪儿回来？”

“从霞湖。”

“干什么去？”

“玩。”

“跟谁去？”

“同学。”

“玩什么？”

“玩什么？聊天呗！”我诧异地望着他。

“哼！聊天，这么晚！”他一蹬花坛，驶车走了。我忽然发觉他用的是审问的口吻。

月亮下的桂树前，这仿佛是刚才发生的事，或者是正要发生的事。不，这是永远不会再发生的事了。黎云已没有这个审讯者的权利……还会有谁来审问我？谁呢？

有这样一簇鲜花，它无视时光的流逝，盛开着。红黄蓝白，像玉雕一样莹洁，又像酒后生春的仙子，香艳浓郁。它唤醒我对生活的热望。我是在英英的婚礼上看见这簇花的。也许送花的只是把它作为谋取的手段。可是花儿的美是纯洁的。幸福的主人没有多看它几眼，我这个旁观者的心，却被它重新注入了青春的欲望。

欣赏一位丽人还要注意礼貌，看花却可以笔直地走上前去，目不转睛。

我喜欢用鲜花插瓶，而讨厌逼真的假花。在农村插队时，我用各式各样的小瓶、竹筒、油灯来插花。有名无名的异乡野地之花，含香带露的一束，插在打柴的担子上带回家，就可以使寂寞的少女快乐。

这簇绚丽的鲜花，使我忘记了那些点缀过我的岁月的，发着苦香的、带刺的野花，我忘记了自己对温室娇花的一贯嘲弄。

美丽，无可指摘的美丽，不需要任何大道理来雕饰的美丽。在你面前我第一次怀疑起自己的道路。难道我生来就该是一朵只在野外开放的小花儿吗?

在客厅里穿梭不息的都是鲜花一样的年轻人，英英夫妇和他们的男女朋友们。他们肌肤莹润、眉目鲜朗。他们中有不少人往往穿半截军装来标志其血统，在大庭广众中气宇轩昂地走来走去……

英英家我是常来的。英英的父亲是一位正直的老红军，原来是研究所的书记，看着我从小长大的。当我被打成“反革命”时，由于他的反对，迫害才没有波及我的母亲。英英的母亲也常称赞我。小时候，她一直叫我“小班长”。英英待我亲如姐妹……我尽力地回顾那熟悉的往事，回味那亲切的感情。可是我还是感到这里陌生极了，实在格格不入。

一位修长的姑娘端着糖果盘走过来招待我。她长得粉面乌眉，辫子长过了腰。这是研究所吴副书记的独生女小燕。黑漆一般的眼睛，酷像她那死在“牛棚”里的妈。大厅里穿梭似的忙碌着的，还有五六个小燕这样的窈窕少女。她们各自代表着父亲前来服务。那些父亲们正坐在隔壁的小客厅里谈论着百感交集的过去和踌躇满志的未来。

小燕在这里遇见我，眉间流露了一点不快。因为她有一件烦恼的心事，这里唯有我知情。不久前吴副书记曾交给我一个“任务”，他说：“小燕很相信你。你跟她谈谈，用你那坚决的政治立场影响影响她。告诉她，咱们家，绝不能和‘四人帮’结亲!”

小燕的男朋友健云本来也是市委的干部子弟。健云的父亲和“四人帮”帮派体系有牵连，现在隔离审查，可能党籍都难保。健云全家已搬出了市委大院。

五年前，健云和小燕同在农村插队时好上了。后来双双参军、复员回到云城，都是靠的健云他爸。那时吴家正倒霉着呢。

小燕忽然神情活泼起来，向我挤挤眼，我一看门口，马珍居然也来了。

这位党委办公室的秘书，大高个子，方块脸，会吸烟，很有派头。客厅里没有她这样四五十岁的有身份的人。她显然是由于不敢贸然闯进隔壁老头们中去，才又拿着威风又似有委屈地来到这里。在今天这种场合下，谁都不理她，谁都敢不理她。黎云的母亲淡淡地招呼她，也带着哂笑的味。小燕朝我撇撇嘴，高端着糖果盘，从她身边擦过去，故意不招待她。马秘书坐了下来，她可真沉得住气。她那藏着张皇的眼光像刀子似的落在我身上。好几次，我和小燕一道遇上她，她挨了小燕的冷脸后，都这样看我。

小燕曾明白地告诉过我：“马珍那会儿到市里汇报了我爸爸多少黑材料！现在又天天跑来，晚上坐着不走，真讨厌！”

我不由不担心。吴副书记可不能娶马珍啊！所里的人们都很不以为然地在议论着这件事。听说黎书记对这女人也反感。没多久，吴副书记公开辟谣了。马珍也就不再上小燕家去了。

自从“十月的胜利”以来，吴副书记对我的态度渐渐起了变化。

在人们眼中我没有“红”起来。科室调整，我没有调一个技术工作，依然打杂。房屋分配，我和母亲依然住在老房子里。

“Hello！郑一帆，贵客。你的战斗生涯从此可以结束了吧?”

一个鼓鼻梁、厚嘴唇，风度优雅的青年从客厅的另一头向我高呼。他那精致的眼镜闪闪发光。人们一时都望我。这是新郎大毛，一位军长的长子。他蓄意要把我放在一个既受重视、又受歧视的位置上。粉碎“四人帮”的强劲东风把他送进了高等学府。他用高昂的学费向私人学英语，是这里的佼佼者。

“对不起，我不懂外国话。”

“嗨！谁不知道你郑一帆说的一口地道英语，你是专人训练的，标准的伦敦音嘛……”他一下子住了口。我正恨恨地盯着他。

大毛的眼神惶惑了。

他没有资格在这提到我的往事，那个“训练”我英语的人，他已经离开了人世。大毛贸然地提到他，使我的郁闷化为一股愠怒。

这大厅的一端聚集着不需要招待的青年。他们自斟自饮，自己挑糖吃，并且以争论使自己增色。

有人给大毛帮腔了：

“其实，说真的，谁也别充什么反‘四人帮’的自觉战士。当初就看得那么透吗？不见得吧？”一副十足的公子腔。

“我并没有什么战士的桂冠，我有的只是伤口，谁都可以往上撒辣椒面。”我说。

“不，你应该得到的不是这个。”黎云忽然在当中发话了。以后我每次想起来，这句话好像是从天外飞来的。他站在长茶几的另一头，把他的脸转向我和这一群。

黎云怎么会选择这个时候，这种场合来披露襟怀呢？他此类令人吃惊的举动，很久以后，我都不能习惯。

大厅里一时静下来……

他说得那样坚定，就像他确切知道，我应该得到的是什么一样。

我噎住了。

我习惯的是被批斗、提审和冷嘲热讽。连绵不绝的苦难穿透了我的青春。我几乎要相信，我是为苦难而生的了。

人世间的温情和爱，对于我，竟变得不自然和生疏。

一刹那，也许震惊和酸楚的表情停留在我的脸上，黎云绕过茶几，走到我的身旁。

以后的时间里，我们隔着一张茶几娓娓叙谈起来。我们一下子就走得相近了，仿佛从人声鼎沸的大路步入了清幽的小径。

英英几次走来请我去挑唱片。黎云的母亲也几次朝我们这边张望。人们有理由奇怪，我们对那些琐碎的话题为什么这样津津乐道。我们举出小学的同班同学，互相询问，他们现在哪里。他们的存在忽然变得重要起来。借着这些话题，我们的眼睛都怀着莫大的兴趣，尽情地打量对方，眼睛的语言是：为什么这些年我就一直没有遇见你?

要不是有宽阔的肩和胸，黎云的个子在男青年中是不起眼的。他有瘦削而敏感的脸，总是皱着的眉和突然开展的笑。他的眼睛很有锋芒。那天晚上，他穿着深褐色的衬衣，精悍、质朴，像个工人。我上高中，他上技工学校。我下农村，他被分到边疆的一个拖拉机站。如今，我归来了，他也归来了。

时常有人说我好看，我并不敢相信。我知道，自己从来就不是那种长得甜的姑娘，叫小伙子们见了就话更多、胸更挺，让阿姨大婶们见了就要来拉手摸辫子的。我不能给男伙伴们以含羞带笑的柔媚，倾听着他们的高谈阔论，用顺从和惊讶使他们快乐。在多数人眼中，我不过是一个轮廓分明的矮个儿姑娘，头发跟男孩子差不多，常常乱蓬蓬的。

可是那天晚上，黎云的眼睛告诉我，我是美的，胜过参加婚礼的所有娇滴滴的姑娘。

借着英英的穿衣镜，我看到了一幅线条粗犷的炭精画，黑丝绒的夹克式外衣，眉毛黑黑的、粗粗的，头发没有一点约束和装饰。迅速地一瞥眼，看见一双灼人的黑眼睛。

整个婚礼上，黎云的眼睛没有离开过我。我们掩饰不住一见钟情的快乐。他帮我安置杯盏，倒茶水。我从来没想到，给别人的婚礼打杂也会有这样的快乐。许多来宾都看我，指点我。不知是我忽然一下子风韵倍增，还是他们注意到主人家的长子对我的亲昵态度。

黎云穿过十年的迷雾和苦难向我走来。

初秋的早晨，当研究所大院里的人们睡眼惺忪地忙着倒尿盆、打牛奶时，我已经从小门外面的原野上跑步回来。水池边几个研究员在打太极拳。吴副书记半闭着眼在海棠树下散步，以治疗高血压。从来不散步的马珍也散起步来了。

黎云在露天的自来水龙头下洗脸。他赤着膊，一面抖落头发上的水，一面向我笑。晨风爱抚着我裸露在无袖球衣外的脖子和双臂。他大胆的眼光正落在我的身上。

锻炼是风雨无阻的。而他，也总在那儿。如果有一天早晨不相遇，第二天他就会说一句："昨天出差了。"

就为了这晨风般的怡悦，我受了多大的惩罚啊！在后来的很多时间里，我总是径直跑过那空荡荡的水龙头旁。有时远看有一个人影，但那不过是一个缩着脖子淘米的人。我仍然长跑，不是为了爱，而是为了晚上看书的精力。我必须跑下去，即便路上再没有爱的眼睛。

隔着绿格子窗帘，他的灯亮了。灯在把我召唤。只等我轻敲窗户，他就欣喜地回答。

他含笑回身关门，只剩下我们两人相对。我们总感到相处自若，从来没有顾忌到，屋子里只关着一个姑娘和一个少年郎。

更多的是他上我这儿来。晚间不知什么时候，我的门上“笃笃”地响了，然后是静待。我就知道是他。

“我今天去看了罗云城，记得吗?”

“记得。”罗云城是我和黎云儿时的同学。“他还把毛毛虫放在我的文具盒里呢!”

“他在运输队挨整啦。”

“为什么?”

“……因为谈恋爱，在野外被人家抓住了。”

“哦。”我哽住了。

“他一见我就把头转过去。我真想叫起来：‘你没有错！你有什么错?’”黎云生气似的望着我。他的爽朗多么动人。他也许能做一个一往无前的人。

我把茶端给他，他瞅着我的手，好像发现了什么。我也看了一下自己的手。在台灯下，修长的手指，轮廓分明，柔美玲珑。手，比我那抑制的面容更富于表情。它，好像不是我的了。

他走了。我送他下楼的时候，黑暗中，我扶在楼梯栏杆上的手触到了一点温热。

我缩回了自己的手。

在黑暗的楼梯上，黎云的眼睛闪闪发光。他没有再往下走。我停在上一级楼梯上。我忽然一阵伤感，我为另一个人痛惜。

在大云江畔的竹林中，我也经历过这黑暗中的激动。汉云把手电递给我，我却因为碰上了他的手而缩回来。在夜的林中小径上，我们走着，再没有继续笑谈，而是互相引起了一种兴奋和惊悸……

如今，另一个人站在我的身旁。

该睡觉了，但合上眼也没用。

我不怕一个人。真的，在乡下，我不怕黑夜，不怕鬼，也不怕贼。

有一种东西比鬼和贼更可怕，那是一种渴念，一个陌生的禁区。

啊，谁来帮助我？

黎云？他，行吗？

云城闹地震的那一年，黎云悄悄跑回家来。天黑时，他砸破贴着封条的玻璃窗跳进屋去，四周静悄悄的不见一个人。寄给他的家信不知是进了垃圾堆还是进了专案组，他不知道他父母已带着英英回到了井冈山老家。

夜里，他在沾满尘灰的长沙发上睡着了。一种异样的感觉使他睁开了眼睛。吊灯忽然摇摆起来，他的眼睛随着它摆，接着他自己猛地被摔倒在地上。使全城紧张了一个多月的地震开始了。

他明白以后，还是一动不动。也许上天要在这里结束他漂泊的命运？他睡着了。

他同另一个“他”多不同啊！“他”从来没有这样心安理得地等待死亡。

就在那次轰动全省的地震中，我经历了截然不同的夜。

汉云特地跑到我住的寨子里来，人们正忙着在野外过夜，扶老携幼，又紧张又热闹。

萤火虫飞来飞去。我们彻夜畅谈。

在人们都沉睡了的子夜，汉云忽然说，他听见火车叫。我取笑他。离这儿最近的铁路有七百里，隔着崇山峻岭。他指着前面说：“你看，火车来了！”

前面高隆起来的是巨蟒般的江堤。黑夜的边缘被一派红火照映。在浮动的夜光中，像有一列巨大的火车轰隆隆地开来。在江声林涛中，似乎随时会传出一声汽笛的长鸣。那是前进的激动人心的声音。一声长鸣，使现在变成过去，人们立即告别过去，奔向希望的远方。

我和汉云久久地坐在石榴树下，等待着，等待着那一声汽笛的长鸣。静夜被这热情鼓动着，堤坝也像在深深呼吸。汉云那慷慨陈词的青年英姿，在陌生的傣歌声中，在热带小虫的长鸣中，改变了这苍茫的异乡之夜。他使凄凉变为壮美。

为了汉云留下的这道光芒，我无视其他青年男性，无视自己的年华已经很久了。

“你羡慕别人的家庭幸福吗?”黎云问。

“羡慕。”

“可是你知道吗?莎士比亚说过,结了婚的人好比在城里头,没结婚的人好比住在城外头。城外的要打进去,城里的要打出来。”

我差一点大笑起来。他看了我一眼,又说:“我的好几个朋友都结婚了。还不到一年,逢年过节他们都跑到单身宿舍里来了。和我们这些单身汉一起喝酒打牌。闹到半夜一两点,我看他们是烦了。”

我有些惊愕。

也许,我现在还没有为人之妻是幸运的。因为在我的内心生活中,男女间的关系闪着神奇的光辉。我总觉得那会一下子把双方的生命改观。我永远不能设想,和我如此亲密的男子,怎么能抓住我的头发对我打骂,或者漠然地在别人面前讪笑自己的妻子。不,我不是为这种关系而思念等待的。

黎云听着我的倾诉,用期望的眼光看着我。

小鸟从树上飞走的时候,小树枝摇晃着。你走过去的时候,我的心摇晃着。

“你知道吗?回避他就是追求他。”他在我屋里转了一圈,停在那幅世界地图面前。

“谁说的?”

“托尔斯泰。你不知道?”他得意了。

自从爱上这双眼睛，就到处都有这双眼睛。电影的男主角、小说的插图，每个可爱的男性都带着这种气质。到处都是他。

爱上谁，也许就是爱上了生活中的一种什么东西吧。

黎云带了磁带来，让我听音乐：

不要责备我吧，妈妈，

我是那样爱他。

没有他我一人生活，

叫我多么寂寞……

他也哼着，看着我笑。

他母亲长着白净的前额。小时候，每当我去喊黎云上学的时候，她在一旁帮我催着黎云起床，拿书包。一个小学生班长去帮助淘气包，总是受欢迎的。上星期天，黎云驾着一辆簇新的红色轻便摩托，在我面前停下来，推开挡风玻璃，邀我上车去看西山的红叶。他穿一件皮夹克。对着如此刺眼的阵势，我本能地后退了。摩托“突突”地响着，随时准备腾空而去。黎云焦急地按着电喇叭，催我上去。

她站下来和儿子搭腔，我觉得，她是在等着，看我是否踏上她儿子的摩托。

我扭身钻进了自己的小屋。

……在异乡的原野上，我走得出汗。帆布包里装满了同学们委托我买的肥皂、牙膏、雪花膏。

马车铃追着我响，躲不开似的，我刚要回头发火，赶车人笑出了声："上来吧！"

我惊喜地喊道："汉云！"

马车没有停。我追着车，把挎包、草帽一一扔上去，自己一跳就坐在了他身旁。

大道郁郁葱葱，无尽地向前展开去，汉云唱着诙谐的歌：

……

在那路旁我要镶上美丽的钻石，

让我们甜蜜地度过青春。

……

甜蜜地度过青春……我坐到书桌旁。星期日，X＋Y。

已婚的英英一开口，就是那种世故老婆婆的口吻，她对自己的少妇身份十分满意。

"昨天吃晚饭的时候，我妈说起我哥找对象的事，才提了一句，小燕这孩子不错，我哥就发起火来。"

英英说，有一次在他们家看电视，小燕总絮絮叨叨地发些不着边的评论。黎云在黑暗里猛击了一下桌子，说道："让人安静一下吧！"小燕倒不窘，仍是心平气和地看完电视。

我曾向黎云提到小燕。“傻!”他只说了一个字。

“嗨，担什么心，也许人家早就有了。”我故意说。

“对。我哥还说，我看中了的，自己会找上门去的。”英英的立场又变了。

跟一个待字的女子谈到终身大事，却完全把她排除在外。就凭这一点，我的心永远和英英疏远着。诚然，她没有想伤害我，她挺信赖地跟我聊天。她不过是她那个环境的一个天真的代表。那个环境是无视我作为黎云女友的这个事实的。

可是，爱情是一种独特的果实，它是靠单枪匹马取得的。也许我这没有任何庇护的、辛酸备尝的女子，比那些受人们宠爱的孩子离爱情之果更近。

“太晚了，我走吧。明天你能起得来吗?”他探询的眼光扫我一下，从藤椅里留恋地欠起身来。

我常常感到我们相处已经很久，或者，从童年就没有离开过。

早晨上班去，黎云追上了我。

大概二十年前，也在这条路上。冬天上学去，黎云喊着：“夹钱包!”把他冻红的小手一下子伸进我的腋窝下。我不由抽紧了胳臂。他哈哈地大笑道：“哎呀，夹得那么紧，真是个守财奴!”

我不好意思再问他：“还记得‘夹钱包’吗?”

黎云的父亲穿着粗呢的军上衣，夹着黑皮包，怒冲冲地站在那里。一辆华沙牌小轿车缓缓地在路边停下。

我放慢了脚步。黎云却对我一笑："我爸上班太积极，司机又迟到了。"

他向他父亲走去，我听见他低声说："爸，别板着脸啦。别发人家的脾气！"

他走了。他父亲弯腰进小车时，我听见他问司机："吃早点了吗？"也许，他想起自己的儿子也是司机，甚至，想得更多。

小车轻快地响着喇叭，一转身开走了。隔着车窗玻璃，司机把着方向盘的凝神姿态，在我眼前一闪而过。那天然鬈曲成片的额发覆盖到眉梢，微凹的眼窝，粗野而漂亮的鼻子，罗云城！是他，调来市委开车了。

黄昏，总是在黄昏。

假如我们不曾相遇在迷人的黄昏，也许我不会这样热爱黄昏的来临。

只要有他在场，我就能感觉到他的呼吸和轻微的叹息声。只要一看他的眼神，我就知道他想说什么。

我喜欢他趿着拖鞋接待我的懒散样子。着意的打扮反而会使我在他面前拘束。

“我师傅来云城看病，我去看他。”黎云皱着眉头说。

“师傅？就是你在下面拖拉机站的师傅吗？”

“他是烧锅炉的。”

那些年，黎云在下面，只要是人们认为的侮辱性的笨重肮脏活儿，他都干过。

他曾告诉我：“他们把我分到食堂去。我根本没什么面子不面子的。我告诉那些认识的工人，‘我卖饭了，快来买！’一个月就弄得食堂要破产，他们气得把我送到锅炉房去了。”

我不禁哈哈大笑。这也是一种反抗方式吧？不过我可从来没有这么干过。

我想象得出，他赤身穿在一条空空的大工作裤里，在那锅炉房里挥舞煤铲。煤烟、汗水、闷热。他一面加煤，一面回头看那气压表。

“我师傅把好煤都留给我烧。他的技术好得很，随便烧什么煤都能把气压表升上去的。”他像孩子夸老师一样，“烧不上去，他们就要说你破坏生产。”

“你也不把你师傅请到家去？”

“他不来。”黎云又皱眉头，“他说，我去看他，就够了。”

“为什么？”话问出口，我也知道，那是一个普通劳动者的尊严。黎云家如今是门禁森严，填表、盘查，使普通人望而生畏。

我愁闷地想到，黎云的朋友成分正在起变化。大院里的那帮子弟不久就会让他入伙的。

他把自行车停在我家楼下，“啪”地上了锁，喊我的名字。在那些口琴格子一般的住房里，窗口纷纷都探出了头。

他随随便便地穿着一件深蓝色的上衣，天然俊秀。可是他带给我的不是快乐。

他脑后的那撮头发依然是不驯地翘着。他曾拿着弹弓、小人书在这楼口出出进进，他曾在我家那张洁净的小书桌上做作业。可是如今，那些藏着童年温馨的角落都不复存在了。世界变得这样狭小，生活因为各种刺探的目光而变得乏味。

母亲走出走进的，不知道要找什么。母亲从来不是这样的。在我和小伙伴们谈话的时候，她从不进来。黎云只有老望我，真让人心烦！

第二天早上，母亲没头没脑地说：“他，是和吴书记家小燕‘定’了吧？”

“不知道！”

母亲说：“那你注意点影响，别让人家起误会。”

母亲怎么这么“灵通”起来了，那不过是人家家庭饭桌上的闲聊嘛。

母亲怕，什么都怕。所里的人们爱说：“你妈妈怎么有你这样一个大逆不道的女儿啊！”

我更爱我们家镜框里的母亲。白旗袍裹住浑圆的肩，尖下巴微微翘着，杏子眼里是一片憧憬。一个活泼的女学生。我上中学的时候，她的老同学，一个解放前的“地下党”到家里来玩，看见我在读巴金的《家》，就笑着说，“小帆也看起这本书来了！当年，你妈妈要不是看这本书，就不会有你。你妈妈就是这书里的淑英。”母亲也笑了，还背出书里的一些句子来。“春天是我们的……”等等。母亲嫁给父亲的时候，她家里已经给她订下了一个国民党的团长，而父亲不过是一个穷学生。

旧社会没有吓退母亲的勇气，可是现在她却这样生活。她常教训我：“看大门的你也别得罪……人啊！”

在乡下的时候，母亲给我寄去过漂亮的衣服，令女伴们不胜艳羡。母亲的眼光和手艺大方雅致。可是以后母亲不再给我做好看的衣服了。不知谁告诉她说，我调不上来就是因为穿着太出众……我回来工作后，母亲总一个劲儿地要求我在衣着上“工农”化。母亲自己总穿一双解放鞋，那是她患关节炎的腿最忌的鞋。有意的、不谐和的穿着，使母亲相貌提早衰老。

母女间是这样隔膜，两人都爱看书，各自寻找着寄托。

正要下班，黎云冲进屋来，拿出两张票：“《牛虻》，六点半的，去吗？”他又补充道，“英英不在家，等不了啦，我们去吧。”

“《牛虻》！”我从桌边跳起来一把夺过他手里的票。但立刻清醒了，“你还是再去找找吧，英英可能还在绘图室里。”我把票放下，自己又坐回去。

“我，我本来就是来找你的。”他窘迫地说，“你不是很想看《牛虻》吗？”

这是“内部片子”，人家给他们送票，不止两张吧。我会遇上英英、小燕吗？说不定我就要坐在黎云母亲的旁边。电影在军区内礼堂里放。影院内总是那样一些人、那样的神气和装束，彼此相熟，带着些保姆、司机。我算哪一流呢？

不管他们！我是为着“亚瑟”去的。

可是我该不该和黎云一起去呢？难道仅仅只是为了看电影吗？

我的自行车渐渐落后于黎云，已到了岗哨警戒的军区大门。黎云下了车，回头等我。

“我不看了，我还有点事。”我把票塞在他手中。他一下子就像无辜的孩子挨了骂一样。蹬上车我就逃了。我不能细看黎云，只见哨兵的脸依然板着，大概他在这大门口已看惯了小姐们耍脾气。

“中国就是这个样子，几千年如此，谁也没有办法！现在人们想的还不就是工资多一些，生活好一点。我真不理解你干吗总那么愤愤不平！”黎云斜靠在被子上叹息着。我百无聊赖，没拉开的窗帘边上露出了夜空，远处仿佛有另一个年轻的声音说着：

“我们不像汉唐的子孙，倒像明清的子孙！假如每个人都不把自己看作国家的主人，我们这个民族怎么强大起来呢？”

那是高汉云的声音。在幽暗的竹楼里说着。油灯忽闪忽闪的，我的心也充满了火苗般的生机。那是在黑得不透一线光的林彪、“四人帮”横行的时期。

“我只后悔，这十年没有早点开始玩!”黎云又说。

“玩?”

“你以为你拼来拼去地这么干，人民，会从你干的那些事里得到什么好处吗?”他冷笑一声，“倒是你倒霉的时候，谁都怕落得你的下场。”

“……”

假如我告诉他，有人为了这看不见的好处把命都丢了。他将说什么呢？傻?

黎云是真率可爱的。但有一个人更可爱。他在我的回忆中建树了一个高点，使黎云无法企及。

他，是被多少青春的声音选举出来，作为某一批年华已逝的人的杰出代表的。

在乡下，当男孩子们的求爱被我一一拒绝后，他们并不生气。他们真诚地和我讨论：“你喜欢谁呢？谁对你是最合适的?”

“高汉云。”他们一致说道，“你一定会喜欢他。”

“未必。”我说。

“他能征服所有人的心。”他们胜利似的向我预言。一个男孩子，受到同龄青年的如此爱戴，甚至在爱情上也不存妒意，仅仅由此就开始震动我的心。

我早就听说过这个名字。一个归侨学生。少年时抛开海外的巨商家庭，只身回国。“文革”前他是全市模范共青团员，他曾提出不参加高考、到边疆去创办青年农场的号召。“文革”中，他成为中学界有名的红卫兵领袖。

乡下男孩子们传诵着他力大如神，仗义疏财的故事。每逢有月光和篝火的聚会，总有人念着：“汉云要在这里就好了。”在歌唱之后，也有这样的议论：“要能听听汉云唱歌，那才叫人难忘呢。”

我没有急于找寻他。但是一个信息已经埋下，我等着那个见面的时刻。

中秋节。到一个热闹的“知青”大院去。正在女生屋里说笑着，一个男生来叫“吃饭”。他悄悄地说了一句：“汉云来了。”

我觉得好几个女孩子都和我一样地兴奋起来。

走进竹造的大厅，我寻找着。我知道他有一只手表。那时候，“知青”中戴表的人很少。

一个粗壮的男生坐在门口，光裸的手臂上，戴着金面闪光的表。跑进来一个小男孩，用手掌在他头上一铲，戴表的人咧着嘴骂了一句粗话。

我的心沉下来，神话的光芒消失了。

“汉云！”窗口有人喊着，一串钥匙扔了进来。我身后有个男生抢前一步，接住了它。

我忽地回过头去，盯着他。他就坐在我旁边。这才是高汉云。

他也盯了我片刻。若有所思，又好像有了答案。

欢乐的火焰在我心中腾起。我的眼睛不舍地追着他，这险些消失了的彗星。

他不是那种一眼就能取中的人物，然而，只要一注意到他，你就会越来越感受出他的吸引力。

这是个高身量的青年，看上去，肩和胸比一般男学生有劲。五官的轮廓线很深。眼窝、鼻翼两端和嘴角都显出阴影，整个脸似乎罩着一层沉思的雾。这是属于那种表情不活跃的男子。可是，若动起感情来，眉眼缓缓地一展，低沉地“嘿嘿”一笑，却像突然放晴了的天空一样，有荡人心旌的力量。

“我想不到你是这样的。早就知道你读了许多书，会写诗。没想到，你还挺野。哈哈!”后来，他说了那天晚上对我的印象。由于失望中重获希望，我盯着他，有点肆无忌惮。

节日的东道主是个二十多人的知青大家庭。在这里，原来的“红卫兵”头目变成了一家之主，代表这个整体向寨子、干部和外界的上上下下处理一切事务。他们有意选择了寨边靠山的地盘建起了这座大院，围起了高篱墙。院心是菱形的葡萄架。知青和所带来的弟妹都按男女分住东西两厢。家里人有的出工，有的在家种菜地、养猪。还有一个女生专门是拆洗缝补所有人的被盖衣物的。一切都归公，从家里带来的一小罐咸菜、糖果到各人的收入。

这天晚上，他们正在为家中一个女生的行为愤慨不已。因为她不顾这个家里有男孩子对她钟情，而和旁边寨子的一个男生打得火热。并且，因为这个大家庭不同意邀请那男生过节，她就在中秋之夜“私奔”了。分配给她的活只好让别人来干。

月光洒下来，使葡萄架下的盛宴有一种别致的豪华。杀了一头猪。一家之长穿着破背心，指挥若定。客人们赞赏这个“真善美”的小乐园，赞赏他们的勤劳、团结和待客的慷慨。

“尝尝，红烧肉，自己用黄豆做的酱油。”

“自己酿的米酒。”

“自己做的花生糖。”

我们这些两两三三散居在各处村寨里的知青，在他们面前更感到自己的贫穷无力和漂泊孤独。

“来，为你们创造了知青的理想而干杯！”有人站起来，举起了土碗。

“不！这不是理想。这只是一种暂时的生活方式。”

大家惊愕地看着最后站起来的汉云。

“你们想团结起来，对付外界的压迫。可是压迫首先从内部产生了。你们干涉别人的感情自由。为了维护这个家，丑恶和虚伪已经产生了。为什么要强求平均，要人家把父母寄来的东西都‘共产’呢？好，连破布都是公有的，这是廉价的假共产主义！

“像一座孤岛一样，隔绝于社会，这能长久吗？当生活逼得我们终于又要投身于社会时，你们会发现，你们剥夺了自己真实的生活。学习社会，检验自己，在你们这里会变成空白。

“我喜欢你们的家。可是我不赞成它，我到了这里，忽然有一种熟悉的感觉。这就是我初回国的时候，把那一套‘左’的东西都当作社会主义。我们还要经历那幻灭的痛苦吗?”

席上，一些人不以为然地沉默着，另一些人却将惊喜的眼投向汉云。

汉云举起碗，向席上环顾：“为大家的欢聚。”

人们重举起了碗：“干!”

月亮升到了中天。我们敞开了院门。天边的云直连到远方的江堤、竹林。宴会好像是在辽阔的原野，江山之间举行。人们热血奔流起来。

汉云的话使这个美好的知青大院失色。可是，却使那大院外的千变万化的世间生活，变得富有意味，使人的心渴望着飞翔，渴望着去经历千难万险。

酒后，女孩子们都很快就“饱了”。接着，照例是男孩子们闹起来。

菜盆吃得见了底。他们说：“这菜做得太多了!”

下了一阵毛毛雨，他们说：“真暖和!”

汉云举起了最后的杯中酒嚷着：“为我们的‘恬不知苦’而干杯!”

我不禁为他的篡改成语哈哈大笑。

他转向我笑道：“怎么别的女孩都吃饱了，你还吃呀?”

我说：“她们是让着你们。我不让。”

他欲笑未笑地望着我。

他不像一般在大众场合里向我表示亲近的男孩。他那干练的作风和语气，带着一种深沉的责任感，也使我感到一种自我抑制的青春的哀怨。他含笑的眼有时朝这边看过来，好像是说，我只能这样，我应该这样。而他的更加沉静的举止、眼神却说明了他明白我的存在。这更显出了一种高贵的气质。

一支知青自编的小曲哼出来。人们附和上去。乡愁，在深重的夜色中传递着。

星星曾经又密又低地俯瞰着大地，现在变得又高又稀了。

忽然，像从天外飞来，一个明朗、舒展的声音响起：

蓝蓝的天上白云飘，

白云下面马儿跑……

仿佛是早上醒来走出户外，迎面吹来了令人振作的风。

汉云悠然自得地唱着：

要是有人来问我，

这是什么地方？

我不禁扬声回答道：

我就骄傲地告诉他。

一片混声合唱已经跟了上来，大伙唱出了：

这是我们的家乡——

一切的辛苦、悲伤、困惑似乎都有了归宿。我们因为这辛苦、悲伤、困惑，而更体会出那种土生土长的厄运和恩情。我们应该这样。

蓝蓝的天上白云飘……

在这歌声的号召下，这竹棚、油灯，这粗茧的被损伤的手，补丁连缀的旧衣，都显出了一种自豪，一种命定承受苦难的气概。

翌晨，阳光灿烂。院子里铺上长席。女生们抓紧时光簸米。闹闹嚷嚷，不分客和主。大伙在竹篱旁站成“一”字。“哗哗”地竞相筛出糠皮，把雪白的大米倾入箩筐。

竹篱外，笑语响起，男生们从河畔捕鱼回来。

篱墙内，簸米的女孩子们一时无言了。

簸米声失去了节奏。

一只小黑狗先进了院门，后面是两个男孩提着湿漉漉的鱼篓。

汉云在门口出现了。他手扶院门，停留了片刻。他裤腿高挽，满面生辉，环顾着院子。

“哗!”有两个女生把白米簸到了接糠的席上。

我的簸箩也歪了一下，箩里的米和糠又混在一起了……

霞湖的水在山脚下拍打着。

月色中，我们并肩坐着。黎云向四处看了一下，点了一支烟，站起来在树丛中走动。

我发现他没有听我说话。

月光在他的皮夹克上闪着，使他靠在树上像一尊诗人的铜像。他吐掉嘴里叼着的草茎，一回头，那被两道浓睫毛遮住了的眼睛便一下子放出光来。

“人生非得做出什么轰轰烈烈的事情来吗？”他不等待我的回答，便自己朗诵起来：

要活得尽兴解恨……

诗激动着人，但不能使我倾倒。

在爱的角逐中，我回味着一种苦涩的、严峻的东西。一直到黎云念出这首诗来，我才明白，这些我常挂在嘴边的话，都是一种气话。在我的心的深处，还保藏着别的一些重大的、生死攸关的东西。那简直就是我生命的旗帜。

在我的命运中，那种克制的深沉力量，那种浩大气魄，那种献身公益的志向已经成为人生无上的骄傲。我不能再回到天真尽兴的童年了。

一路走着，我低了头想心事。

黎云忽然站住了，站在一丛树影后头。

我不解地抬起头：“怎么啦？”

“怎么？难道不美吗？”他悄声地说，含有深意地望着我。

半边月像刚由云彩拂拭过，那样洁净，薄得似乎要透出蓝色的夜幕来。霞湖的水在夜里奔放起来，一阵阵地扑向沙滩。细雨迎面向我们洒落。

“女孩会爱比她弱的人吗？”黎云忽然说。

“人不会在每方面都强的。”

“你会吗？”他说。

“我……我并不强。”

“你爱谁?”他固执地追问。

细雨湿了我的头发、衣裳。我狼狈着。

“我……爱‘牛虻’。”

“不，你不敢爱。”他生气似的冲我说。

“你把‘牛虻’找来，我就敢爱他。”我挑衅地说。

“哼!”他瞪了我一眼。

唉，黎云，你为什么不喊一声“我就是你的‘牛虻’”呢?

在永远地失去了黎云——为什么又是失去?——之后，我曾无数次地自谴，无数次地追忆着那些聚首无言、欲亲近反而疏远的散步，又无数次地设想：假如……

假如我当初向他诉说了那如梦的往事，他，可能够把我这颗纷扰的心拥抱?

往日的沉冤还没有昭雪，像一包正待引发的炸药在我的脚底。

我们注定了要遭遇一次爆炸。

我们间的信任能够经受住这爆炸吗?

倘若我们心心相印、同生共死，必将把硝烟卷进他的家庭。那么，为我承担命运的就不止一个人。

我流着泪对自己说：分开也许更好。

但是幸福的昙花仅仅一现，就使人向往它美丽长存。为什么不可能呢?

如果我当初更勇敢、更热情……

回味着他离开我时的眼神，那怨愤中还有几丝鄙薄，甚至怜悯。他或许早就知道了我这点难言的隐痛，在期待的失望中看透了我的懦怯。也许，是我自己不值得他爱。

啊，直到今天，我没法做出正确的判断。我是不是注定了该失去？时日已经无情地远去了。可是，我依然在痛苦地判断，又推翻。正是黎云所以为的我的“强”，阻止了我去自由地择取所爱。

何必要做作呢？在这一切之后，我是获得了许多重要的东西，足以增添人的价值和尊严。可是，我为什么就非得失去那纯真的感情呢？难道这都像小说家写的只有“非此即彼”的出路？

那一条成功、高尚而又幸福的光明之途在哪儿？

我什么都不愿失去！

让明智的人们哂笑我吧。为了没有开放的蓓蕾，为了没有倾吐的爱情，为了那飘浮难逐的彩云，我实实在在地痛苦着。

就让这痛苦折磨我吧！没有它，就像没有希望和理想一样难以生存。

小燕倒了茶，出去时把她爸的小书房门一带。就像以前我和她爹进行密谈时一样。那时，谁也不敢来给吴副书记送个消息，他曾那么急切地盼着我。

粉碎“四人帮”的消息暗中传到小城时，就是在这间书房里，吴副书记曾经振奋地踱来踱去。他对我和小燕说：“我六十多岁了，又有病。为了你们，再干十年!”

此刻，又在这小书房里，吴副书记跟在办公室的表情不同，一副“自己人”的样子。

“解放了！小郑，该解决组织问题了。”他喜悦地向我宣布。

“入党”，这个憧憬从戴红领巾的时候起，就和刘胡兰的塑像、江姐的红梅连在一起。到了那一天，我自己一定已经整个变了样，变得高大、完美。

可是突然间，我，就要入党了。

我就这样入党了吗？

这件盼望已久的事情，来了以后，却又是这么不自然。

看见我有点吃惊，他责备似的加强了语气：“革命需要你解决这个问题，在咱们社会里，要干更多的更大的好事，靠你过去那样单枪匹马是不行的了，要依靠党。”

吴副书记看我懂了，含笑点头：“介绍人由支部给你定，赵林愿意介绍你，怎么样？你们总支委员，能力很强的干部。”

怎么，和声名狼藉的赵林站到一起？

“不要赵林。”

“那你要谁？”

“我要请健云。”我说出了这个突如其来的念头。

吴副书记有控制地端起青瓷茶杯慢慢喝水，他太感意外了。过去跟所里的那伙帮派骨干斗时，他总是夸我脑子灵、反应快。此刻，他或许觉得这已经不是什么长处了。

“当然，请谁，是你的自由。”吴副书记呵呵地笑了，这笑使我感到我们间的关系越来越不可测。

“不过，现在是严肃纪律、加强党的威信的时候，可不能再耍那套个人英雄主义啦!”

“个人英雄主义!”这，就是对我以往历史的总结?

在高考报名处遇见了健云。他把一张空表给我，自己又挤进人堆里去要了一张。

黎云立刻就知道了。

“我不明白，你为什么一定要上大学？当一个工人就不行吗？你想过没有，大学毕业你多少岁了?”

我的心也为黎云的话在叹息着。是的，叫我怎么安排岁月呢？生命无缘无故地短了一大截。

“这十年，我们没有早点生活。只是等、等，等什么呢?”他眼睛望着窗外，“上学，有别的年轻的人，国家就缺你一个吗?”

我忽然觉得他很孤单寂寞。童年的一个“优秀生”和一个“淘气包”的距离又出现了。可就是那时我也没法帮助他得五分。

“你以为你一定能干出什么大事来吗?”他回头看我。

“不一定。”我也挑衅似的望着他，“但是我也不能什么事都不干。”

吴副书记的话，对我产生了一种阴沉沉的作用，叫我看得见说不出。它影响着我每天的愉快和理所应得的生活。每天，我都会担心，一切愉快地进行着的事会突然停止。

可是黎云不明白这个，不明白我身上为什么有刺。

“你以为别人都是愿意闭着眼睛走路的吗?”他反问我。

“哎呀！你跟我是不一样的。人家向你笑，实际是向着你爸爸笑。人家整你，也是为了你爸爸。现在他好了，你也好。你这一辈子不是就生活在你爸爸的影子里了吗？而我，却总要为自己操心、负责。”

他说：“你和赵林他们闹得这么僵，有什么意思？他们，也坏不到哪里吧？比他们坏的人还多着呢!”

“一切都无聊!”他叹道。他过上了一种无威胁也无所争的生活。不久，他就不开车了，因为他母亲每天都提心吊胆的。而从前，为这个驾驶执照，他还斗争过呢。

“你总比我自由。”黎云说。

我忽然一阵冲动，我向他嚷道：“在你面前我最不自由!”

黎云冷笑着：“人家都以为，我这样的家庭，真不知有多少福气。哼！他掌权的时候，我又没有跟着掌权；他倒霉的时候，我倒霉倒够了，把我一辈子的黄金年华都给贴进去了。现在他又掌权了。我呢？得到的就是不自由。在外面干什么人家都记着你是某某的儿子。别人能穿的衣服我不能穿，别人能去的场合我不能去。我又没入党，我又不是官。为着我爸的官，把我这个人全给牺牲进去了，我的兴趣、爱好、性格，我的朋友。一回来，那么多不认识的人都来打招呼，我脸上的肌肉都要笑僵了！

“我恨不得和我爸分开住两个城市。哎，现在要是让我出国，那我真是得解放。动不动就是‘要注意’，我干吗得负那么多责任？谁又为我的损失负责任啦？我知道，你也要讨厌我了，你也要感到不自由了。谁沾了我，谁不自由。你别以为只有你受过苦，只有你懂得生活。你倒来试试看，假如你是我这样的家庭，你连自找苦吃的自由都没有！……我真愿我是个流浪儿，没有家！”

我呆望着他不出声。

我对他爱莫能助。我知道他讲得太真了。

我理解他父亲官复原职又升重任的种种阻力，我更理解他。

我不能劝他顺从，又不能鼓动他反抗。从小当班干部，使我有一种顾大局的思想方式。他父亲的重新上台，那是关乎多少人的利益。可他，也不能甘心生活就这样被人摆布。

天气反常，云城飞起了小雪花。它落地就化。我站在台阶下面，让雪花落在掌中。我捕捉的纯洁，在手中化为虚无。

一个穿黑呢长大衣，戴墨绿色头巾的俏姑娘向我莞尔一笑。

“小燕！”我惊呼着。那双时髦的高腰皮衣把她的削肩、蜂腰都衬托出来了。小雪花沾在她的绿头巾上，在露着的刘海和眉毛上闪亮着。只有谈恋爱的姑娘，才会有这么一种自觉的美感。她匆匆忙忙，生气勃勃。雪花中的这一阵奔走，使她青春焕发，她那北国女儿的肤色，在寒冷中更加莹洁。

在赞美的眼光下，她习惯地露出含羞的神色。

“喂，那份复习材料，你还不来拿？再不给健云送去，他就来不及复习了！”我说。

愉快离开了她的脸：“我加班，太忙。再说，他也许有了。”

“你很久没有见到健云了吧？”我说。

小燕索然无兴地说：“我总不能反对我爸爸。算了，各走各的，祝他交好运吧！”想不到结局来得这样快。

“那你也得把这复习材料送给人家，朋友一场嘛！”见鬼！我竟这样关心起人家的男朋友来了。

小燕抖落雪花，进了她爹的办公室。倒霉的为什么不是黎云呢？那时候，谁还能阻止我去到他身边？

健云走进我的房间来。

他的脸瘦成了长条。眉毛和胡子都显得更浓了。这是一个处于戒备心理的青年，但他仍然在小心谨慎地前进。那种正视一切的决心闪现在他的眼中。

那运动员式的身材并不带着愚蠢的炫耀劲。一双蓝色的网球鞋使他的步履带有弹性。我伸手向桌上拿书的时候，不禁向他凝视了一下。这时的他，如果遭了袭击，会拼命的。如果遇见意外的同情、援助，他会加倍小心地保护自尊心。

他不再自命为到处受欢迎的人了。他站着，等待人的邀请或是冷遇。人就是这样开始自立的。

“坐。不知道这些资料对你有没有用。”我漫不经心地指着屋里唯一的藤靠椅。太热情他也会感到受侮的。

从高考的话题开始，我们缓慢地谈起来。谈话越来越流畅。我没有看手表。对于这个敏感的青年，看表就是逐客令。

他报考理科。对文科的功课感到困难。

我认为，与其说人分为聪明的和不聪明的，不如说人的大脑有两类功能。有一类反应是：“它对不对？我的感受是与之相同还是与之相反？”另一类反应则是懦弱的，那就是：“记住它，记住这句话。人们都是这么说的。”

后一种习惯压制了人的思维，甚至使你连背诵都感到困难。具有这种习惯的人就说自己的脑子笨。其实，聪明的脑子对死记硬背是最厌倦的。重复别人的话，只有磁带才不厌其烦。

我最想知道的，不是真理本身，而是在真理的前一步，先驱者的探索。

健云也兴奋起来，他打开书向我提问。

当我回头向他说明的时候，他正向前凑过来。我靠着了一副结实的肩膀。他的反应比我慢。两人离开了。我们都有点不安。讲书的兴致低了下去。

一种不自觉的对温存的渴念，期望莫及的忧郁升起。

我们同饮着一杯苦酒，为了小燕和黎云。出路对于我们都是唯一的。我们是对等的朋友。

当健云拿起书告辞的时候，我们间有了深的理解。我没有送他下楼。推开窗子，可以看见他走在暗淡的路灯下。那高大的身影似乎给了我一种支持。我们在和一个不肯消逝的阴影作战。小燕和黎云或许现在没有什么可争的了，可是我和健云却可能比他们争得更多的光明。

“郑一帆，你不小了。”

这人情味的开场白，和办公室，和那些上着锁的黑铁保险柜，太不谐调，但吴副书记这沉思的低低的慨叹，仍令人黯然神伤。

是的，我不年轻了。刚下农村那年患了恶性疟疾，老护士长给我静脉注射，怎么也找不着我手上的血管。可是现在，那淡青色的静脉管已历历可见。日光和劳作，已使我失去学生时代苹果样的娇红。漫长的知青生活，使我变成了亚热带的女儿。母亲，有时也会诧异地盯着我说：“怎么那么黑呀?”

“你的个人问题怎么样了？嗨，眼光不要太高了。”吴副书记的话里含着同情。

词，是多么富有时代和社会特色。

“个人问题”，这是不是说，就剩这么一角是你自己的，其他都属于被领导的范畴。“个人问题”，这就是说可以这样处理，也可以那样处理的。这个词是那样符合办公室的气氛，和那些脸红心跳的秘密完全风马牛不相及。

“咳，都快三十岁的人了！你和健云不同，何必去考什么大学。”马秘书在办公室的另一头说话了。

“老马，往后，给小郑注意注意。找一个合适的。”吴副书记代替我提出了要求。我忽然敏感到，他是不是在暗示我？黎云来办公室找我，马珍常看见的。他们是不是认为我和黎云不“合适”？

马珍点点头：“吴副书记一直都是爱护你的。小郑，你是不是被人利用了？你看，赵林那个事，你们团支部私自摘材料，弄得影响多不好。现在市里也来问。”谈话巧妙地变了质。

“年轻人考虑问题要全面些嘛！你母亲提研究员的名单已经报到秘书处，业务和科研都合格，在所里埋头苦干的，也三十多年啦。”

母亲！

母亲近来是更为沉默了。

我可以踩着自己的爱情走去，可是，如果我脚下踩的是母亲的晚年呢？

小建国被民兵押到了台上。裤脚一边高一边低，鹅黄的尼龙运动衫十分刺眼，又皱又脏，正符合会场所需要的形象。他弓缩着还没有长成的少年人的苗条身子。孩子气的眼里，调皮消失了。

而不久前，他那孩子气的眼里还充满了自豪，兴奋地向我说："郑姐，这一回清明节的事扳过来，我们赢了！你可得请客!"

那件鹅黄运动衣，因为在清明节爬上高楼去为总理下半旗，让铁钉挂了一个大口子。他曾引以为荣。

"各位领导，各位同志：

"我偷了公家的唱片，向大家检讨，接受同志们批评和领导的处分。

"可是我不是清查的对象。我要戴罪立功，揭发一个真正的对象！赵林，身为领导，在'五七'农场私卖大家的劳动果实。大米、蔬菜、猪肉……还让我去装车……"

会场里那固有的嗡嗡声一下子停止了。人们都兴奋起来，反而造成顷刻的静。

"态度不老实，带下去!"赵林急不可耐地在台下喝道。

我冲向台口。正式的发言人还握着稿子站在那儿，我越过他们上去了。

"我证明，周建国说的都是事实。除了他的揭发，我们团支部还掌握有其他青年的证明材料。

"唱几支外国歌，就是小流氓？偷了几张唱片，就成了运动对象？我们所的问题不在这里。这是转移目标，嫁祸于青年。赵林不仅是罪证确凿的吸血鬼，他还串通所里的某些人和'四人帮'有秘密的联系……"

"你有什么证据?"赵林冷笑道，"说话要负责任，这是党委主持的会场。"

台下的一片目光向我投来期待和支持。

“证据，我会向组织上反映的。”

几天来，所里的人们在议论着。

在路边、办公室和食堂里，我所到之处，那些惊疑的、惧怕的、赞同的眼光投过来。

人们从马秘书处得知，吴副书记甚为震怒，说我破坏党的一元化领导。一个团支部书记去给在押犯做思想工作，竟敢鼓动他在批判会上造反，并和他遥相呼应，破坏党委的战略部署。

我无从辩解。事实已经是这样。会前我曾几次找吴副书记，都吃了闭门羹。实在是官逼民反。

我总觉得吴副书记是清官一时糊涂。这么一弄，他多半能为群众的呼声所震动，警觉起来，听听我们的材料。

像马秘书、赵林之流，是所里的“月月红”，谁上台都离不了他们。所里的“臭老九”们可比我看得透，所以大都抱定了主意，只管 ABC。何况，他们多数都像我母亲那样，家庭出身见不得天日。

然而，一股若隐若现的正气，推动着所里的舆论。

在这种气氛下，小建国被放出来了。

“郑姐!”

小建国在道路拐弯处堵住了我。他习惯地把手指插进头发里，揉了半天，忽然指着路边的仓库，脸上现出慷慨的侠气："郑姐，你如果放火烧了这仓库，我管保不说。真的，打死我也不说。"

我愣了一下："你尽瞎说，我又不是坏人，干吗烧仓库?"

他急了："反正，往后，只要你用得着我的地方……"

一个身高腰细的青年站在海棠树下，一身洗得半褪色的工作服。他豪爽地上来握住了我的手："谢谢你帮了我弟弟的忙。"

"罗云城!"我惊讶地望着小建国。

"他是我姐的……"

英英欢笑着递过一块瓜来："吃！这瓜真甜!"英英母亲也许是吃完了，从大圆桌旁站起来，擦擦嘴离开了客厅。我目视着她出去，英英急忙来打岔："吃吧，也不知赵某人哪里弄来的这种甜木瓜，送了一筐来呢。"我蔑视着自己。我上这儿干什么来啦?反映赵林?还有马秘书、吴副书记?

英英放下瓜块，小声说："你这回把赵某人得罪够了。他来妈这儿说了一大堆。本来，发平反证的事，我们都为你说话。可是他跟妈妈说，你的历史问题不清，还有什么到霞湖开音乐会……你也小心点。"

我发现自己再不需要那张迟迟未批发的平反证了。难道，那解放的喜悦、那种安全感，就像一颗水果糖似的，只在嘴里甜一会儿?

临走时，我不禁向大圆桌的玻璃板下瞅了一眼，那里新增加了一张四寸照片。

“这是谁呀?”我有意问。

“看不出来吗？是小燕啊。真是，这照片还没有她人好看，是吗?”英英问我。

一张缺乏气质的照片。在聚光灯下，眼睛是胆怯的。裹着一件花尼龙衣服。可是那拘泥、畏缩的神态，与鲜明奔放的花衣服毫不谐调。

这张照片是马珍送来的。

我说：“与马珍有什么相干?”

“一帆，”英英欲言又止，“你小心着点。小燕现在快管马珍叫‘妈’了。她原来不理马珍，现在都推到你的头上。吴老头可恨你了。赵林那些事，跟马珍都有关系。你怎么惹得了这么多?”

我没有去考虑这些。小燕的照片刺痛了我的心。

我曾暗自向英英打听黎云过去的女朋友，一个苏州姑娘。我对比着，对黎云有些失望。她虽然消逝了，她仍会回来的，只是改了名字。她已经为黎家定下了一个儿媳妇的模式：漂亮、娇奢，然而温顺。天天晚上陪着大家看电视，手里拿着精致的毛线活，打些可用可不用的玩意，点缀着这个家庭，显示着她的身份。在宽敞的客厅里有这样一位儿媳妇出来奉茶，将是十分得体的。就是吴副书记，赵林在座，也会一片融洽。

这样的一位儿媳妇，她不会太计较黎云的脾气，也不和家人评什么是非，这一切，她都当作别人不可企及的艳福。

晚上，我和健云在解数学题。

当黎云来敲门的时候，我连问了几声“谁”。熟悉的敲门声连响着，直到黎云带怒地回答，我才开了门。

那天晚上，我对数学的兴趣到了高潮。我坚持一题多解，对每个步骤挑剔、欣赏。连擅长数学的健云也不断地称赞我。我甚至怀疑起自己对文学的迷恋来了。也许，我应该献身于数学，我坚持要健云当晚就教我微积分。

听着健云的讲解，我恍惚看见黎云玩着一只喝干了的茶杯。我不知道他脸上是什么表情。

很久以后，我审视自己那个晚上的表现，我觉得并不全是矫作。

幸好我身上有一股对知识的热情，我常常靠它来搭救我的自信。每当这股热情发动起来的时候，我就像一艘加足马力的快艇，沉醉在自己的驰骋中。

唉，靠着这股热情，我避开了多少灾难，也避开了多少幸福。知识，我的海洋。

中秋节前一天。大清早，乌云乱翻。

忽然，在上班去的路上，好似一轮小太阳放出金光。黎云笑着迎面截住了我。他两手插在洗白了的工作服裤兜里，脸皮晒得更黑了。风吹，使得他眼角边的皱纹又粗又深。上衣照例是敞着领口，任冷风往里灌。

“看！我回来了。三天的路开了两天两夜，差点没出事！”

“哦，你什么时候出差了？”我漫不经心地说。

“怎么？”他惊疑地说，“你不知道？临时通知的，我赶快回来找你，你不在。我告诉我妈和英英，叫她们告诉你，我在八月十五前一定赶回来……”

“嗯？你告诉你妈……”谁也没给我传过话。我恍然了。“好，那你休息吧，我上班去了。”

他惊愕地看着我。

我一走没有回头。

再没有看他一眼，可是脑子里留下了这个印象：风吹着他那未及修理的头发。在寒冷中他的脸色发青了。他插在裤兜里的双手握成了拳头。

让黎云去他自己家里找答案吧。这解释权不属于我。

到霞湖去！到那自由的月光里去！

云城是一位多情的少女，霞湖就是这少女的明眸。

在霞湖里划船，隔一道堤就看见风帆，载运着西山采下来的巨石。赤膊的船夫摇橹，健美的村姑升帆。在霞湖的亭榭里看书，隔岸的稻田里飘来小调。泥脚杆的青年农民有时会在山歌里打趣你。

这是云城青年唱歌、拉琴、作画、谈情说爱的乐园。在那些思想被禁锢的年头，霞湖茂密的苗圃、幽静的小亭曾珍藏了多少青春的乐曲啊！

琴声伴着热情的、昂扬的、忧郁的、诙谐的少男少女的歌喉。如果这声波可以描绘在写生的画夹里，那么湖面上一定织满了绚丽多姿的彩霞。

在霞湖的彼岸躺着“睡美人”山。那是千古不谢的青春美。丰胸削肩，长发散落进霞湖里。

从“睡美人”的怀里涌出洁白如絮的烟云，一团团往蓝天疾驰。白云深处长眠着一位为全民族所爱戴的伟大歌手。我和汉云回城探亲时，曾一起去登高凭吊。

霞湖的风吹拂着青年伙伴的黑发，树叶和芦苇都在应和我们的歌唱。那位青年歌手在我们中间复生了。

在民族的危亡关头，他的生命曾如迅雷闪电一样驰过了历史的巨大波涛，那样短暂、迅猛、精粹。

只要我们民族还有一个真正的青年，这伟大歌手的青春就会与世长存下去。

敬献给这块朴素的墓地的，是禁锢不住的青春的歌唱，那从天南到地北、从城市到边寨、年轻人用心声编织的花环。

在黑暗的年月里，唱，就是用胸腔和热血做成的武器去战斗。

发红的带着暖意的月亮升起来。在林间草地上铺了雨衣，几只鼓鼓囊囊的塑料袋装着叉烧肉、花生、豆腐，几瓶红葡萄酒使得这成了一席盛宴。

小罗最后来。他解释说："送老黎开会。"老黎？他眨眨眼，"老头放我假了。他说散会自个儿去坐公共汽车。不过，我还是去接他一下。"他把黎云母亲称为"太太"，倒把黎副书记叫作"老黎""老头"。

一个体态丰盈的女子在斟酒，蓬松的刘海，独辫上扎根孔雀绿的绸结，云鬓边斜别着银色的发针。这是有名气的民间歌手"云城小周璇"——罗云城的未婚妻，在百货公司卖纱线。尽管工资微薄，上班紧张，文化不高，云城的青年女工们仍是在自己创造着美。

小罗一面和我说话，一面用手细心地摘去"小周璇"背上、肩上、头发里的碎草叶。我不禁看呆了。朦胧中，汉云高大的身影又向我俯下："听懂了吗？"他递给我一个半导体收音机："你留着吧，练习英文靠听……"

"金蛇狂舞"音乐响起来。旁边的一群人里，有一个盲人在拉胡琴。他的睫毛不停地抖动。琴声表示他感觉到了周围的一切：月光、发亮的树叶、友谊和年轻的心灵。

这就是英英曾经恐惧地提到的"霞湖音乐会"。这些音乐，黎云常带了磁带到我的屋里来听，后来不到半年，在收音机里也随时可收到这些乐曲了。

小罗用吉他伴奏着，"小周璇"唱着：

天涯与海角，觅呀觅知音……

小建国静静地望着湖水。鹅黄色的尼龙衣在月光下依然显眼。在这些人中间，我心境平和，得到安慰。

生活和大自然，永不会使人失恋。

旁观着别人的柔情蜜意，我羡慕，我又不羡慕。

在那些以往的中秋之夜，我们唱的不是这个。

我多想再唱一曲大云江畔知青的思乡之曲，再领略那种期待的深情，清醒的悲伤和患难的友谊。

唯有汉云，唯有汉云那样的人，能给这秋风萧瑟的故土带来新的光荣。一种激动，一种做过什么和将要做什么的感觉来到我心中。和汉云在一起，我没有徒手空待。

夜阑人静，我独自走向归途。那轮迟迟不肯下去的圆月又在提醒我，不远的地方有一个黎云，我们曾相约在这中秋节。

大海和星星，

有过多少幽会亲吻。

我和你呀，

却总隔着一缕云。

在我和黎云之间，不可能有小罗他们那样的相恋。我既不愿他公开接近我，又对这种隐秘的感情关系感到侮辱。这是没有出路的爱。

我并不是一个爱挑剔的女孩。可是跟黎云在一起，我总要在小事上纠缠。要是他约会迟到了几分钟，我就冷着脸，让他无以解释。要是他提出变动我们原来的什么约定，我就干脆把它取消。

黎云一定认为我够任性。我也不断地告诉他，这就是我的性格。

性格?

当一切都成为过去后，我要说，是我，首先对黎云不公平的。

X、Y……一面解题，一面谛听着楼梯上的脚步声。在等谁呢?眼泪，滴滴答答地落在X和Y之间。音乐在远处响着。今夜是马珍和吴副书记的婚礼，就在我住的后一幢楼里。

深夜。

打门声大作，像发生了火灾。我打开房门，赵林和保卫科长带着几个随从冲了进来。赵林第一个动作就是上前去把那放下的纱帐撩开。

手电光在床下、在所有的角落扫射。

次晨。

全院在议论昨夜“查户口”。据说云城的“四人帮”余党要作乱，全城加强治安。可是所里满城风雨，传说着在“查户口”中的“新闻”，有说是健云在我这里深夜不归，有说是我和社会上的不法分子有来往。小燕见了我扭头就走。

英英站在远处望着。我感到，她也在和别人耳语，她会的。她爱传小话，正如她把马珍和吴副书记的关系告诉我一样。因为她的身份，没有人指责她搬弄是非。相反地，她的小话具有某种价值。英英的母亲会说些什么呢?而黎云……

夜，仍是那么静。可是，这已经不是那种似水柔情的静，也不是那种专心致志的静。这是一种被监视的静，沉闷、压抑。

我做着微积分习题。

健云不会来了。这是他理当回避的时候。

只剩下我一个人了。幸好，我在内心里从来都是一个人。

掩着的房间却泄露了我内心的等待。我照例没有关上它。幸好，我没有关上它。关上它意味着拒绝健云，这才是真正的懦怯。

他来了，照例笑笑，坐下来教我微积分。我们的举止照旧，好像根本不存在那些流言。

嘴的表白是一种使自己和别人都讨厌的行为。

我等着，他来了。信任和友谊已经猛增。

像一阵奇妙的轻音乐，窗外响起了淅沥的小雨声。春和冬在夜中进行着交换。

他在将走的时候，略踌躇了一下，说：

“小郑，你搜集的关于赵林的材料，让我看看好吗?”

“为什么?”

“你应该去上学。一定要去。如果我们两人间要牺牲一个，那么应该走的是你。”

在健云的皮夹里依然放着小燕的照片。可他对我的这种表白，使我获得一种力量。我应该做他希望的那种人，我应该值得人们的珍爱。

他们以为，放出这种流言来横在路上，我，就再也不能豪迈地生活了吗？

他们选择了我最弱的一点——未婚女子的名誉，利用了最有威力的武器——传统。我恨我是一个女子，好像到处都带着不洁。

别人的母亲们会说："幸好我的女儿不是这样。"我的可怜的妈妈！总有一天，我要她们来对你说："但愿我的女儿像她那样。"

将来的女子都会正当地生活。

至于爱情，美丽的公主在绿草地上遇见美丽的王子所发生的美丽的爱情，只是童话。

"郑一帆，不应该啊！向组织隐瞒重大历史问题。"

马珍燃起一支烟，慢慢地说。

"郑一帆，"吴副书记有些痛心的样子，"在边疆农村插队时，你和叛国分子高汉云是什么关系？赵林一点经济问题，你就揪住不放，说是重用坏人，闹得他提不了级。你呢？这么严重的政治问题，你让我说什么呢？"

马珍弹了一下烟灰，鄙夷地看着我。

与此同时，罗云城的小车在市中心被一个穿旧军服的青年拦截。当着围观的群众，市委副书记听取了告状人的陈述。关于赵林的贪污案和我的准考证被扣压一事在云城传开了。

健云还揭发出马珍与赵林和他父亲有某种政治关系。

很久以后，我才知道，这是罗云城出的主意。他俩怎么串联的呢？

“生当作人杰，死亦为鬼雄。”

汉云，我们分开有多久了啊！假如你那杰出的英姿又回到我身旁，我多幸福……

说我是“反革命分子的情人”，可恨的是我却没有做到这一点啊！

我永远也看不到他那被刺伤了的眼神，听不到他忧郁的歌声了。

那有连鬓胡子的脸膛！和那强健有力的双臂！一切都埋葬在滔滔的大云江中。

我为什么不爱他？我为什么要徒然地留着这爱，直等到今日的悔恨和屈辱？

感谢他们的造谣，今天又把我和他结合在一起。吴副书记抖出来的，恰恰是我个人历史上最精华的东西。让我永远带着这历史吧。它是我的财富，它是我的骄傲。

而我，我差一点就失落了我自己。我从哪里来？我为什么活着？

几天来，我在心里召唤着我那已经逝去的知青的岁月。

前面的道路是多么崎岖而又漫长，

生活的步伐却停留在这偏僻的异乡……

唱着这个歌，我又变成了一个漂泊在大西南边寨荒野中的知识青年。她不知道感恩，也不知道艳羡别人的好运气。

唱着这个歌，感到眼前使我流泪的这些事是多么微不足道。平反书，又能抵偿得了我什么？又能预支给我什么？

半年来为黎云，我朝思暮想、时而欣喜时而惆怅的那种情绪，简直有点令我羞耻。

从前的我确实更好。回来吧！那一团纯洁的火，那一座紧锁的宝库。

年复一年的劳作，年复一年的希望。

长夜，一只金翅膀小虫忽地飞进竹窗来。

风，穿过竹林。竹门轻轻作响。有好大一会儿，我没听出是有人来。往竹窗外一看，他叉着腰在院里看月色，似乎并不着急进来。

汉云总是这样令人惊喜地出现在我的面前。

他接过我手中的书，坐下，好像他跋涉五十多公里，渡过一条大江，就是为了看这本书。

可是我最怕的还是他看过了书后，两人间会突然沉默不语。我会掸掸没有灰尘的衣衫，扑打看不见的蚊子，或是总望着窗外的星云。然后，就常常故作兴趣地跟他大讲什么评工分、赶街啦，或者，强迫他讨论黑格尔哲学，“现实的就是合理的”。

他始终坐在那儿，听着我，无可奈何。那傣家的小竹椅太小巧了，他坐得一定很不舒服。他是那么高大，我是这么小。尽管我总活泼地逞能，他坐在那里，就是一种强大的力量。

“咳，只有把乡下当作大学了，我们还没有到达自己的完成。多么想知道一切啊！”他叹道。

第二天早上，他匆忙赶回去，好像就是为了借一本书。

一个没有爱的严峻时代，使我们漠然相处。中学生的脾气，红卫兵的作风，直到现在，我也说不清，为什么，一边是孤寂的等待，一边是违心的拒绝。

但是该责备的也不全是我。我顶恨的，就是他当着他那些“难兄难弟”的面，在街上或在别人家里见了我，就好像不认识。传说他们那个寨子的某女生对他钟情，总是借着学英语去缠他。我从来不问，可是心里委屈。

在那背井离乡的日子里，曾经有过多少次机会，我可以拉起他的手，或者只要一句话，一个眼神……假如我为他犯下纯洁的罪行，今天，我的心就能得到解脱，他们的卑鄙就会得到报复。我可以在心里骄傲地说：你们说的那种事，我是干了，怎么样？

预感这东西是有的，只是当时不明确。照例送他渡江回去的那天，不知道就是永诀。赤脚踩在晨露滋润的沙径上，享受着日出前的凉意。

耀眼的阳光照着浓绿欲滴的草地，我说：“我不喜欢这些肥硕的植物。它们长得太快了，粗制滥造。”

他说：“那么，你也不喜欢傣族青年的早恋了？”

在那苍苍茫茫的田野上，他顽皮地大笑了。一面侧着脸对着并肩走着的我说：“人家都说你和我好呢！”

我偏过头去，望着那条奔腾的大云江。

我悄悄地走上一个绝壁，凝望着江尽头。一转脸，他已默默来到我身后。他敞着外衣，一手叉腰，仿佛在卫护我，又仿佛是以我为自豪。

“坐一会儿。”汉云说。

在江边，空空旷旷的，只有远处的吆牛声。当我走近他时，他低着头。他在期待着。而我，我只敢坐在石头长长的另一端。

他卷起裤脚，从沙石上一跃登上竹筏，顺着江流，漂往下游去。

竹筏漂过那些浪峰，忽高忽低，乘流而下。

“当心呀！汉——云——！”这是他听见我的最后的声音。

远去的他一面撑竹篙，一面挥手示意。我们都以为下个街天又将相见。

一闭眼，我又看见了他那在晃动中渐行渐远的身影。我难忘他的笑容，永不消逝的笑容。

在列入所谓“收听敌台”、反对“三忠于”反革命小集团的逮捕名单中，还有英英的丈夫大毛。但是不久就把他放了。

他的父母虽然“倒”了，可是还有不少战友呢。厄运，结结实实地落在没有后台的汉云头上。知青们都说大毛出卖了汉云。其实，只凭公安局的分析原则，汉云也是“主谋”“首犯”。他在这一伙中是英文辅导者，又是一个华侨青年，还多一条等待落实的罪名——“特嫌”。

那天，他们追捕汉云直到大云江的尽头——虎跳石。

数百米宽的江面，在这里陡然收缩成十来米的激流。两块巨石隔岸矗立，相传，老虎从那里跳跃过江。

流不尽的云江水从这下面轰隆隆地落入地下。只需一分钟左右的地下奔腾，再见天日时已经属于异国。他们竟说汉云是拒捕叛逃。假如是一棵大树随波出境，钻出地下河时也已经成了齑粉。

当持枪的人们从悬崖上包围他时，汉云知道已经不由分说。他把身上的帆布包投入了落水洞中。这大大激怒了追捕者。他们开枪了。中弹的汉云落下了咆哮的激流中。朝着血花翻涌的深渊，他们又补了数枪。

唯有我知道，在他的帆布包里带着我的两本读书笔记，也许还有其他。它们落下了无法打捞的落水洞。他，把自由和安宁留给了我。

大云江，第二故乡，埋葬着亲爱的人和青春的地方。自从离开了你苍凉的大自然，我有些麻木了。什么时候能再到你的荆棘丛崖中去，去听那落水洞的雷鸣般的怒涛？

汉云是在那里了。落水洞那吞没万物的激流也不能把他带走。凭什么说他已经出国？我不能甘心的是这个恶毒的罪名要把死后的他驱出国门。太平洋的万顷碧波，尚且挡不住他回归祖国的脚步。

“你后悔那时候回国来吗？”我问过他。

“不是回国，我哪能懂得那么多事？就是受苦受难，也是和自己的人民在一起，死了也值。”他又顽皮起来，“不回来，到哪儿去认识你？”

他爱我，他爱祖国给他的生活。

噩耗传来，我独自去虎跳石下。

正午的太阳照亮了落水洞幽暗的深渊。撞碎的浪花闪现出七色彩虹。这埋葬在荒野里的美，却比名山大川更震动我的心魄。汉云曾约我来游。他形容过这两块石头。阵阵风过，仿佛老虎刚跳过去，还把威风凛凛的长啸留在涧底。他描述过这险峻中的娇美彩虹，说好像是勇武的将军配上百花仙子。

我来了，一个人。我来找他，找他践约来了。

我一直往下走到最接近水的地方。那里峥嵘的崖石已被水磨得滑不可立。那里没有小路，没有人迹。我掬起清流嗽饮。汉云曾说“那水甜极了”。

汉云若在，一定要唱他最爱的那支歌：

蓝蓝的天上白云飘，

白云下面马儿跑……

这落水洞的水，流入伊洛瓦底江，也要流入太平洋。

十年前，太平洋上，一艘远洋轮从印尼接回自己的儿女。从半夜起，这个十三岁的少年就站在寒冷的甲板上。甲板上，有抱着初生婴儿的母亲，有年逾花甲的老人，满满地站着。

盼的眼，望穿了黑夜，望穿了浩水。晨光中出现了一条地平线——祖国!

泪水，一直流到轮船靠了热闹的广州港。岸上是鲜花、红旗。音乐声响起，就奏着这支歌。这是在异国的时候，汉云从电台里学会的第一支新中国的歌：

蓝蓝的天上白云飘，

白云下面马儿跑……

船上的人唱，岸上的人唱。一跳上岸，一把抱住迎面的第一个人，亲人！泪水流，嘴里唱：

我就骄傲地告诉他，

这是我们的家乡。

唱，我坐在虎跳石下面，没有人打扰我流泪，没有人打扰我歌唱。那带着彩虹和雷鸣的云，升腾起来，在蓝空中，在我的生命里，永不消逝，高于一切。

我在干什么？从昨天下午就一直瘫在床上，在昏梦和热汗中，培养自己的虚弱、颓唐。我是在寻求一个逃避人生的借口吗？啊，让那些在我身上花费无数心血的师友们发现，他们上当了，我原来是一个虚伪的强者，根本不配谈什么理想、追求。

有许多伟大的生命，在他们面临绞架和恶病的时候，所切望的正是一点延长、一点工作的机会和受苦的权利。生命本身就是一种勇敢的理想，一个有崇高思想的人，超脱于苦难，就像超脱于幸福一样。他永远需要升华。被痛苦压倒是和被幸福麻醉一样不应该的。我不是企图上升到这个俯瞰人世的顶峰去吗？当一切都碎裂了的时候，我曾清楚地告诉自己，我是为着证实这一切，为着认识真正的世界，为着防止历史的欺骗而活下来的。

我的悲剧不是在一时一事中注定的。它发生着，早已十年，也许更早。我还没满十八岁，一夜之间，生活的流水被截断了，学生时代的一切努力、梦想都白费了。甚至，还来不及爱上一个什么人，我们就被送到荒原去。

那些为我们栽培的鲜花，来不及怒放就凋谢了。我一生注定前往的知识之路被封死了。

那些将成为我的同志、知己和爱人的青年们相继别去了。

我是一个初生者，我又是一个幸存者。

这悲壮而又光荣的命运，我不再要求调换。我厌恶浅薄者、健忘者和屈服者的快乐。

从枕下摸出手表来，六点刚过，赶快起来，还来得及。这只瑞士小女表只比纽扣大一点，银色的波浪形的表链，像一件闪光的首饰。上中学的时候，母亲就给我看过这个表，告诉我："等你上大学时用。"这只精美的小表曾在故乡为我收藏着，等待着那个日子。

赵林在花坛下打太极拳，闭目作态，一副悠悠然的样子。另外几个中年研究员，都离他老远地在一角比画着。吴副书记高血压患者的例行散步也到了这里。他故意把目光高过我，招呼着我身后的几个研究员："早啊!"

"早!""早!"人们回答着。

一下，两下，我做着大回环的抡哑铃动作。在这种时候，我只要有点沮丧，他们也许会软手，适可而止。可是我根本不像个令人同情的姑娘。人们感觉出我的这股狠劲。

别的姑娘有权利哭泣，扑到母亲怀里，我只能冒充久经沙场的老将。

那几个研究员在海棠树后看我，在这馨香的早晨，他们嗅到了不安全的味道，明天也许会挪个地方了。

我是不放弃这个地方的。生存本身就是一种力量，那些人也许能够毁掉我的一生，但不能主宰我的一生。

在食堂里，两个炊事员使了下眼色，我的茶盆被盛得满满的，还有一块带骨肉。小人物的爱憎原来是这样。我发现周围的人们都在用一种静悄悄的语调讲话。我的心仿佛一下被滋润了。

母亲告诉我，黎云参加下乡工作队就要走了。

半夜，我起来，下了楼，直朝黎云宿舍走去。

数过来第二个窗口，泻出了一片银辉。在几幢黑魆魆的楼房间，这片不眠的银光分外明亮。

我不知站了多久。我在期待着这个窗口的灯光熄灭，好让我甘心地走向黑夜。但它迟迟地不灭……

那个我等候着、准备向他倾吐的故事，已经由别人告诉他了。如今，我再不能把它当作一件珍贵的秘密，向他呈现，与他共享。如今，我的诉说将变成被告席上的自供状。

不，我不愿做一个表白者。

黎云回避我，这其实已经宣告我有罪。原来我以为他理解的种种，他其实并没有理解。他跟那些无数的人一样，要在一切水落石出、不需要什么理解的时候，他才能“理解”。我想起他的话：“我是不自由的。”

我又想起初遇时他的话：“你应该得到的不是这个……”

别了！

当我还是少先队中队长的时候，我曾去请黎云的父亲来给我们讲长征故事。他摸着我的头，把我的手放在黎云的小手里。而今，严峻的岁月像座山一样隔断了往事。我在风霜里长大，他在风霜中衰老了。我常在远处望着这个严厉而疲倦的老人。也许，他什么都知道，也许，他只“知道”人们让他知道的那些。

罗云城的汽车停在院里，黎书记突然到研究所来了。我感到似乎和我有关。

他究竟是个幻影，是一个惩恶扬善的童话，还是一个可望而不可即的空洞的偶像？趁这个时候，我应该看清楚。

我走上英英家楼梯的时候，气昂昂的，仿佛我只是为了证实一种什么而来。

英英开了门，她并不惊异。她说："刚才所里来了几个人，都是来向爸爸反映你的事的。"

黎书记坐在躺椅上等我。

他疲倦地对我说："好好准备考试吧。"这样结束了谈话。

英英送我到楼口，她同情地说："别怕，我爸爸会帮你的忙。"

"小郑，我正想上你家去。"

罗云城在路口云华树下招呼我。

"怎么样?"他关切地上下打量着我，好像我身上能反映出什么来。

他说，他送黎书记去研究所，下车就碰见马珍。马珍亲热地向黎书记招呼，不料，黎书记却把脸一别，改了一条路，自己上楼去了。

"这老头，火气倒挺旺的。"小罗欣赏地说。

就因为他这点硬气，"文革"中被打折了肋骨。

我说："要那帮人再翻了起来，非把他往死里整。他真不留后路啊!"

开车时，小罗忍俊不禁，破例地向黎书记打听了我的事。

黎书记只说了一句话："要斗争嘛！"

我明白自己已经得到了某种保障。

我几乎噙了感激的泪，我又暗暗地看不起自己。

我是弱小的，一只手就可以让我绝望拼命，而一只手也可以使我欣欣向荣。

我捏着"准考证"走出阴暗的办公楼走廊。石阶上，那个又高又瘦、从来不和我说话的老秘书——现在马珍替了他——忽然奇迹般地对我开了口："郑一帆。"

"什么？"我以为自己听错了。

他向我招招手。等我走过去，他俯首对我说："你先去看看考场。知道考场在哪儿吗？坐五路车，两站，再……考试的时候别迟到了。先去看看啊。"

生活，生活，你还藏着多少热和力？

又过了很久，我才知道，母亲看我上大学心切，曾背着我去找过黎云的妈。从前住在所里，常见面的。黎云的妈一个劲地骂保姆，让母亲干坐在客厅里。母亲客气地告辞了："对不起，改天得空再来，没有什么事。"

"郑一帆，要正确对待组织的审查。当然，你和高汉云我们是区别对待的。组织上对你进行帮助教育还是必要的……"

我听凭吴副书记教训着。现在，还没到我讲道理的时候。

一只又长又大的信封送到家里来了。邻居们进屋来看信封上漂亮的红字“复旦大学”。拆开信封，拿出许多张纸，贺信、通知、表格、行李签……邻居们说：“高兴死了!”母亲摇摇头：“我不高兴。”也许她是不愿流露喜悦，也许是真的不高兴。因为，照母亲的看法，我是走上风浪更险的道路。

离开，离开的时刻已经到了。手中这张录取通知书，将一阵强劲的晨风吹进窒息人的小屋。到新的天地中去！一种巨大喜悦带来的惶惑鼓动着，充满了我的全胸。我仿佛又听见汉云亲切的声音：“汽笛响了，火车就要开动了。”

满怀着不可与人分享的苦和乐，我在野外游荡着。时而泪水涔涔，时而从心里微笑。过去的一切我永难忘记。百鸟在周围鸣唱，我，就要挥鞭向前。

举目眺望，告别家乡。

啊，蓝蓝的天上白云飘。

英英穿着无袖连衣裙在台阶上迎接客人。裙子太长，使她的身材显得扁细。裙子上尽是黄色和褐色的英文字母“HAPPY”（幸福），它们组成藤状花纹，使得肤色黝黑的她秋意袭人。“幸福”这倒与婚礼本身很相配。

“是小帆啊！快进来吧。”黎云的母亲隔着纱门招呼我，她更富态了。我似乎听见她向客人指点我，夸奖着：“……考上复旦……”

我在这里成了一个新人。时代把我刷新了。

凉台上，录音机放着音乐：

我们如今又欢聚在一堂，

……

英英亲热地捏了我的手一下："今天晚点走，等老头们走了，我们跳舞。把你那上海的新花样传授传授。"

玻璃门无声地开合着。我想起两年前母亲在这里哀告无门，含辱地等待。黎云的母亲不过是个自私的人，在她心中，别人既不是母亲，也不是儿女。渺小的举动常常造成巨大的创伤。此刻，我的心为母亲而作痛了。

又是一群小燕似的年轻女郎在当招待。她们都穿着百褶裙、无袖裙，像花蝴蝶一样飞来飞去。

客厅里笑声朗朗，又是一伙高谈阔论的青年。

一切都和那年一样，一切又都和那年不一样。

听说新娘子是黎云父亲老战友的女儿，人挺随和的。

小燕见了我，眼中添了谦卑的笑，"我们……算什么呢？……你才是有前途的人。"她嗫嚅着说。

吴副书记走上台阶来了。他还是那么清瘦潇洒，笑容可掬。

"放暑假啦？一帆，路上累了。"他用那种胸有成竹的调子说话，在有意地提醒我，这是一场愉快的重逢。

"嗯，长胖了一点……哈哈！"他边说边左右顾盼，不给我造成冷场的机会。旁边，已围上了几个熟人。

吴副书记感慨地看着我，俨然是见到了他心爱的老部下、亲手培养起来的年轻人。他继续说：“不容易啊！复旦大学在我们云城就录取了一名嘛。要不是粉碎‘四人帮’，一帆哪会有今天？我早就说过，这姑娘是棵好苗子。”

旁边的人都含笑望着我。

“嗯，学校生活习惯吗？”他严厉而慈祥地问着我，“所里的工作忙，会多。我几次遇见你妈妈，都叫她给你带好。”

他这句话缓和了我的脸色。我想起回家当夜母亲的叮咛：“见了那些领导，尤其是吴副书记——他现在是正书记了，可千万别把心里的火发出来。你不在这里，你妈还要在这里工作……”母亲并没有因为我上大学而宽慰，反而更加衰老。忧虑，已经成了她眼睛的固定神色。

顿时，吴书记把我点醒。就在此刻，我的一半的自由还在他手里。我忍着，站在那里。

这是为什么？我又把头发剪成乱蓬蓬的男孩式样，又穿上了那件用银线缀满小星星的黑丝绒上衣？难道我还想重新回到那个使我们重逢的婚礼上去吗？难道我还会企望着那双蕴含着热力的眼睛？

我以为已经遗忘了的爱情，因为将属于别人，忽然使我激动、妒忌。一刹那，我又感到这样地愁闷、痛苦。

黎云，他的离开已经成为永远。

我迟迟地站在阳台上与英英聊着，不肯进屋。

“小罗还在给你爸爸开车吗?”

“哦，你不知道呀? 罗云城自愿报名去参加对越自卫反击战，汽车触雷，受重伤住院了。我爸爸去看过，可能会残废……啊，来了，屋里坐吧，我妈在里头。”

英英忙着应接。婚礼，正是宾至如潮的时候。

啊，那位爽朗的平凡的青年，我却以为他已陶醉于小康之乐。他从不谈论自己。在那油污的工作服下面，跳动着一颗豪迈的心，充满了对友谊、爱情和祖国的忠诚。

我的老同学!

在这喜气盈门的小院里，我好像又听见了那年中秋节之夜“小周璇”温柔的歌声：

哎呀哎呀哟!

郎呀咱们俩是一条心。

……

“这是我哥哥的老同学。”英英正指着我。

一位身穿雪白羊毛衫的女郎向我含羞地致意。

哦，新娘。

忽然，我看见那双眼睛，迸射出两道光。

他!

他们请我进去。

我赶快进去了，为了不多纠缠。

我才想到，那请帖也许只是英英办的，代表她们家的邀请。黎云，没料到我会回来。

新婚夫妇正并肩礼让着宾客。

有人朝我坐的这边张望。

总是那帮亲朋热友，黎云家大小事必到的常客。

是不是有人，回想起三年前的那个婚礼？

柔媚的新娘子正被英英带着，教着，去尽各种礼数。

会不会有什么风声传到这幸福的女郎耳里？

我应该永远地消失掉。

是的，直到走进这院门，我都不大明白，我是干什么来的。见见黎云是主要的，婚礼好像漠不相干。

黎云永远不再朝我顾盼。我是为了这个来的吗？

大毛踱到我身边。

我说："这花坛设计得不错。"今天，在这里，大毛成为我意外的救星。他正在准备出国留学，一个劲向我询问着重点大学的课程。

"哦，你不知道？这个院子原来是健云他们家的。他们住了二十多年啦。这个花坛改建是健云他父亲的主意。轮到英英她们家来种花了。"

我不由又重新打量起这座欧式的小楼来。健云，那个穿旧军服的谦和的青年就是在这里长大的。

"健云原来就住那儿。"大毛索性指了指楼侧，一个灯火辉煌的窗口。那是新房。

我忽然觉得，大毛变得超脱起来，有些可亲了。

也许，今晚，在这里，黎云对我是最疏远的人。

在这里，我回忆着除了黎云之外的所有往事，打听着黎云之外的所有人。

在学校时，健云给我来了一封信：

“你终于走了。你应该到那能够发挥你的聪明才智的地方去。我希望你、也相信你是不会虚度光阴的。

“在新的天地里，会有许多新的有才华的朋友，帮助你进步。你大致每学期给我写一封信就行了，以免浪费时间。”

以他很好的分数，却取在云城的师院了。他受了刁难，说是“帮派骨干的子弟”。

他将踏着运动员式的稳健步履走进云城一所中学的教室。那褪色的军装上将洒下粉笔的银灰。终生，都是辛苦的。

我忽然悟出来，他这教师的性格早就开始了。我，不就是他教的第一个学生吗？不就是他大声疾呼、奋力保护的第一个学生吗？

我难以给他回信。就像当年他第一次走进我的屋子，我不敢表示安慰一样。他是强的，强得如他运动员的体魄。他总是给予者。

一个青年宾客帮着当招待的小燕移动桌子。他们故意在屋角耽延着。小燕的手不停地绞着辫梢。那青年兴奋地逼视着她。

在别人的婚礼上寻找自己的幸福。这幸运已不属于我。

“一帆。”

黎云站在我眼前。我好像被他窥破了。

刚才和新娘并肩笑迎宾客的他，此刻忽然变得目光怅然。

“想不到……”

“想不到我放假能回来一趟吧?”我急忙曲解了他的话。

“你变得更年轻了。”他打量着我的旧衣裳。

“真的?”

“真的。尤其是眼睛。以前，老有一种凄怨的神色。”

“这么说，我还是应该去上学。”

“当然……”

他说得对。今天，在这里，我的眼神是坦然的，我的孑然一身带着一种自豪与高洁。

新娘一面和别人说话，一面不住地用眼瞟着黎云。那是祈求的眼。

黎云依然站在我旁边，沉默着。他好像不愿在大庭广众下接受新娘的绵绵情意，但，又清楚地明白他的责任。

新娘子终于走向黎云，问着什么。一看而知，她爱他、怕他。

英英却不耐烦地闯进来了:“哎呀!这点事也问我哥……”

穿长裙的她飘来飘去，能干地指挥着人们。举止间露出对新嫂子的轻蔑。厉害的小姑子。与此同时，她又对我格外地知心和礼遇起来。她的神情似乎在说:“我看不起她，但看得起你。她抢了你的位子，我很抱不平。”

唉，真是这样的吗？英英，你谁也没有真正看得起。你属于那种自以为居于社会之巅的家族。

在这红丝绒窗帘下面，做新娘是多么委屈。

在妹妹的骄矜下，黎云的脸色转为柔和。他向我以目示意，陪同新娘去了。

新娘又显得幸福万分了。当然。终究，黎云是她的。而我，我得到了尊敬……

新娘捧来了一盘美果。

哦，家乡的金橘。它带来了秋的华丽。

金红色的果实，小而端庄，带着硬硬的叶片，垒满了莹白的瓷盘，宛如一盘供品，使人不忍动手。仿佛那绚烂的霞色和霜林的秋意，都凝聚在这果实上。轻剥开橘皮，尝到的是醒人肺脾的酸鲜。

在待客的糖果中，它无疑是最甘美的上品。

聪敏的新娘，她向我献上这盘金橘。显然，她谙识黎云的喜怒。她愿以无限的柔顺取悦于亲爱的人。

是在这大厅里，昨天，我曾艳羡过娇花盈瓶，今天，我又欣赏宜人的美果。我悄悄走向一个静寂的阳台。星光，云影，展示着另一个世界。

在黎云的身旁，新娘雪白而苗条的身影像一片轻云，依依不舍。爱情使她满面含春。但她显然拿不出一点女主人气派来。在众人面前，她那毫不掩饰的爱娇之态，显示着与英英不同格调的贵家身份。这倒有些像黎云，可爱的坦率，命中注定幸福的性格。

我伺机走出了大门。

依稀还听得见“彩云追月”的音乐。月亮在快四步的节奏中，不停地跳出包围它的云层。

“一帆！等等。”

黎云骑着自行车追上了我。

又和他离得这么近。

在黎云身上，少年人的激烈、孩子的率真和成熟男子的宽容混合在一起变化着。和他在一起总是波浪起伏。还有谁能带给我那种扑面而来的青春的热气呢？他在我的回忆中，处处流露着可爱。多少个孤寂的夜晚，凝视着他常来坐的那把藤椅，我就会又看见那个可爱的面影、那双闪着火花的眼睛。

“你走了，连信也不写。我知道，你恨我，你是不会和我在一起了……去年，她父亲去世前，我爸爸答应了这门亲事。他们是老战友。我，还有什么可挑的呢？……这，就是生活吧。”

我默默无言。

“你还不知道吧？高汉云的案子，下个月就可以公开平反了。”他说，“你终于如愿以偿了。”

是指上大学，还是指平反？我仍无言。

谁在关心着汉云和我？

“我爸爸说，得让死的清楚，走的轻松，把后人的路开得宽一些。”

“没看见你父亲嘛。”

“他住院了。心脏不好，老毛病。”

……那疲倦的老人，独自躺在寂静的病房里。他仍是强者，安排了黎云、我和汉云的命运。

把后人的路开得宽一些……

我向前走去。青春永逝了，在我们面前是辽阔的道路。

这就是生活，这世上唯一属于我的东西。

在霞湖，一直到太阳升起，我不觉得疲倦。

一只鸟在蓝天白云间飞。

它是在归来，还是在离去呢？

它生来就是为了要在蓝天白云间飞翔。

有一句话：我的归宿不是爱情。

懂得爱情，使人从孩子变成青年。而懂得这句话，则使人从青年走向真正的成人。

在越来越淡下去的霞光中，我离开了霞湖，离开了我的多云的小城和青春岁月。

北国之春

……

林木经霜，化为爽然的纯金色，仿佛帝后们身着的龙凤之袍。京城之秋，富丽堂皇。

而在我的南方家乡，秋天正下着毛毛细雨。树叶刚刚发黄，就蜷缩起来，变成了浅咖啡色，飘落到泥泞里。

那一年秋，我这个在南方阳光下晒得黝黑的女知青，带着简陋的行装，千里迢迢来到京城求学。

在最初那些日子里，我觉得自己就像一片浅咖啡色的南方树叶，落在这里是那样的引人注目，那样寒酸和特别。

我几乎总是一个人去上课，穿过长长的走廊。

在我们这个辽阔广大的国度里，人们的胸襟气度并不都是那么辽阔广大的；在我们这座高等学府里，人们也不尽都是那么高雅的。

当大家带着陌生的感情，惶惑地期待着新的集体生活时，渐渐悟出了：被班主任所敬重的是几个干部子弟，其余，就按照籍贯地域来划分。

一个班的同学原来分三六九等，又是一个小社会。

京都的同学是居高临下的。大部分班干部是他们。去陪外国人是他们。他们中有的人去去来来，经常回家，去看电影看戏。班主任并不管教，而是露出艳羡的神色。京城的同学有时也带张票给他。原来，能看到那一类的电影也是一种出身和社会地位的标志。那类票一般人是摸不着的。

于是我们这些外省学生闷闷地待在宿舍里，使劲看书。周末，到大饭厅和足球场去挤着看看大众电影。

北京同窗们讲起北京土话来，甩腔甩调的，格外来劲。什么“颠儿了”啦，什么“露怯”啦。我们只有在心里琢磨，日久领悟。能否听懂乃至完全学会用地道的京腔讲话，也关系着你能否取得一种新“人格”。

在宿舍和教室里都是这样。外省学生并不这样大声地讲自己的家乡话。当北京同学问起我们外省的习惯，问我们带来的各种小物件是做什么用的，大惊小怪之中总使人感到有点嘲笑的意味。

只有上海的同学例外。

上海是唯一可以和北京抗衡的地域。上海同学的用具、服饰如有什么不同，那引起的惊异中就带着敬意和羡慕了。于是，那位天津同学也声称她的母亲是上海人，找上海同学攀老乡，从而摆脱了我们这些落后地域。

同是江浙地区，江北人就要被列入“另册”。有个挺有才气也漂亮的扬州女同学，在外头发表过文章，但只要说“她浑身一股江北佬味儿”，在这女生宿舍的小圈子里就永不及格了。

唉！这些遭遇我简直羞于对家人和校外人讲，只有在内心里深深地感到失望。到这里来学习的都是国家未来之精英啊！在那大智大慧中竟也免不了这些俗气。虽然无伤大雅，可发生在上学伊始，给我和许多同学带来了意外的痛苦。一时，我陷于一种褊狭的境遇里。天知道，我也产生了一种对抗性的偏见。

原来，学习着世界各地的优秀文学，在课堂上听先生赞美“下里巴人”“地方色彩”是一回事，见到真正的土包子又是另一回事了。

想当年，我的父亲离乡求学，人家听说是从我们那僻远之地来的，就要争相来摸摸屁股上有没有尾巴。而现在我感受到的这种鄙薄，已经比对我的父辈宽宥和礼貌多了。

表面上我们都一样地听课，排队打饭，等等，一切正常，可是我却那样的压抑。我积年渴望的大学生活，竟变得这么沉闷枯燥，浓重的乡愁缠裹着我。我开始怀疑，自己舍弃故土的旧有生活矢志求学，是否是正确的。

我怀疑，我是否还是一粒种子，还孕含着那个通向未来的生命？生命之路是否还能开拓？难道，那偏僻乡土上的岁月竟已耗去了我再度焕发的生机？

这些隐秘的内心生活，一开始就威胁和损害了我的学习，损害着那种海阔天空的理想。

是否是生命之旅已经走向了暮秋，那泥泞的寒酸的暮秋？难道我已经永不能和这京城的富丽协调？

救星忽然出现了！这秋光里的春天。

他。

认识他，我仿佛贮存下一座宝库。尽管岁月流逝，落花无情，我总在把那留给我的奇珍一一历数。

那是一个普通的校园之夜。在学生宿舍的电视室里，大家一面看一面随便评说。邻座的一个男生和我攀谈起来。后来，我们就双双离开了电视室。

那是一个柔媚的夜。仁慈的夜光掩去了岁月留在我们脸上的辛酸。仁慈的夜光使我们似乎步入了初恋的天堂。

哦，尽管如今我们已阔别多年，我仍愿想象，自己变成一只自由的鸟，飞向他的身边，听取他睿智的谈吐，度过那闪光的片刻。

当时我们在校园的湖畔游转。那些情心初萌而又碍于开口的男女生们总是这样，背着书包，拿着书并肩在这湖畔流连。这时候还能说什么呢？走到这里，恋恋不舍，就似乎说明了一切。

命运会这样慷慨地偿付给我吗？——一下子就得到了，知音和爱情。

和我一见钟情的这瘦削炯目的男生，就是闻名全校的彭则行。在我们文学专业里他被称誉为“第一才子”，是当时最年轻的研究生。

早在入学前，他的文章即被一位权威赏识，亲自打电话，指示学校留意录取。而他入学考试成绩又是“第一”。这些在学校里早已传为佳话。只是结识他之前，我一直没把名字和人对上号。

后来他告诉我，就在看电视的那个初识的晚上，他一回到宿舍，便向同屋的男生们宣布：“诸位，我认识了一年级的曹毓敏。她才思过人。我敢说，今后在座的都不是她的对手。我要和她好。”

一时语惊四座。他像发表了一篇论文一样自鸣得意。

从此我们常常在校园的湖中那光滑坦荡的石舫上聊天，那里有星星点点的灯火，黑魆魆的塔影。我爱看烟头在他的嘴边闪烁的红光。他那并不漂亮的、常带着倦意的面孔，在专注的时候就透出魅力。

他的个子并不高。奇怪，我怎么就没去注意校园里那么多潇洒遒劲的高个儿男生？没有这样心心念念地被他们吸引过，更没有因为他们的一句话就弄得辗转无眠。

一套蓝色学生装，回力鞋，帆布书包。他的穿着停留在知青和学生的寒苦和朝气中，显示出一种对年华消逝的不屈服的劲头。

他正是我心目中高大俊伟的美男子。

不是吗？当他在校内那些学术会上发言，数百名爱高谈阔论的青年鸦雀无声，老教授们也屏神注意。他“镇”住了全场。

暑假，仿佛是蜜蜂离开了蜂巢，偌大的宿舍楼变得空荡荡的了。这正是相思着的男女生之间期待已久的倾吐心曲的良机。则行到我的宿舍里来了。

可是，邻屋的女孩子们不知为何，一个，又一个，也“偶然”地撞进我屋里来了。

小雪，是个从中学里直接考上来的“小孩”。她胖胖的，头发卷曲，神态娇柔；这帮“小的”都比我们这些“老的”要时髦多了。正当芳龄，考上名牌大学，俨如春风的化身。家里省吃俭用也得把她们供奉得像公主一样。她们直率地要求欢乐与享受，什么穿衣服要讲究“透明度”，走在大庭广众面前要比赛“回头率”。唉，真让这帮“老的”们讨厌而又有几分羡慕。

小雪拿着吉他进屋来，受了则行彬彬有礼的邀请，唱了几曲，又拿出她那在异性面前习惯性的忸怩来。吉他在她手中若断若续地弹拨着，完全是个道具。她并不是真的会弹。

虽然我是个有自信的女子，虽然我常常暗笑妙龄女郎的肤浅，可是……

窗外阵雨放晴。在古老苍翠的校园里，蝉鸣声顿时换了一个调。秋的明静和低吟浅唱开始，这美中分明带着一种“弱下去”的气息，一种哀思。炎炎长夏虽然烦人，总是生机勃勃，无忧无虑，离衰亡之冬甚远呢。我有些害怕秋天了，害怕它来唤起我身上那种残秋的意识。多么可怕啊！假如是一个不结籽实的萎落之秋。

小雪刚走，又进来一位接了她的班。这是和我同龄的邹新语。名门闺秀，据云其父是知名学者。她擅长考试，人称“女状元”。

一坐下来，她就当然地把我排除在外了。

她和彭则行都毕业于北京某著名中学。她首先历数那所学校历届所出的大人物们，继而谈起一些她和彭则行都认识的中学同学，然后，以权威性口吻，复述某名人某学者的近来言谈，以及名流间的瓜葛。她还约彭则行一起去参加某一位名人最近补开的追悼会……

我去打开水。

我又去打饭。

打来三个人的饭摆好了。

一边吃着，她仍在讲，讲那些我一无所知的话题。

吃完了饭，我收拾碗盏。则行告辞。

怅惘的我独步走向渐暗下来的湖边。

夜不知不觉地改变了岸柳和湖心岛的景色。这片刻酷似人生某种情绪的转换，迅速，柔和。

离开了那恋爱场、吉他和门第，我像一片秋天的落叶，像一个下台的演员，慢慢登上松林密布的小坡。一拐弯，在松树的黑影中，神话般地闪出一座巍峨光明的宫殿。那是图书馆大楼。我的大学生活，在那阴影密布的人生蹊径上，也是这么突兀地出现的。

童话里有一个戴小红帽的女孩，在同伴们纷纷被妖精和恶狼惊散后，突然，在她疲惫的脚前矗立着一座宫殿——知识女王之宫。

那强大的声音在向我召唤。知识，知识！我像一股欢快地向前奔流的泉水那样向往着它。

我不是像小雪她们那样，被父母宝贝似的护送着走进大学的。我是代表那些和我同样年纪、同样性格和遭遇的人来进大学的。门第和吉他，以及恋爱场，对于我不应该是这样重要了。

不重要吗？

我在夜中走向则行他们的宿舍楼，数过来，数过去，寻找他的窗户之光。

一周后。

则行挟了几本书又来到我的宿舍，他说，要我把这些书转交给邹新语。她写了一个条子向他借书。

“你自己为什么不送去？”我问。

他忽然发火了：“你愿不愿意帮我转交？”

我默允了。

他让我转告邹新语，他最近很忙，不能满足她下次交谈的要求了。

然后，他向我提出，他希望帮助我修改我的那篇幼稚的文稿。

“知道吗？这几天我都在想念你。”他说。

从此，他成为我堂而皇之的男朋友。

“曹毓敏这个名字，你不爱她，我还爱她呢！”好像是，他比我更懂得我的价值。他不许我拿那种不成熟的东西去投稿：“我不许你在那些乱七八糟的东西上面签这个名字。”

执拗，独特，清新动人。

对一个爱打扮的漂亮女孩，他这样评价：

“这是一堆对学术讨论不起任何反应的脂肪、蛋白质、碳水化合物。”

对一个走后门出国去镀金的公子，他说：

“一头牛，牵遍了五大洲，它还是一头牛。”

常常为了好心催他去吃饭，反而受了他的一顿埋怨：

“吃饭吃饭！我这时候吃得下去吗？把我捕捉到的思想丢了，吃人参也不抵事。还说是爱我。爱我，就得爱我的思想。经过十几年、几十年苦苦思索积累的东西，我失去了它，我还有什么？

“在家里，最烦的就是我母亲来叫吃饭。也不管你在做什么。我本来以为你可以脱此俗气，想不到你也这样。光会叫‘吃饭吃饭’。你们这些女人，以为吃饭就是爱啦？

“爱一个人，就是要提高他（她）的价值。”

每次一起出门去，他都要提醒我：“戴校徽。”

我虽然珍爱我的白色校徽，可另一方面，我却又在为自己不再是青春妙龄，不再是人们心目中的那种鲜花般的大学生而暗含着辛酸。所以，我只是把校徽戴在蚊帐里头，只给自己看。

则行却浑然不觉，一面认真地往他那学生蓝的上衣前襟佩戴那块半红半白的研究生校徽，一面催促我。

抬起头来，他发现我还是没戴，便很不高兴地皱起了眉头：

“我不知道，你为什么不愿意戴校徽？你不是说，你得到它多么不容易吗？告诉你，你怎么打扮我都不看。你的花容月貌，在这里！”他拍拍案头上我的文稿：“也在这里。”他又拾起我弃在桌上的白校徽。

他说开了兴头：

“自从我进了学校，每次出门我都戴校徽。有一次，我骑车闯了红灯，警察很严厉地跑了过来。看见我胸前的校徽，他的态度一下子就变客气了，说：‘你走吧，以后小心点。’他知道我不是游手好闲之徒。他还怕耽误了我的时间。他知道，我们这些人有正经事。

“有时候，进饭馆，我坐在那儿，只要一盘菜。服务员仍是很尊重很热情。为什么？就为了我戴着这块牌。旁边那些桌子上，比我穿得讲究的，七碟八碟，酒瓶林立，他们不过是有钱。可是我有力量，有一股潜在的实力。虽然，我不是什么，但人家心中不可小看。大学生、研究生，这都是某种神秘之物。你知道他将来要干出什么来？就像悬在空中的东西，有一种势能。

“当然，学生时代，是龙是蛇，尚难预料，也许将来你不过是平庸之辈。可这种时候，毕竟是气焰万丈，充满希望啊！”

他是从来不会觉得他自己也有可笑之处的。又虚荣又真诚，在这里面包含着一种庄严的东西。他也不想想，双双出门去，一人一个牌，让人家看着不有点傻气吗？我们都已年届三十了。我宁愿人家以为我们是上班去的青年夫妇。

他生气了，一甩手自己先出了门。等我出来，他一瞥眼，见我还是没戴上校徽，简直气得都不想出门了。不过看见我又固执又求饶的眼神，他还是和我一起走了，只说了一句：“真不知道你们女孩儿心里想些什么！”

校园里，年少的女大学生像花蝴蝶一样自在。小雪们有时推开我的宿舍门飞进来：

“快看看！这裙子，怎么样？头发呢？”

像一朵旋转的花，她们又消失了。

走廊上响起马队般的一串皮靴声，小伙子们攻进了我们这栋最有魅力的宿舍楼——文科女生楼。我们楼的连衣裙是全校最多，也是最漂亮的，住在这儿的女孩子们多才多艺。每到学校举行舞会，早早地就有男生们在走廊上徘徊等待，等待着所中意的舞伴在屋里尽可能地收拾打扮。

在宿舍里，则行和我之间的学术讨论暂停了。他凝思片刻，幽默地说：“他们用他们的青春来压我们，我们就用我们的事业去压他们。”

我沉默着，忧伤也许涌上了我的脸。他说：“不要心猿意马了。你的时间玩不起了。再说，难道你还不明白，光是年轻又有什么呢？人人都年轻过，人人都要老。什么脸蛋啦，风度啦，只要再来个十年，大家的模样都差不多。那时候，人生真正要比的东西就出来了。这就是事业。有事业的人就是最美的人，最值得人羡慕。

“有人劝我，趁年轻好好生活几年。也有人说，我不懂生活。问题是什么叫生活？生活，就是穿几套好衣裳，找个漂亮对象吗？对于我，思考就是生活，事业就是生活。思考得有成果，事业有进步，就是生活得好！”

我无言地将头倚靠在他的肩上。他就这样驯服着我这南方的“蛮女”——这是他对我的昵称。

他带我进城上他们家去。夜，我们漫步北京街头。

“怎么？一座桥！是什么河，从这大街上流过？”我诧异地问，指着前方高高的一串灯火。

他回头望着我，一笑说：“好，我们上那儿去看看。”

那是公路立交桥。

我们携手跑向高高的桥面。

桥下车声隆隆，往来不息的车流。一切对我这个边地蛮女都是新的——大学、立交桥和爱情。

一辆洒水车开过来，喷了没处躲的我们一身水。

悠凉悠凉的大桥，好像真的有一江水在下面流呢。那是一江幸福与希望的春水。

啊，那迟来的难忘的大学时光，那迟来的难忘的知音之情。

在巍峨的五凤楼下面，毓敏看见，则行已经站在那儿，背对进入故宫的人流，低着头。

她含笑跑过去，“哎”了一声。他回过头来，原来正在吃手里的一块糕，也不用张纸垫着，像小孩子一样。

前几天，国庆节前他去找她，扑了个空。他觉出她有点不愿意去他们家。而他，像京城里那些有教养的人家的子弟一样，是个孝顺儿子。直到现在，还是他妈妈买什么衣裳，他就穿什么衣裳。他从来把周末和节日留给家中的母亲。虽然，退休的母亲性情不好，很让人烦躁。但是，他是长子，弟弟不甚懂事。他下乡当知青那一年，父亲去世，从此母亲的感情更是主要寄托于他。他不仅眉目清俊酷肖父亲，而且，是在事业上也真正继承了彭家的书香子弟。母亲曾说过，弟弟找什么对象管不了啦，但是他的得管，因为母亲今后要跟他一起过。

可是母亲显然不喜欢毓敏。她还没来得及深入观察和品味这个未来的儿媳妇，便本能地对儿子爆发出的猛烈热情大为反感。有时，晚上则行送毓敏去上车返校，总是要在外面逛到末班车点，才把她送走回来。母亲就要说：“怎么才回来?”他说：“和她聊天。”母亲说：“有那么多好聊的吗?”他说：“和她聊天很有意思。”他心想以后引导她们聊聊，把毓敏的文章带给母亲看看。他希望母亲也爱毓敏的才。可这时，略通文采的母亲只想同自己心爱的儿子一起多聊聊，儿子那日益持重，淡雅宜人，时而神采飞扬的风度，是多么像他父亲啊。

她把那间带阳台的采光最好的屋子给儿子住——虽然他多半住校——而自己住着较小的一间。小儿子在市郊工厂上班，每周回来在哥哥的屋里搭个折叠床。当然，这间带阳台的屋子，也大有招徕儿媳妇的美意了。

可是这间屋子却没有成全则行与毓敏的幸福。两次不愉快都是发生在那阳台上。在那里则行的母亲不大经心地种着几盆花草。夏天，毓敏穿着自制的花布连衣裙到他们家来。则行端了两把折叠椅，和她在阳台上一起读他写的诗。毓敏忽然觉得不自在，一回头，则行母亲的脸正贴在阳台的玻璃门上，半边脸都挤平了。她忙推了下则行，说："你妈妈……"则行回过头，变了脸色，生气地对母亲说："什么事啊?"毓敏垂了头不言语，诗情被破坏了。

也是夏天，毓敏敲开了门，一看只有则行在屋，情绪就完全放开了。她大喊大叫地拿出自己的论文稿，向则行讲述如何与老师辩论的情景。这些观点都是他俩一起讨论过的。说得高兴，她还打了则行一拳。她完全没有领会则行那轻微的示意。而后阳台的那扇门忽然开了，则行的母亲从阳台上走进屋里来，她在那儿晾东西。毓敏的一番放肆表演她当然完全听到了。她板着脸，目中无人地穿屋而过。毓敏也就没有招呼她。这老太太对她的讨厌已经很明显。直觉告诉她，老太太不喜欢那种把儿子引逗得狂热的姑娘。则行曾告诉她，他母亲给他介绍过几个对象，都是"没有一点吸引力"的女子。毓敏暗自寻思，以他们母子的相知，何至于此？可见，这是位不寻常的母亲，她大概有意要使儿媳妇略逊一筹，自己好平分秋色吧。

从她一进他们家，他母亲就用那种办公室秘书式的眼光打量她（退休前她一直当秘书），从来没有表示过一点未来婆婆的热情和关怀。她对这种行政干部型的人天生就有点内惧，在这种人面前最不知道该怎么说话动作。她本来以为他母亲是学者型的或是家庭妇女。

她看出，这个家很需要一个真正的主妇。他的母亲是不善理家务的。厨房里缺少很多趁手的小用具。擦饭桌、擦书桌用的都是一块抹布。则行住的那间屋子，光线充足，却没有挂窗帘。她想，这对于爱开夜车、睡早觉的他可是太不舒适了。她的第一个念头，就是计算自己的钱和布票，想给他添上门帘和窗帘。可是，则行母亲那大有保留甚至有意梗阻的态度，使她对这个本应献出热情的家望而却步了。

有一次则行说："你给我妈妈做件衣服吧。你不是学过裁缝吗?"毓敏默默地摇了摇头，忽儿一笑道："我只会做布拉吉。给你妈做一条布拉吉?"

她给小雪她们都做过衣服。可是，在则行母亲的那种脸色下，要去给她做衣服？毓敏想，这简直跟卖艺似的。进大学要考，当他家的媳妇也要报考吗？太低三下四了。

她知道，邹新语去过则行家。后来则行母亲向儿子夸了好几天，说邹新语如何斯文懂礼。毓敏也相信：邹新语的嘴巴会把则行母亲弄得高高兴兴的。她是擅长和领导啊、名流啊打交道的。她的家可以拉扯得上那些名人关系，她肚子里又有那么多名人掌故，一口京腔讲得帅。渐渐地，毓敏觉察出来，邹新语在那温柔敦厚的后面藏着些阴毒的话，什么时候她的利益被触犯，就会来一暗箭。至今，不知道她令尊有何专著、学说。她做出的是大家闺秀的派头，可是毓敏又发现她非常馋。大伙吃点水果什么的，她一眨眼就把那好的贵的吃光了。

则行说："她一坐下来，就说个不停，我一听她说话就累得慌。"

所以，毓敏实在摸不准，则行在国庆节会不会来叫她进城。她不愿让那些眼尖的女同学说话，说她在宿舍里干等着人家来请她去过节，结果……于是她就自己躲进图书馆，去看书了。

而则行，好容易搬来了舅舅，说服母亲，同意正式请毓敏来家过节。他希望趁舅舅来京看病，把毓敏和母亲的关系协调一下。满腹叮咛之语，却没找到毓敏，弄得女生宿舍的女孩们纳闷地看他：大过节的互相找不着，这对于谈恋爱的可不是好兆头。

但后来总算见着了，于是有了这次出游。五凤楼下，她跑到他跟前了。她看见他的眼中有责难之言。他们不及说什么。他的眼光很快就射向她的身后，脸上也绽出了明朗的笑来。

"你好。"是对跟在毓敏后面的前衣子说的。这是毓敏今天特邀来陪同游览故宫的一个日本留学生。

前衣子满怀热情，双膝微屈："你好！你好！"

二十来岁的日本女郎惊喜交加的笑容。天真烂漫。周围都是稳重的中国人群，她的举止显得有些大惊小怪的了。一些人回首看他们。尽管她举止出众，但令人感到舒服、柔和，并不怪异。前衣子是北海道那边的姑娘，有着乡间的清纯，又含着古典的文雅。

则行意外地被这异国女郎感动了。他没想到毓敏的异国女友有这样可爱的气质，简直比许多本国女郎还要令人感到亲切。

毓敏已经快步地去买了门票回来。三个人走进故宫。毓敏向着琉璃瓦上的蓝天深吸了一口气，看着则行眉宇间的喜色，她想，今天会很愉快。

他靠在金水桥白玉石栏上，给前衣子讲天安门，讲“金凤领昭”之仪。

“中国皇宫是按照中国古代的哲学，星象学和王者至尊的封建美学来建造的。……”

“午门，在这里砍掉了多少大臣显贵的头颅。”则行先用手指了一下两座森严的宫门间的空地，“午门，并不是那一座门，乃是映照天上紫微星座两星间的一块空隙而称呼的。”

前衣子听着，向毓敏悄悄一吐舌头，表示对砍头颅的惊悸和对则行这开场白的赞赏。

“看！这个小小的怪兽？它守护在御座之前的铜栏上。别看它一动不动，倘若朝廷出了奸臣，向皇上进谗言要残害忠良，误国殃民，那怪兽就会用角去顶他，使皇上识别出这是坏人，必须使他远离自己的左右。”则行的讲解已经吸引了周围的游人，他们开始走拢来，不远不近地随着。前衣子更是追随着他，睁大了眼睛。

“‘光明正大’，这四个字的意思，不用我讲了吧?”则行回头问前衣子。前衣子含笑点头，他于是继续讲下去，“为了防备其他人的反对，皇帝在活着的时候，便立下遗嘱，规定了谁继承皇位。这是个不公开的秘密。遗嘱就藏在这‘光明正大’匾底下，要等皇帝驾崩，方才打开来看，执行他定下的方针。你看，明明是钩心斗角，偏偏要放在这‘光明正大’后面。皇帝这种行为，发人深思。”

围着听的游人们笑出声来。前衣子也笑着。毓敏这时落在人圈的外面了。她一直一字不漏地听着则行的讲解，为他这一次以故宫为题所展现的知识、见地和风度而深深地倾倒。可惜，她没有享受到那本应属于她的爱的自豪。则行始终没专门瞧她这边一眼，也没专门关照她，问一声：“是吗?”他好像站在远处放射光芒。她成了这些尾随的游客中的一个。而在滔滔不绝、口舌生辉的则行旁边，是娇憨可掬的前衣子。毓敏深深地后悔，为什么不两个人一起来?则行曾邀请过她多次。她太愚蠢了，干吗要带上一个不相干的外国人，制造一个爱情之外的中心?妒忌此时几乎使她透不过气来。

真的，他的脸总对着前衣子，仿佛没有毓敏在身边似的。

他还在为国庆节的事生气吗？毓敏想。她后来从图书馆回去，宿舍里的同学说，他来等过她。

前衣子埋头去看则行手中的小笔记本，满头鬈发几乎快碰到他的下巴了。则行为了这次“导游”，专门做了笔记准备。他很认真地看待与外宾交往，带着一种书生气，以为这不仅有关毓敏的面子，更有关国家的面子。他做准备的程度达到了专家水平。其实前衣子学习中文才两年。然而前衣子仍是被他有声有色的讲解所吸引。她和他形影相随，一时竟忘了自己的女伴。

毓敏把眼转向太和殿，只听见前衣子惊呼着：“啊！啊!!真有意思。”

他正指点着栏下，檐前到处伸出的石龙头。那是排水用的雨槽。大雨天，在皇宫里可以看见“千龙戏水”的景象。

毓敏退下去给他们照了相。

前衣子随即一甩长发跑过来，接过相机，要给毓敏和则行合照。

则行一步跳得老远，摇手道：“按我们中国习惯只有夫妻才合影。”这显然说得太过了。

前衣子遗憾地摆了摆手。

来时在电车上，前衣子曾对毓敏说：“今天我一定很寂寞，因为你俩。嗯？而太一郎不在这里。”太一郎是前衣子的男朋友，在日本一家电视公司当中文译员。

毓敏先登上太和殿。

看着前衣子和则行一起边说边上石阶来，她感到今天寂寞的不是前衣子。

虽然，首都的人对外宾已经不稀罕。可是这样亲密相处，对多数人还是少有的机会。

则行的好奇感完全流露了。他从未接触过这样的性格：一个强大民族的娇小女儿，一个现代化装束的天真女郎。

他的态度又尊敬又怜爱，像一个古典骑士。

不知什么时候，他已经在为前衣子拎着那只并不沉重的皮包了。这是他从未为毓敏做过的。

毓敏假装在欣赏那些盆栽的石榴。她明白自己在忌妒。

她多么希望，这时他忽然回头，给她一个默契的眼色。那么，一切无端的泪水都会被驱散，她会立刻变得像阳光一样明亮。

“中和殿，中国古人说，情动于中而未发，谓之中和……

“乾清，坤宁二宫，乾为阳，坤为阴。阴阳交泰，二气和而天下安，为帝后之居室……”

在御花园，毓敏感到烦闷。人在里头，像金鱼在玻璃缸里打转。

她怀念家乡，南方郊外的小丘，小树丛。

家乡的湖畔，她常骑车去玩，帮着那些大帆船上的船工搬卸山石，然后跟他们上船去玩一趟，又骑上自行车回家。

她看不惯都市里鸡蛋糕似的花坛，剪平了冠顶的树行。

她又想起，前些天，他一定要矫正她的普通话发音。这刺痛了她。

他的母亲就因为她不是京城的女孩而用那样的眼看她。当她第一次向他母亲报出自己的家乡时，她看见对方的迟疑的眼神一下变得清楚，那“噢”了一声的神情中带着鄙夷，仿佛给她这个人打了低分。

她的家乡有什么不好？她必须忘记家乡，做一个京都人吗？像那些被剪平了冠顶的树行一样。

从她这个天真外露、满怀热情的边城人的眼中来看，京城的人也是很不顺眼的。她尤其适应不了京城的人际关系。各家关在紧紧的单元房子里。你敲敲门，听见脚步声，又不见开门，原来人家透过门镜在看你呢。自己跑了大老远的路，站在门口，让人从门后像瞄准似的眯了一只眼打量了，然后决定放不放你进门，甚至听得见门后的耳语声。都说京城的老礼最多，这种观察孔也是敬人的礼节吗？或者是，门开一条缝，问你找谁。你客气地说明之后，答曰：“不在。”随即关门。不在，那人也是住在这儿的啊，这是他的家，怎么对自己的儿女、兄弟姊妹、爱人的客人这般冷漠啊！要是在自己南方的家乡，那个小小的边城，你去找人，即使找不到了，他的父母兄长也会斟茶款留，总要请你坐坐，徐徐地说一会儿话，问问：“家住哪里？父母可好？”虽然没找到人，也算是去找了一回“人”，心里是温暖的。在她的家乡这种小地方，连邻居都会出来留客。人和人生活在一起，心总要相连，家乡的公共汽车售票员，遇到乘客上错车，总是说些絮絮叨叨的话：“哎呀，我刚才就说了，你怎么没听见呢？等会儿吧……”车上人也七嘴八舌地指点上错车的那人。这京城大地方，售票员冷着脸，讲出话来像一把刀子：“没长眼?”“德行!”满带着对外地人的鄙夷。车上乘客也一个不吭声。冷漠自保，将热情看作稚拙，这难道就是京城人的“大家气派”？在这里你随时感到你是一个人在生活。则行，虽然解除了她在校求学的寂寞，但是在心的深处，他真是自己的知音么？

而则行此时一直没有觉察到毓敏有什么心事。他陶醉在故宫和前衣子面前。向一位外国人介绍自己祖国的辉煌文明，对于他是一种快乐，何况，又是如此可亲可爱的一位客人。

他不时地向毓敏瞟来不悦的眼色，不明白她为什么要扫兴，要在那里破坏她自己邀约的游玩。他喜欢她的开朗，有时豪迈得像个男孩，颇有古风。可是渐渐地他发现她有许多小心眼儿，又固执得什么也不说，不像别的女孩发怨言牢骚。她一固执起来，他便感到把握不住她。同时，隐隐地感到一种危机，他们间的关系纽带在某一个地方还没有连接上。

在前衣子停下来等毓敏时，他不耐烦地看毓敏。他不喜欢她在外国人面前失态。

前衣子是细心的，她心中对毓敏牵挂，反而是她俩有了交流，而则行成了局外人。

前衣子用含笑的有些担心的眼光看毓敏。

毓敏于是走过去搂住了前衣子的肩。

则行有点尴尬地退了几步。

前衣子要为他们缓和。她对则行说："你抽烟太多，她不高兴了。"

"干她什么事啊!"他这样说。他也正不高兴。

毓敏感到冷。她常婉求他少抽一点烟。而他说过："和你在一起常常忘记抽烟。"

毓敏的活泼开朗是那种集体主义教育下的产物。在集体中她可以大方自若。可是她这么大年龄的人，却不善于应付和异性的单独相处。在她喜欢的异性面前，她会变得完全内向。这是则行也不甚了解的地方。这时候他就感到她脱离了他。

前衣子曾打趣她：

"给你猜个谜。有个姑娘在舞会上很快活。她和所有的人都唱歌、跳舞。你说，她爱谁?"

毓敏答道："她爱那个她没理会的人。"

前衣子哈哈大笑，搂住她："亲爱的，你真聪明。只是谁是那个她没理会的人呢?"

毓敏说："会让你看见的。"

这样她就安排了这次故宫三人游。

前衣子无疑具有最自然的风度。在大庭广众之中，她依然是那么妩媚，焕发着魅力，不会像毓敏似的故作矜持。

前衣子跟每一个人谈话的时候都表现出信任，友好，似乎她已经和你一起共度过多少美好时光。

前衣子的心是敞开的，欣喜和惊诧就像波浪一样，一起一伏都看得见。这种自若的娇憨使所有的人倾倒，也使毓敏倾倒。这是温室的娇花，这是一个民族长期休养的精品。她敢说，中国女子，至少在她这一代，绝没有这样的风韵了。

只要一比较就看出戒备之心闪烁在中国女子们的眼里。她们身上更多的显示着生活的艰难而不是生活的美好。

掩饰成为一种本能。假如你想看见谁，你一定要挟一本书，去问个什么问题。

感情东躲西藏，人也就失却了应有的风采。

前衣子是在毓敏入学半年后才从日本来的留学生。因为毓敏自学日语，能给她一些辅导，两个渴望友谊的女孩子便好起来了。

她们说些知心话。有些是毓敏都没有对国内同学讲过的。善良的前衣子那不加掩饰的迷人风度，使人能对她没有戒心地敞开心扉。

毓敏曾谈到，她在恋爱中时常会有累和受不了的感受，而这常常在两人离校欢度一天后产生。那时她就会暗暗看表。待到和他分手——他要留在城中家里，她登上汽车，会忽地有一种轻松感。于是忙忙地赶回学校。

一进宿舍，就问："今天我有信吗?"一面看信，一面问宿舍里的同学："你们今天都干什么了？那个专家来讲课了吗?我们班去的人多不多？……"生怕落下了一件事。

然后是坐到桌前，赶记笔记，心于是踏实下来——终于回到自己的位置上了。一切又正常运转。

跟则行在一起绝对不会像跟宿舍里的女同学在一起那样，

放松，恣意，躺一躺，打开小半导体听听音乐，翻点什么可吃的小零食，念一会儿外语，又扯扯电影什么的。披着毛巾被，头发蓬松，或者照镜子弄头发，问着："这样行吗？"

不，她跟他在一起时不能这样。

在户外站一会儿，让发热的头脑冷静下来，于是感到空洞，赶快回到亲切的知识堆里去。她不能像某些人那样，爱得个昏头昏脑，什么也不知道。那不对头。

她的性格和生活的节奏完全是在紧张之中展开，早起跑步、跳绳、学习；下午四点以后打排球；骑上自行车在小雨中驶向圆明园，和同学们奔跑去赶汽车看电影，等等。这节奏使她健康、欢笑和自信。像上帝一样，她工作六天，第七天休息，寻乐和爱。

前衣子惊讶地听着她，说："啊呀！啊呀！当你的丈夫真难啊！爱你真不容易。你们中国女子的事业心真是太强了！"

前衣子打算毕业后结婚，然后就待在家里。因为丈夫要早出晚归，全力去竞争。她现在就非常喜欢绣窗帘，小台布，做衬衣什么的。一做起来就是一天。毓敏去找她，都快到吃中饭的时候了，还看见前衣子光着脚趿着拖鞋，穿着睡袍，在为太一郎绣窗帘。

虽然在日本可以买到更华丽的窗帘，但是前衣子认为，只有在男朋友的身边常常增添自己手制的物件，才能系住他的爱心，增强他对未来生活的信心。

前衣子是对的，毓敏很喜欢她。但是她自己能否学前衣子，那是另外一回事了。要是有一天毓敏也给则行送去这么一堆绣花玩意，他准会拎起来嘲笑道：“这是什么呀！我拿来干什么？打补丁？”

他的衬衣有个破洞。两星期了，毓敏提出给他补补，他却不耐烦地摇摇头：“算了，不管它。你心不要往这儿放。上次我跟你讨论的那几个问题，你思考得怎么样了？”

退一万步讲，毓敏不可能指望将来则行供养她，则行也不需要一个专门候在家里的夫人。

在城里见面，每逢要分手的时候，则行总要哀叹：

“这么多楼房，就是没我们的一间。要是现在有房子，我真想立刻和你结婚，那么现在你就不用上车了。我们可以一面做点面条，一面继续我们的讨论。”

毓敏不声不响地听着。她深信这就是他们的，“毓敏——则行”式的生活。他们在当了五年知青后进入大学，成为这一代人中的幸运儿。他们为自己设计的就是这“知青＋大学生”型的家庭。

毓敏干起家务来有一种知青的爽利简洁和因陋就简的风格。到食堂去买点凉菜，用开水沏成汤，饭盒盖当碟子盛花生米，剥开两个白水煮鸡蛋。则行坐在桌边已经乐滋滋的了。他吃完一个鸡蛋，毓敏说：“你还想吃吗？把那个也吃了吧。”

则行说：“那你呢？”

“我吃不吃一样。我身体比你好。你这个烟鬼需要营养。”

她说。

则行满意地又吃了另一个鸡蛋。点起烟，看毓敏刷碗筷，他说：

“你是一个很有牺牲精神的人，我跟你在一起会占便宜的。我不知道，那些人凭什么说你不能做贤妻良母，就因为你有才吗？贤妻良母的本质就是自我牺牲。”

毓敏做完了一切。则行真狡猾，尽让她心里痛快。他说：“能让你干了活又痛快，这就是我的长处。你就要找这样的丈夫。”

毓敏承认了她就是要求这样，承认了她就是应该嫁给则行。愉快的降服与愉快的被降服。

则行哼着歌散步。在校园的浓荫处，毓敏不禁挽起了他的臂，把头倚着他的肩。则行强作镇静，眼光斜瞟着灯亮处的几个人影。毓敏暗笑了一下，把头离开了他。

则行说：“我是为你。人家会说你的。”

毓敏虽然和他离开了点，心里却是贴近和融和的。他们彼此理解。

则行说：“我才不听那些鬼话，什么要找一个第二流的追随者。我认为，两个人都是奋斗者，才能够更加理解，更幸福。将来，你可要让人们说，彭则行娶了一个好老婆。”

毓敏说：“那你得让人们说，曹毓敏嫁了一个好丈夫。”

则行正色说：“这点我可不能答应你。我懒于家务，任性，比你自私，身体不好，绝不是一个好丈夫。你要有这个思想准备。”

毓敏只是默默地把他的手又挽起了。

自从有了则行，毓敏更安心地发展着她的性格和事业。她深信自己身上具备的一切都是则行所需要和能够适应的。则行说过，他们是“千里姻缘，南北一命”。这是真的，不是做梦。

“脸蛋？风度？嗨！过上十年谁都一样。到那个时候就要比事业，比孩子。那种愚昧庸俗的女人怎么能教育后代呢？我就把我的后代交托给你了。”他笑着向毓敏说。

她不把这当玩笑，含羞地笑笑。

“现在的独生子女不好教育。我们最好是和弟妹的孩子放在一起养……”

他又来了。他爱设计未来。男人，男人就应该这样。女人是不会在恋爱中就去找房子的，而则行却真的去找了两回房子，还说她：“我真不理解，你为什么不关心关心……”

那太遥远了，毓敏不好意思说。她只是默默地感激着则行对她做的这一切。

如果他找到房子，那还用说吗？毓敏绝不会嫌弃房子什么样的。她会和他一起过那知青式的生活，并绝对要把他照顾好。他们一起奋斗，奋斗！家庭里将充满欢乐。

前衣子正是她的爱人所需要的，而毓敏自己则是则行所需要的，否则，为什么各人要寻找自己的幸福呢？

……可是眼前，当前衣子说起她的朋友太一郎，则行竟说了一句："他真幸福！"

听见这句话，毓敏不再责备自己好妒忌了。

前衣子有狐臭，总洒浓郁的香水，毓敏想。但接着又难过起来自己这样多么对不起前衣子啊！她今天怎么这么低三下四？为了爱？爱不是应该使人高尚吗？她心情沉重。

前衣子爱叫毓敏试穿她的衣服——西式裙，和服。自己在一旁拍手道："真好看！真好看！敏，不要脱了，就这样穿着出去吧。"

毓敏却惊惶地摇头："不，不！"

有时候，即使穿一条素色的裙子，她也要在前衣子的穿衣镜前顾影半晌，自言自语道："怕不怕呢？"

前衣子说："你们穿衣服总说'怕不怕？'你们怕什么？我们，什么都不怕，就怕不好看。"

毓敏说不出来是怕什么。怕别人异样的目光，怕引起人家议论，怕太出众，怕老师和领导的印象不好……

故宫是恢宏壮丽的。而她却是这样的寒碜。这倒不在于衣着不如前衣子的典雅气派，而是在于她的性格的寒碜。这是在长期的个人历史和民族历史中形成的寒碜。

童年时代，举国饥馑，使她带上轻微的夜盲症。后来的动乱，家庭离散，荒凉的乡村生活，失学，失业，失恋，以及种种政治阴影的威胁，惊惧，猜疑，使她早失去了前衣子的那种天然妩媚，那种对人的依依之心。仿佛天下人都是前衣子的朋友，实际上见到前衣子的人也都愿意做这天真少女的朋友。世界向她微笑。爱与美，养尊处优的精品。

而在毓敏身上却时常袭来那往昔的黑暗、阴冷和恨的痉挛，她的生命仿佛还没有摆脱痛苦的挣扎，还来不及唱一支轻松怡人的歌。

如果说入学之初，她与都市同学相形之下的寒碜，使她为自己的家乡而不平，那么，今天，她的寒碜却使她为自己的民族而哀痛了。

祖国啊！何日你的女儿才能为你捧出满怀鲜花？

他们走进了故宫内的商店。前衣子又对那些刺绣发生了兴趣。则行在她身边陪着。

毓敏自己转着，一眼看见了橱窗里一个坐在荷花上的古装童子。

“请问，那个小泥人怎么卖？”她问。

“不卖！”一个年轻的售货员干脆地说。

过了一会儿，毓敏看见几个碧眼的外国人在挑选这小泥人。她惊疑地又问道：“你这不是在卖吗？为什么说不卖？”

青年售货员没好气地答道：“我说不卖，是因为你也买不起！十五块一个，你买吗？”

那是一个和前衣子年纪相仿的姑娘，可是却这么凶，这么刻薄。毓敏简直呆住了。她不知道这售货员是仗着什么势头这么盛气凌人。今天在故宫里这是怎么了？一个一个的好像都忘记自己是中国人啦。中国穷，中国人穷，穷到连在故宫里都没有地位了吗?

商店里的顾客一时都回头看她。她来不及去分辨那些眼色的滋味，便从口袋里掏出钱来，刚好是十元的两张，放在柜台上：“你给我拿一个泥人。”

青年售货员惊住了。她有点迟疑，仿佛知道这二十元钱的不易，不愿去收。这是毓敏一个月的生活费。因为邀请了前衣子，她今天带在身上以防万一。

店里的中国顾客用同情和感慨的眼色看着她。

青年售货员仿佛也有些后悔了。毓敏待不下去，催促说：“快一点!”

售货员默默地把一只小盒和找回的五元钱递给她。

走出商店，她发现则行跟着她，前衣子在后面。

“充什么阔气?你不买饭票了?”

他只说了这么两句，用一种不大理解的眼神窥视她。他隐隐地感到，在她身上发生了一场风暴。

过了一天，毓敏从图书馆回来。宿舍里的人告诉她，则行来过，有一封信给她。原来信封里装着十五元钱。一张十元的，其他是些零票子。

她不想见他，不想见前衣子，还想回避自己。一切都混乱了。她不知道她自己是否对，只是不能自已地一头埋进了书堆。

开始下雪了。

前衣子喜气洋洋地来了。她招招手，叫毓敏出去，在她耳畔悄悄地说："太一郎来了！"

太一郎身材修长，像个网球运动员，也打扮得像个运动员似的，比前衣子放在镜面里的照片更年轻精干，充满活力。他是随公司来华拍电视的。

他的汉语讲得流利极了，简直可以把他当作中国福建广东一带的青年。他兴致勃勃，常放声大笑。前衣子今天敷了薄粉，唇如点丹，穿了和服，又幸福又羞怯。

太一郎跑了大半个中国。他坦率地对毓敏说："他们（旅行社）不给我买票，我就自己去买票。"他喜欢搭公共汽车，喜欢别人认不出他是日本人。中国的地理状况，市民生活情形和方言土语，他简直比许多狭居的中国人懂得更多。他还会讲"四人帮"时中国的政治笑话。

"你知道吗？在你们中国，有一个城市叫郑州……"

"郑州？当然知道，谁不知道郑州！"毓敏性急地插话。

"不，不！你知道，在郑州这个城里，有一个花园吗？"

"唔……"毓敏不再说了，等着他的下文。

"你知道在那花园的湖里有一个小岛吗？"太一郎又一顿。

毓敏急切地摇摇头，她被吸引住了。

"那个小岛叫作外语岛。每天早晨，郑州的外语爱好者们都跑到那儿去练习外语，用外语交谈。在那个岛上是不讲你们本国话的。我穿了一件你们中国的那种军大衣，也去了。和我交谈的是一个青年工人。他说：‘你的日语讲得太好啦!’哈哈！他不知道我就是个日本人哪。不过，他讲得也真不错。工人，自学的。其实是我佩服他。你们中国的年轻人真勤奋，学东西也快极了。那个外语岛上讲得最多的就是英语和日语了。我们日本也正兴起华语热。可惜，你们国家对这些业余外语人才利用率太低了。跟我谈话那个小伙子，训练一下可以搞中日交流的嘛。可是还是当工人。”

洒脱无羁的太一郎与毓敏下乡时的那些知青朋友非常相像。而大学里的同学不管怎样总有些隐讳和拘泥之处。毓敏一面与他谈笑，一面怎么也想不透，这是个外国人？她和前衣子虽已熟稔，但前衣子的那种“日本气”，那种古典仕女加现代化的风格却是处处可以感触到的啊。

前衣子的男朋友应该是绅士型的，不料却是这么放达的青年。毓敏和太一郎简直太容易沟通了。她对太一郎的诙谐反唇相讥，一面赞赏太一郎的熟悉中国，一面又不断给他出难题，警告他，中国大着呢，深着呢，认识中国并不容易。

前衣子出去打开水。

太一郎突然说：“中国姑娘真是太可爱啦!”

毓敏立即答道：“中国姑娘都很厉害。你问问前衣子就知道。在我们中国，像她那样为你们男人牺牲的姑娘，可是几乎没有的。”

太一郎严肃地点着头说：“知道，知道。前衣子是很爱我。不过来到中国认识了你，真是太高兴了。”

这时候，两个人都觉得前衣子去得太久了。

毓敏说："我去看看。"

留学生楼的暖气烧得特别暖，坐久了感到热气喷人，又加上前衣子寝室里浓烈的香水香粉味，弄得毓敏头昏起来。她习惯自己宿舍的暖气和气味。暖气是烧得不够热，但正好头脑清醒，用功不觉累。她宁愿双手捂着一只热水杯子看书，也不愿享受这份闷热的福。

跑到楼下，风把楼门关得很紧。毓敏猛地一下把门打开，却看见前衣子就站在门外风雪地里，一手拎一只热水瓶，一动不动。

"衣子！怎么回事？"

她扑向前衣子，去接她手中的暖水瓶。

前衣子快冻僵了，眼里含着泪。

"前衣子！衣子，你怎么了？"她摇着她的肩。

前衣子仍不答。晶亮的眼泪大滴大滴地掉出来。

毓敏一下子明白了。

"衣子，你真傻。他很爱你。太一郎很爱你。我是你的朋友，他当然要对我好。谁让你去叫我来的？衣子快回去！"

前衣子回头用孩子般的眼神看毓敏。毓敏说："太一郎说，他已经和妈妈说了，一定和你结婚。他的妈妈要你放假回去呢。"

前衣子破涕为笑了。她俩互相搂着肩，抱着腰走进楼里。上楼梯时，前衣子说："别告诉太一郎我哭的事。"

太一郎的到来使这一对异国女郎的心灵更加沟通了。面对像白雪一样纯洁的前衣子，毓敏在故宫发生的心理障碍消除了。而太一郎对中国姑娘的衷心赞美，使毓敏获得了一种心理平衡。太一郎说，前衣子像一只白鸽，而毓敏是一只黑燕。

不，她不能否定自己，不能自己认输。中国女子自有独特的价值和可爱，正为中国之所需要。

这一次精神上的地震，虽然是由爱情引起，可是已令毓敏深深地感觉到，在知识、课堂、美学和文章之外，她必须寻找那股使自己获得精神成熟的力量。在爱的灵光圈之外，她必须去追赶那时代的光明。

太一郎他们要在大学图书馆和课堂上拍一些镜头。那天，毓敏他们班主任专门来嘱咐道："请大家换换衣服。"

"我没衣服，下午不来了。"一个名叫杨泽的男生说。

"我们也不来了。"一时有一半的男生说。

班主任忙做解释，一面自己也觉得尴尬："我也觉得不一定换，上面叫交代一下。"

同学们还是觉得气愤未消："他妈的！大家录取的时候就应该加上一条，没有好衣服的不予录取。"

"我们上课是上给外国人看的吗？"

这一届的学生大部分是毓敏这样的"老"学生，老而贫寒，像杨泽和许多人还有家累。平时学习就抓得很紧，卧薪尝胆似的，星期六晚上都憋在宿舍里苦读。一不上街二不打扮。

现在听见这般要求，好像衣着寒碜就不配以中国大学生的资格出现在电视上，又是外国人来拍，当然就有一种愤懑与屈辱之感。

毓敏也不换衣服。她在内心里感激这些直言的男同学。他们使得这种寒碜，这一代人的寒碜中透出高贵的气概。

“冷处偏佳，别有根芽，不是人间富贵花。”这就是他们这一批老大学生的青春之花，又何必要什么脂粉红装呢?

毓敏和前衣子亲密，无所不谈，常常超过了和国内同学的关系。可是在某些问题上，包括与则行的裂痕，毓敏觉得，宁可让国内所有同学知道——不管是讽刺过她的，疏远过她的，是小雪还是邹新语……也不能让前衣子知道。

宁可让国内同学来议论，也不能让前衣子来同情。否则她就会真的一无所有了。

前衣子要动身回国了，再三地询问起她和则行的事。她要毓敏许诺下未来两个家庭的永久友谊，以及后代的友好。毓敏都答应了她。

“等你的儿子来中国，一定很容易找我。”

“为什么?”

“那时，我一定已经是个有名的大文学家了。”她幽默地说。

“啊！那时，中国是不是有你的铜像了?”前衣子故作崇敬地惊叹道。毓敏打了她一拳。两人大笑。中国的未来和日本的未来在召唤她们。

"则行这几天家里有点事，不能一起来看你了。"笑过之后，毓敏不得不这样解释。

其实他们近来都没见面。她只好鼓起勇气来圆这个谎——这时候圆谎成了她的神圣责任。

等到飞机飞走，白雪覆盖着北京，覆盖着故宫紫禁城，她就能为自己的表现感到满意。她一面对前衣子恋恋不舍，一面却有一种她走了后的轻松感。从争人格到争国格，这个意识永远不会过去……

考试完毕，毓敏从考场径奔留学生楼。

银白色的校园里平添了许多笑语。每年总有些初入学的南方学生欣喜若狂地在教室外玩雪。一年级的时候，她也这样玩过。从冬青树上，从萎去的草地上抓起大把的雪，往自己脸上搓，捏雪球，和男同学开仗。

北方的鹅毛大雪，尺许厚的雪地，教室窗上的冰花，开水房前冰凌路上散落着的摔碎的暖瓶胆片，以及乐声飞扬，像一只大银盘上滚动着无数宝珠的校内湖泊溜冰场，都已经为南国的她所习惯而深深地喜爱。

前衣子的屋里如常，好像主人并没有动身之意，更不会一去不返。墙上那些印着滑稽小人的大布插，床上绣花的床罩，暖气管上的一盆吊兰，样样依旧。只是壁橱旁边却放着鼓鼓囊囊的两只大旅行袋，椅背上搭着前衣子那件乳色裙式风雪衣，地上一双浅色高筒皮鞋。

“噢!”前衣子发出欢呼，“我害怕你不来了。不，来不了啦!”

前衣子总在纠正自己的中国话，因为她如不纠正的话，毓敏就会来纠正并“教训”她的。

毓敏理解她的意思，帮助她以词达意，而不会给她带来因词害意的苦恼。两年的留学生活中她依恋毓敏。从毓敏这里她感受着中国姑娘的正派和友谊。

毓敏从棉袄袋里掏出两个小盒来递给前衣子。小盒有精致的绛红纸，上面的烫金字是“中国红茶”。她说：“这是我父母特地寄来送给你父母的。”

上次前衣子回国度假，带了一盒毓敏家乡的红茶，前衣子的父母很欣赏。

前衣子“噢依”一声，接过礼物。在她们的交往中，毓敏不多的几次薄薄的礼品都使她感动。她知道毓敏的父母是中学教员，她的家并不是中国的富裕家庭。可是毓敏和她在一起，陪她出游，那种落落大方，节制有度，使她感到中国人的可敬可爱。她是到一个穷国来留学，然而是一个令人起敬的国度。她的同学们都去美国，认为她是图花钱少才到中国来的。

她的父母在二次大战时到过中国，他们的回忆给她的童年留下许多憧憬。到中国后她也有过失望，直到她认识了一批真正的中国朋友，她认为是真正中国的象征，她才在每次回国度假的时候骄傲地和那些美国回来的同学相聚。

她在中国的发现也许比她们在美国的发现还多。这些年中国常常成为人们的话题。她成为谈话的中心。结果是那些选择去了美国的同学都一个个表示：起码要到中国去旅游一次。

毓敏也是她的发现之一。有时她们桌前枕畔，无话不谈，有时她又很摸不透她。而她朦胧地感觉到摸不透的地方，正是毓敏作为一个中国人最可宝贵的自尊心，是毓敏身上最有魅力的地方。

前衣子对毓敏越接近就越坦率。她说："我刚到中国时，许多人都来接近我。我觉得中国人很好客，很热情。可是慢慢地他们就提出要求，要我在回国的时候给他们带东西。我很不愿意。我是一个学生，在海关带一大堆商品，真令人难为情。我害怕去做客了。我害怕人们为了东西和我交往。我很失望。可是敏，你和你的父母真好。我真心地想送你们一点东西。我的父母也想送一份心意。你们家需要什么呢？录音机好吗？"

毓敏一个劲摆手，"不要不要！你在我们中国是客人。等我到了你们国家，你的父母也要照顾我吧？我们不是为东西友好的啊！"

当毓敏陪同前衣子去人家时，往往在一些地位很高的人家却遇见不争气的国人，把前衣子当作一个可以敲诈的宝，利用前衣子的腼腆提出物质要求。毓敏寸步不让地守护着前衣子，守护着一条不可逾越的界限。

毓敏只喜欢一样，就是和前衣子一起照相，录音，然后把相片，磁带寄给双方的家庭。每次，她们都惊喜地交换着两家父母的感想：

“衣子，我爸爸说你漂亮，像中国姑娘。还说，看见你的照片，他想起年轻时候见到我妈的情景了。”

“敏，我妈妈说你唱的歌真好听。说我的声音不好，像鸭子一样，给你捣乱。她要你单独给她唱一支歌。”

而今离别在即。

她们紧紧拥抱，泪湿衣襟。

又来了许多人，前衣子的同胞来帮她搬运物件了。敏退到一旁。

前衣子飞走了。她们将享受那离别的另一种滋味的友谊。

敏怅然而又满足地回来了。

她刚进屋，门上就有人在轻轻地敲。

进来的是则行。

“我正要回家，看见你的窗子亮了。”他说。

同屋的人都回去度寒假了。又剩她自己。从那个蝉声四起的暑假到现在，她好像经历了十年八年。她觉得他已经失去了，怎么还会在这里二人相对呢？

她心中有些纳罕，他若无其事，浑然不觉。他不知道他犯了什么过错。他一直埋在他的论文里，还歉意地说：“最近太忙了！”

她自己是完全对的么？

她忽然想起自己在太一郎面前的失着处来。

她和前衣子陪伴太一郎漫游校园。在一种熟悉和轻松的气氛中，她同太一郎谈着大学生活中的许多诙谐面。这里边她是不是诙谐得过了点呢？她曾指点他看那些调皮学生用钢笔写的“课桌诗”：

听课诚可贵，
看书价更高。
若为考试故，
二者皆可抛。

当然，这是为了说明，中国学生并不迷信考试。

可是还有呢，她是怎么向太一郎介绍那些学生宿舍的呢？

这是“鸳鸯楼”。文科女生宿舍楼，是全校连衣裙最多的楼，也是最富于吸引力的楼。周末和节日的晚上，前来邀请女孩们去赴舞会的男生排成了队在这楼里上下。不过其所以得名，是在晚自习散了之后，男女学生边走边聊，走到这楼前，总要逗留，谈一些平平常常却又蕴藉悠长的话，直到管楼的老太太站在大门口喊，“十点半，关门了！”大家才立刻散了，女生们像鸟一样飞回楼去。

这是“小姐楼”，住的是外语系女生。她们的打扮特别洋派，大多是脑后一条“马尾巴”，高耸着，走路直挺挺的，笑声也特别响，这个楼录音机多，一大早就放外语，下午放流行音乐。这个楼的女孩都在为进外交部做准备，风度十足。

“阴阳楼”。男女生各住一半。

“公子楼”。文科男生宿舍。他们神态悠然，穿着很帅。发文章做演说，高谈阔论，在学校生活舞台上很活跃。这个楼的男生对女孩子进攻力很强。

而靠近学校后门的一连串带拐弯的规模最大的那些楼，那叫“被爱情遗忘的角落”。

那里住着学校理工科的男孩们。他们课程紧张，实验实习很多，有的则常在野外。这是些男性十足的系，地质，考古……这些系女生本来就收得少。这里的男孩们不重衣着，吃饭的时候在饭票上划算式，好像无暇顾及同桌女孩们的眼波。衣裳上带着试验烧灼的痕迹。他们脚登回力鞋，酷爱运动，中午也要在宿舍楼拐角处踢几下足球。他们楼里乱七八糟，汗气烟味冲天，令女孩们望而生畏。很少有花枝招展的女孩光临。他们也不大对女大学生寄予希望，因为他们未来的岗位大都是在遥远的大地上，荒漠中。他们并不希冀时髦女郎的青睐。在舞会上很少看到他们。不过，这个“角落”，才是最富于诱惑力的“男子汉之家”。真正出色勇敢的女生应该往那儿冲……

稀里哗啦的，她跟太一郎讲了那么多。如今她忽然害怕起来了：万一太一郎不了解这些诙谐，不了解他们学校里各系同学间的这种玩笑和友爱之情，只从“小姐”“公子”的字面上去理解和报道中国，那就糟糕了！

她是不是也像则行一样，由于外交上的幼稚而失态了？

她不再觉得则行是不可原谅的了。

可是，她怎么能欺骗自己，说“一切都没有发生过”？

除非她永远忘记故宫，永远不在画报上或是在开行的电车上眺见那红墙金顶的巍峨宫殿。

可是如果他要问："究竟发生了什么事情?"她又无从说起。

前衣子来信了。她去拜见婆婆。因为知道太一郎母亲是个厉害的女强人，早年守寡，继承夫业，开着一家公司，太一郎又是独子，前衣子心里很慌张，害怕她不同意自己，竟在行礼时一头撞在桌角上了。

太一郎母亲连声说："真可怜！真可怜！"

吃饭的时候，太一郎母亲说："虽然你到我们家来了，但是两家的父母还没有见面商谈过，许多问题还没解决，所以你和太一郎的事还不能算确定。"

太一郎放下筷子，正色道："我只和前衣子结婚。"

前衣子的心里快乐极了。现在双方父母已经在筹办婚事。

临行前，前衣子曾经和毓敏一起唱着日本歌：

如果你要幸福，拉拉你的耳朵！

如果你要幸福，拍拍你的双手！

如果你要幸福，跺跺你的双脚！

她们在一起拉耳朵，拍手，跺脚。

前衣子惦念中国女友的幸福。

随信寄来了太一郎的《访问中国大学印象记》。毓敏急急地硬译着读了一遍。太一郎对她的介绍理解得很好。他赞美中国大学生的艰苦与活力。这样她就放心了。

则行要求我的，不是去买电影票，而是去大会议厅占座位。那里经常举办讲座，是社会名流们的讲坛。

我常常下午四点就去西北校园的会议厅占座位，端着一本书。一直坐到六点半，则行给我带来咸菜馒头。他对名学者的仰慕心理是一种教养，是一种虔敬的狂热，也是一种理想境界的高峰。

他认为，在他们讲演的时候，人们都应该是屏声敛气的。

但满场青年听众却大都没有这种“修养”。他们爱提问，爱争辩。那带着俏皮劲的会说话的掌声，如阵阵青春的暖流从大厅里漫过。这种时候，名流们纵使霜华满头，走遍全球，也会禁不住激情焕发。

可是，来的“名流”倘若讲上十分钟还是陈词滥调，或是插科打诨，总是哗众取宠，下面就开始“噼里啪啦”地响了。

这是人去座空的响声。学生们不管不顾地从排座上横穿直走。要是讲座再压不住阵，这“噼里啪啦”之声就会传染全厅。学生们热衷于求知而不爱捧场，不留面子，傲锐难当。

这种时候，则行不走，我也不能走，虽然我觉得他的敬意多余。

我还觉得，在他的文章里引用的名言也太多了一些。小雪们奚落说这是“名言集锦”。为什么一定要用别人的话来思索呢？

则行对名流们的崇敬，也许超过名流们的自我估计。台上的老者常谆谆不倦地答复青年学生的问题。可是则行不许我写字条递上台去提问，有时真令我又好笑又可气。幸好我想提的问题大多由同学们提出了。

有一回我执拗地写了一张小字条，递了上去，则行就很紧张。那张小字条却意外地得到了台上讲演人的称赞，说这个问题问得“很有见地”。则行这才松了口气。不过，他仍是警告我，下不为例。他说我会捅娄子，出洋相的。

小雪她们的爱情是不包括这个的。在这些场合里与小雪们同龄的那帮毛头小伙子们是顶爱起哄的，只是对女友过多地和别人跳舞之类他们才会去“管”。

则行也喜欢向他的男友们吹嘘，他能“拿下”我来，我总是默认着，顺从着他的怪脾气。

又过了多少岁月，我才明白了一点。为什么人和人之间的亲昵关系必须是一个对另一个的压抑和统治呢？这是多么违反生命的个性法则。爱，仅仅是爱就需要付出这么大的代价？

还来不及深思熟虑，来不及互相探讨，那一天就来到了。那一天，犹如人生中的许多意外时刻，注定了一切隐晦的东西必须挑明，每个人要露出他自己的本来面目来。

那是一场校园风云。同学们兴高采烈，全校人口仿佛增加了三倍，热闹得如临盛大节日。

广告栏前人围成墙。那些白发苍苍的老教授拄着手杖来到这里。那些刚刚平反了右派问题的中年教师眼里似乎噙了泪花。

广告栏上贴出了醒目的海报和宣言：

国事讲演会

宣言上说：

当今之改革，乃中华之大业。让我们打破班级、系别和地域，性别、年龄之界限，共聚一堂，探讨大义……

发起人正是那个叫杨泽的男生。

响应者纷起云集。各种时事、哲学、法律、经济、历史的争鸣题目出来了。

一阵大风把这些性急的宣言书刮得七零八落。小雪和几个小姑娘提着糨糊桶在那儿把它们重新粘牢。她现在搬进我住的这个宿舍来了。

地质系的帅小伙子力平跑到我们宿舍里来了：

“小雪，你们是支持谁？”

“我们不是支持谁。我们是支持整个讲演会的活动。”

小雪傲然地说，一面对镜梳着她的长发。

“嗬！”力平欣赏地看着她。

小雪对我说：

“你真沉得住气，是要跟着你们彭老夫子进故纸堆里去了！还不快去看看！讲演会可真是一场轰动。记者都来了，还有外国人。”

我不作声。

我知道我不能去看。一看，也许就会引爆我心中久抑的激情之雷。

上课了。老师是个刚平反的右派。这位中年教师讲课极受欢迎，可他却从来都是眼望着窗外。

可是，忽然，他一改往日与同学们的疏远态度，两只闪闪发光的眼坦诚地投向学生，讲出“古汉语”之外的话来：

“我认为，学生不爱国，就是教育的最大失败。

“同学们，智慧是可贵的，可是还有一样东西更可贵，这就是对祖国对人民的良知。无论是作品或是做人，有这种良知，方才可敬可贵！”

满堂寂静，共鸣着一种轰轰烈烈的心声。

课上了一半，我悄悄从后门离开了教室。

当小雪们下课回到宿舍，我的讲演宣言已经写成了。标题是：

女性人才的压抑

广告栏早已贴不下了。小雪和我一起拎着糨糊桶去饭厅大门口张贴。

力平们闻声赶来了：“嘿！再贴高一点。我来。”他们爬到高窗上帮忙张贴。

人流从广告栏赶往大饭厅前，看第一份女讲演者的宣言。

连日来，激昂的校园在夜里也难以宁静。熄灯后，男生宿舍里亮着烟头，继续着豪迈的争辩。关于哲学、关于经济实体、改革的诸多方面，以及球赛，关于中国要当世界冠军，等等。而女生宿舍，在那面大家凑钱买的花布窗帘后面，关于友谊和爱情的赞语，关于男孩子们所作所为的评论、赞许、嗔怪等叨叨不休。

男生们，总是他们挤满了学校生活的舞台，目空一切地表演，宣泄喜怒哀乐，事无巨细都要发表他们的“纲领”，“政见”。

而女生，女生总是怀着一种姐妹的，情人的溺爱之心，注视和钦羡着男生们的行动。女生总是感受多于行动。为什么呢？哪怕是班上成绩比我们都次的一个男生，也敢于在校园里指手画脚，而最颖慧的女生，也大都在争辩场所中缄口不言。

男生主宰着学校生活的潮流。女生，难道在同等的教育之下，我们，只能被男生们在郊游的时候带在自行车后座上吗？把历史倒翻过一页来看看吧，当初在中国，为了录取第一个女子进大学，先师和父兄们曾怎样地奋力疾呼，双手相擎，视为希望，视为明珠。我们今日的畏缩，岂不愧对先驱者吗？

傍晚，急促的敲门声响了。则行铁青了脸进来。

小雪用关切的眼示意我，走开了。

“好啊！我真想不到，你，竟背着我偷偷地搞什么讲演。”

“我要告诉你的。因为你最近太忙，我想周末再……”

“算了吧！你知道那些人的背景、动机吗？你以为，都是像你这样头脑简单的……哼，这么轻浮。我看错了。你，不是一个搞事业的人！”

轻浮？我眼前忽然闪过了前衣子的倩影和故宫。

我固执地不作一声。

“好吧。不听我的话，我走。你多保重了。”

他冲向门扉。我也冲到门旁，将身子靠在门上，使他不能开门。

他愤懑地说："我把你放在我的生活里，为了你，我和家里一直在闹着。可是，你没有把我放在你的生活里。你的举动，简直太出乎我的想象了。"

敲门声又响了。有许多人在门口说话。我急急揩去脸上的泪水，开了门。

拥进来一伙素不相识的女同学，她们说："希望你要争气啊!"她们送来了润嗓的药，罗汉果。

"沏水喝，嗓子就不会哑了。"

在她们热情的议论声中，则行匆匆离去了。

小雪回来，注视我，说："你哭了?"她指指窗外："唉，你的那些支持者还以为你多么勇敢，多么强大呢!"

她提醒了我。从现在起，我必须做另外一个人，一个更独立的、私心更少的人。

讲演会开了一个多月。同学们容光焕发。年轻的心被更新了。大义之光闪耀在青春的眸子里。校园变得更加开朗豁达。

这时候，杨泽的关于历史评价问题的讲演与一位名人发生了观点冲突。这就是曾经赏识和器重则行的那位名人。

我选择了自己的立场，支持杨泽。

邹新语，她充当了名人与学生之间的传声筒。在她宿舍的床前贴着名人的赐字，以示和我们有别。

则行来了，好像变成了另一个人。

“我们的感情可以结束了。”他说。

“为什么?”

“因为，性格不合。”他简洁地回答了我。

北国的冬天是多么漫长啊!

那些日子，只有同屋的小雪们知道。白天，我沉静地上课。每到夜间，我就在梦中哭喊，争辩，踢床板，大叫。

小雪给了我最亲密的女友的忠告：

“你既然爱他，为什么不使用‘女人的武器’呢?”

人们告诉我，他病了。

我带着橘子罐头和他借给我的书走进男生宿舍。他们屋里刚好没有别的人。

他在蚊帐里睡着了，满脸倦容，焦虑，孤寂。我们“性格不合”吗？他真的已经不爱我了吗？不，他的痛苦也许更深。

在那些相爱的时日，我曾经撩起这蚊帐，把他从梦中摇醒，拉他去散步，去听音乐会。

如今一层纱帐就把我们分隔。我望着他那益见消瘦的面容，热泪奔流。

社会上尽是流言蜚语。我已在短短时间里变成了令人瞠目的人物。则行深知道我的讲演远不如人们传闻的那样怪诞和放肆。然而他是一个追求“乡邻称道”的人。因为他爱我，这大大地刺伤了他的自尊心，使他对我失去了爱的信念。

则行的母亲已经公开表示拒绝我。则行的父亲其实死于政治灾难。思想罪，言论罪。他们这个家庭刚刚仗着则行的崛起有了生机，我有什么权利去毁灭一个母亲，一个寡居的母亲的最后指望呢？

我不能承认，我不该讲演，不该说出自己的心里话。黑夜不是已经过去了吗？当年成千上万的“思想罪犯”正在从炼狱里重返人间。我热爱光明，我相信光明已经来临。假若民主与自由又成骗局，那么悲剧就不仅仅是属于我和几个青年学生了。我们为什么要得到这作茧自缚的下场？

我不明白，则行的那位“恩师”和某些人，为什么这样反感勇于抨击时弊的青年？难道他们没有在黑暗中吃过苦头吗？他们把我们说成是一伙狂妄无知而有野心的不良分子，像莠草一样应该被剪除。又听说，他的儿子却支持我们。

在最后一次讲演会上，倡导者杨泽登台这样说：“我今年三十二岁。为了改革，我可以再吃二十年的苦，再受二十年的委屈。可是，请你们想一想吧！中国的改革大业呢？人民的信心和希望可决不能再被打下去了！时间不等我们了！世界不等我们了！近代史上我们慢了一步，戊戌变法失败，辛亥革命又失败，今天可不能再慢了！”

为什么，为什么他这个拖家带口、妻儿尚在农村的“老”大学生要承担这样的罪名？似乎讲演会破坏了社会治安。下乡近十年，额前生犁沟，三十几岁来读书，每天三顿几个馍。早起背外语，夜间做笔记。祖国啊！难道不是为了你的繁荣富强，儿女们才备尝艰辛？只要你快些强大起来，纵然吃尽苦头心也乐。

假如祖国的黎明也需要牺牲，那就让我们去吧。

讲演者们在准备承受不公平的惩罚。校园一派沉闷。这批刚刚来到风和日丽之中的青年，似乎又听到那隐隐的雷声。

我也许是一个行将离去的人，哪里还有再去爱则行的权利？

把罐头和书放在他床边的桌上，我悄悄离去。什么“女人的武器”？往日的亲爱已成梦境。

别了，亲爱的人。

即使我被惩罚，远走天涯，我也会变成一只自由的鸟，在黄昏暮时飞进你的窗口，听取你睿智的谈吐，度过那闪光的片刻。

我将匆匆地来，匆匆地去，让你留恋的眼把我相送。

让流言也无法击中，忌妒也无法追逐。

因为，那只不过是，你的不挂窗帘的窗外，一只远去的黑燕。

五月的鲜花，

开遍了原野……

北国之春以磅礴气势展开了它的画卷。

西伯利亚寒流一旦过去，万紫千红蓦地从一派黄灰中崛起。燕子们飞回来了，在湖面上像一支一支疾速的黑箭。

在这里荟萃一园的大学生们，犹如天南地北的奇花异卉，经受了北国的严寒，饱含了更加浓烈的春意。讲演会的“难关”正在过去。有人替大学生们讲了话。他们没有忘记自己的青年时代。

引起我们啼笑的不再是那些琐屑之事。在大学的校园里已没有什么地域籍贯之分。我们不再是属于自己的家庭、家乡，而是同属于一个广阔的担负天下的责任空间。

学习进入了新阶段。度过了那种赶抄笔记，抢借参考书，一窝蜂满校园跑的忙乱时期。现在，人人都进入了自己被吸引的那一个角落，那一个个隐秘的海……

红霞当西时，叮叮当当的一阵锣鼓声从楼前过去了。这是系对系的足球赛。胜利者拥戴着运动员凯旋了。楼上的人都伸出头去看窗外。

一个虎头虎脑的男生扛着块长条黑板，上面用彩色粉笔写着“狭路相逢勇者胜”。

紧张。白昼与黑夜都被勇猛的拼搏连成了一片。校园的夜是专心致志的夜。正当校墙外大街小巷的居民们在电视机旁休息、聊天，园内的所有楼房里都停止了笑语和音乐。尽管校园内小湖畔是永不尽的月圆花好，然而花前柳下、亭台楼阁的长椅上却寂寥无人。偌多韶华如玉的青年，都拥进了书的怀抱。

就为了这个，为了我们校园里总是夜夜空着的那些月下长椅，我曾向太一郎大夸海口。太一郎惊佩之至，立即要到湖畔来验证。

于是，前衣子、太一郎和我，三个人走去看。终于，让太一郎发现长椅上的一对情侣。而我也立刻发现长椅后的自行车。

“看！这就是说，是学校外面的人。”

太一郎笑了，点点头，承认了学生的无辜。这一细节记入了太一郎的访问记中。

熄灯的时间到了，宿舍走廊已是一片漆黑。屋里，又亮起了几盏同学们自装的小台灯——这小台灯和管电的工友师傅捉迷藏，已经几拆几装。有时当场捕获，只有求求好心的师傅，搬出多多的笔记和卡片来表示时间的不足。师傅往往睁一只眼闭一只眼了。有时，女学生撒起娇来，还赖得师傅倒帮她修灯装线呢。

考试倒引不起同学们的多大激动了。这长夜难眠的小台灯，往往是为了一本颇难到手的好书，全屋的人排着顺序传阅。有时候，晚上有事出去了，看电影之类耗去的看书时间，不补上，躺下也不安然。另外，给远方的父母亲友写信，也被紧张的一天挤到这盏小台灯下来了。

父母的来信总要问起则行。而我，只得在每次回信的末了添上一句：他很好，正忙着写毕业论文。代问父母好！

这样的回信写了几次，我发现自己的心中又有些复活了。冬天过去了，蛰居停滞的日子过去了。生命的绿汁正在沿着小草茎、大树干往上爬呢。我深信，讲演会终归会被人们理解，包括则行的母亲，那位名人以及那些反对过它的人。

这恬静的小台灯下的角落，纷纭的生活在这里被净化了。

所有记得的都是和谐，紧张的脑力劳动后的和谐。

而一天中最紧张的是中午饭那阵。

下课的人们和图书馆出来的人们从四面八方向饭厅拥来。

学生们人人拎个毛巾做的碗兜。太一郎曾经问我："这碗兜是不是发的？"

我故意考考他的中文语汇，答道："唔，发的，是自发的。"

女生们的碗兜别致干净。男生们的碗兜是自己去买了毛巾来请女同学缝的。男生的碗兜用得可够脏的。他们照样往里面装饭碗，塞馒头、油条、熟鸡蛋、咸菜。他们说："里面干净呢。"

拎着这碗兜，在冬季黑魆魆的早晨就从食堂赶到图书馆去占座位。拎着这碗兜，跑遍全校东南西北的一、二、三教室。

太一郎的镜头摄下了这些拎着形形色色碗兜、肩挎"重型书包"的学生们。

哦，我的大学！那更深夜静的床前小台灯，那五颜六色的从新到旧的数千碗兜，和讲演会。

在那紧张的午餐时间里，大饭厅前的广告栏是校园的群言堂。校党委、学生会的公文告示贴在那儿；各学生团体的画廊、影展、讲座、球赛海报，贴在那儿；学生个人的失物招领、申诉、要求，也贴在那儿。

端着饭碗边走边吃的过往学生们是这广告栏的作者、读者、组织者、听众、欣赏家、评论家。过往学生又常有人拔出钢笔即兴题词。每个强大的声音和弱小的呼吸都在这儿得到反应。

诸如此类：

“寻找心爱的‘她’——借书证遗失，梦寐以求，神魂不安……”

“智者、勇者站出来——推荐和自荐学生宿舍楼长……”

“请帮助我战胜孤僻的性格——征友启事……”

“为什么好像嗅到了‘文化大革命’的气味？——要求与××报公开辩论……”

“学生会新到溜冰鞋欢迎选购——”

人群一拥而上，冲击在饭厅门前的摆地书摊。

这帮穷学生，在食堂买菜时专拣豆腐、油菜的去排队。此刻见了书，一个个贪婪起来。钱不够的临时拿出菜票找人换币。买书常常买得使人窘于出门。那个叫杨泽的男生，看电影都不坐公共汽车，跑步去。

则行曾自豪地对我说：“你不用买书了。我会买。你用的书跑不出我这里。”

那以后我真的就不再去拥挤购书了。我向小雪她们笑道：“要嫁他，是因为他有书。有书胜有钱。”

书，是则行对我的聘礼。

“你要是不爱才，那我可是一筹莫展啊！”他这样对我说过。

除了卡片纸，他什么礼物也不曾送过给我。我们从来不逛百货商场。有时候我提出去公园。他总是说：

“去玩玩当然好，但最好还是我跟你就这样坐着谈谈。像我们这样的人，到哪儿去玩也放不下思考的问题。还不如谈谈，思想有启发，有进展，这比上哪儿玩都更愉快。”

哦，只要他还在学校里，我也还在学校里，我们的血就总在一块奔流。夜间看书间歇，我散步时都看见他们那宿舍的窗子，那灯光。当我看着这静静的窗口，我的心中也宁静着，仿佛什么坏事情都没有发生过。在那灯下，他读着书，一页一页会翻过去。在我和他之间，这伤心的一页会翻过去，那希望的一页会翻出来。我渐渐明白了自己在感情中应当负的责任。

每逢星期日，图书馆只开放几个室。七点半不到，大批背着书包的“失业人口”从满员的图书馆流出。

“三教也开了?”

“一教有空?”

只听见悄悄地议论着，匆匆忙忙的人流又奔往第三教室和第一教室。

一路上仍在说：“今晚做不完了……”

“危险！非找到地儿不可!”

隔草坪，与图书馆大楼相望的大教室灯火彻夜不灭。人称“拼命教室”。那些准备毕业论文的，报考研究生、报考出国留学的种种需要“拼命”的学生们不分周末和节假日地占领着这地方。

这是个微型的高能原子反应堆。在银色日光灯下，衣襟朴素的学生们正聚集着核裂变的惊天动地之力。

与我近在咫尺远隔天涯的则行，也是这些“拼命三郎”中的一个，是最拼命的一个。他自选的、规模宏大的论文题占据了他的心。我知道，他的脑子一转动起来就难以休歇。有时想要放松一下，听音乐会什么的都无济于事。有时半夜醒来想起什么，他会跳下床去，打手电查书，查资料，核实，修正。

记得那时因为我担心他的健康，他曾这么说过：

“你说，开夜车伤身体。是的，这谁都知道，积劳成疾嘛。会得癌症，会早死。可是为什么人们还要干？那些考大学的，考研究生的，以及什么也不考，搞科研的，都在开夜车？事实上，不开夜车成不了大事。事业是要拼命去干的。人类发展至今，明白了这一点：延长寿命固然好，但是为了活得更好，更有价值，宁可牺牲长寿。你要我活得好，活得痛快，就让我这样去活。告诉你，你嫁给我，我肯定是要短命的。一切拜托了。”他笑着说。

当时，我的眼泪一下夺眶而出了。

他却紧张地看看四周，说：“快擦掉，快擦掉。让人家看见还以为我们吵架了。”

我们真的吵架了吗？那深厚的情谊在我心中仍然如初。

毕业论文使他神思恍惚。那时我问他：“我能帮你做什么？”

他说："不用。你少来找我就行。"

这种明快的语言如果离开我们这种共同拼搏的关系，真是令人难以接受的。

有一次，小雪去请教他一个问题。他挺热情有礼，给小雪倒了一杯水。可是，他跟人家讲了不上十句话，嗓子眼干了，自己就端起那杯水来一饮而尽。小雪回来对我说："你们老夫子，真可爱！"

一天晚上，校园里、球场、马路都空荡荡的，矗立在暮色中的几座有电视室的宿舍大楼像有生命的巨人一样，不约而同地爆发出呼叫和叹息。这是中国排球队打出亚洲去的一场决赛。整个学校都带上了一股狂劲：

"啊！"——上升音。这是中国队得分。

"唉！"——下降音。咱们失球了。

在女生宿舍窗外，空荡荡的马路上站着个穿球衫的男生，正心不在焉地听着窗里的小雪和他讲话。他的脑袋像被牵线的木偶，随着阵阵呼声朝大楼方向扭过去。

"唉——"几座楼同时叹息。

"不行了……"他含糊地说着，拔腿跑进对面楼去了。

"砰！"的一声，小雪关上窗户，气呼呼地说："好吧，走了就别再来。球把他的魂都勾走了。"

那被球勾走的是小雪的男朋友力平。小雪在宿舍里发牢骚的原意，不如说是一种炫耀，炫耀她的男朋友多么有男孩劲。

“砰！这些男生根本不能爱。你爱他，他爱球！”

小雪继续装腔作势地生着气，一面坐下来做英文卡片。她同时做两套，给力平一套。

“算了吧！你还不是得乖乖伺候人家。怪不得人家男生形容你们：‘一年娇，二年挑，三年着急，四年没人要。’要现在没有你就该干着急了。”我说。

“你别和我充‘老’。你不急?”她反唇相讥。

“我是过来人了，回头看你们走万水千山呢。我也‘娇’过了，也‘挑’过了，没什么‘急’的，就是‘没人要’。哈哈!”

“嘀，充什么长征老干部?怎么没人要?你上台讲演那阵，你当我没看见那些男生的狂热劲，连吸烟都被禁止，说怕呛了你的嗓子。给你扛黑板的，给你倒茶的，一个个够精神的小伙子，够个骑士团啦！把我都妒忌死了！过节看那些送晚会票、电影票、舞会票的，我们给你当门房都忙不过来，红红绿绿一大把票，我看你都不知道是谁送来的。委屈死那些男生了！我们倒还是蒙你施舍，落几张票去玩玩。你不知道这些票在人家系里都是五人一张，一个宿舍一张，抽签得的。对你就这么钟情。你简直把人家的感情囊括了还不承认。剥削者!”

“小雪，你是宫廷小说看多了吧?你要这么说，那我真怀疑自己是否还有自知之明。哦，对了，人家是拿我这个老大姐当盾牌，进我们屋来坐一坐，聊一聊，谁知道，谁给谁当门房呢?”

“曹大姐，看来你真要为彭老夫子守节了。我看，你也是‘洋装土货’。人家都以为你现代化，其实你最古典式最传统化。人总要凭着他的气质、需求，获得社会上的最佳位置。彭老夫子也不算清高。他是把你甩了，连路过我们这幢楼都绕着走。真的，我遇见过，他连我也不理了。害怕你连累他？太小气了！他的账要算错的……”

我最怕听到人们对他这样的贬词，忙止住她：

“小雪，两个人的事情，不像你们想的那样。其实，首先是我对不起他，我没有和他商量。我引起的后果，当然应该我一个人承担。他和我断，也不全是情愿的。”

小雪冷笑着说：“你的脑子怎么一碰到彭老夫子就变得这么简单。我都奇怪，都什么时代了？还害怕这个。何况，他亲眼看见，你又没干什么了不得的事。哼，怕是有什么背景，家里找好了一个，故意借这个机会把你……”

“小雪！那不可能。”

“还不可能？最大的可能。要不，现在人家又不收拾你们讲演会了，他为什么还不来找你？”

是啊，为什么？为什么他还不来？那时间我看书爱倚窗坐。那窗下的行人中，从来没有他的踪影。

爱情对于我就像一团黏得化不开的胶，没有什么灵动和果决。而小雪曾多次分析我的情场利弊，引以为戒。在我们宿舍紧闭的窗帘下面，在女孩子们的天地里，她挥着手扬言，要“从老太婆的手里将宝贝儿子夺过来”！转过来，她对曾来校探访的力平母亲是那么柔顺贤淑，脉脉含情。她每次去力平家，还能“拐”回许多水果、点心等战利品来让我们分享。她偷偷地对我说：“现在不能厉害。要厉害，等登记了以后再厉害。”

我敢说，在某段时间里，我们有百分之八十的时间用在学习上，但却有百分之八十五以上的精力用在爱情上了。爱与妒忌、相思、失恋、热恋，正是这些青春的脚步和歌声，使这幢灰色的斑驳的大楼中荡漾着一种令人怦然心动的气息。对于年年度度在这里转换的爱之舞台，我们已渐谙熟。瞧，那些高年级的男同学又来向新入学的女孩们“认老乡”了。“老乡”，是找人和照顾人的最好掩护，可进可退，成活率也极高；唔，那个女生向介绍人汇报思想怎么挑的是星期六晚上啊？汇报嘛，当然是一边走着一边汇报，同学们看见了也无妨；瞧这个傻丫头，来找她的男孩分明是对她的同屋更感兴趣，她还乐滋滋地在那里又沏茶又削梨，奉陪到底呢；还有这个没有勇气的小子，每次送电影票都是送五张，请全宿舍的女生陪他去看。当然乐得都去看。到最后，不明不白，鱼目混珠，心上人溜之大吉……

坦率地说，无论内涵如何，大学生们都希望有这样一个结局——文凭和爱的金苹果，简称“两张文凭”。

不过，“爱”是一篇太难写的论文。看来，我毕业的时候只有一张文凭了。人在恋爱成功和恋爱失败后，都会变得聪明一大截，唯独在恋爱之中是最傻的。而我，也许至今仍在傻着，因为我还在爱着。别的人，他们的线条和色彩，很难添进我这幅即将完成的大学生活图景中去了。我独自享受着爱之忧伤，好像它是一支小夜曲。

就这样，那寂寥的秋夜过去了，那寒冷恐怖的冬之夜也即将过去。

小雪和力平们像顺水的船只一样就要安抵那毕业的码头。我时常想起另外的一对，在日本的前衣子和太一郎。他们和他们，才是同一代人。前衣子的路，是做家庭妇女来支持丈夫。小雪他们，是两个人都要"干"的。在这需要奋斗的时代，我们这个民族栽培出来的不是樱花，而是蜡梅。

窗户上堵风的封条已经撕去。打开小窗，夜已不是那样冷。桌上的空罐头瓶中插着一蓬初发的微红的树芽。这是小雪偷摘来的。

力平是地质系学生，是被小雪从那个"被爱情遗忘的角落"里发掘出来的。他待人感情深沉，有一种男子汉的仗义侠气。他既做了小雪的男朋友，就承担起我们宿舍的监护人的劳动和义务。要是我和小雪去买书人太挤，她就会说："走，回去叫他来。"过年了，他送给小雪礼物，也没忘记给我带来一份。我们的大学生活，一个宿舍可以组成一个临时的家庭，男生的女友，女生的男友，都成了"亲戚"。

开头，小雪和他在湖畔散步，双方进行"火力侦察"时，他一言不发，只是在走到岔路口时像船长那样向小雪发出"向左!""向右!"的指令。环湖旅游完毕，他还是不发言。小雪撒起娇来，叫他"走开!"

他一本正经地说："你说的是真话吗？是真话我就走开。"

小雪被吓住了，只得老实投降，说："不是真话，我其实是想……"

他说："以后你想什么就说什么。这种话，我听不来。"

这一下子就把小雪"拿下来"了。她对别的男孩的那一套，对力平是一点也不灵。

"再不跟他去看电视了！"小雪几次说。

原来，球赛的屏幕一开，力平就完全忘记了小雪。那些天中国女排连战劲敌。队员们一出场，力平他们就叹息道："瘦了！瘦了！"那种心疼的语气连小雪都妒忌了。

得承认，女生们也心系着中国队的胜负。不过，不像男生那么懂行，那么会看球，那么心醉神迷地忘我。还有的女孩受不了连日来球场激烈争夺的刺激，因此也不看电视，在宿舍和图书室里期待着男生们观球后传来的信息。

球赛中休。力平又出现在我们宿舍的窗下。小雪摆足了架子，准备他来道歉之类。谁料他第一句话就是：

"那个球太险了！……"

忽然，原来静寂的路上拥来团团的人群，一阵酷似锣鼓而又完全不是锣鼓的当当声霎时传遍校园。

"赢了！赢了！我们是冠军！"他们吼着。

宿舍楼关闭的窗口一个个"啪啪"地打开了。接着，有人跑着挨个敲响每间宿舍的门："咚咚！我们是冠军！""咚咚！赢了赢了！""咚咚……""咚咚！……"

邹新语从隔壁开门出来，说："又要出什么事了?"她是和那位名人一样把我们的讲演会叫作"出事"的。

窗下的力平早已不见踪影。正在洗脚的小雪趿上拖鞋和我一起奔出屋子。

在宿舍楼房间的空地上已挤满了人。

"打出亚洲了！打出亚洲……"

大家雀跃着，都跟着那伙敲脸盆的男孩们走。游行队伍越来越长。旗帜出现了，是一个小男生拿根长竹竿挑着件大红球衫。

又冲过来一个年纪小的男生。他往地上一纵，在游行队伍的前列用双手走起路来。

火！火光熊熊，从高楼的一个窗口飘下来。

"好啊！好啊!"人们举头欢笑。

放这焰火的是力平，他跳到了五楼的窗台上。

小雪拉拉我说："他把铺床的凉席烧了。"

空中继续出现着火焰，学生们的凉席一床床化为胜利的焰火从高楼之窗飘落，照亮夜空。

地上也出现了火。蓦地出现了一支火炬的队伍。他们搜罗了所有的扫帚，熊熊地燃烧。

大路上矗立着一支高昂的火炬——一棵枯死的老树被点着了。腐朽的它化为了火树。

我们臂挽臂地行进着，在胜利的火光中重新踏遍这朝夕相处的校园。游行队伍走向图书馆。图书馆里读书的同学们冲出来了。游行队伍走过“拼命教室”，“拼命三郎”们冲了出来。队伍无比壮大，小雪已被挤得不知去向。平素相见不相识的同学们手挽着手，臂扣着臂。我们是胜利者，胜利者就是我们。分什么男女系别，哪里还有什么矜持和顾惜。队伍走过的空地上乱抛着从狂欢者们脚上脱落的球鞋、布鞋、皮鞋、男鞋、女鞋。

一阵急促而嘹亮的军号忽然在楼顶响起。

国歌！

人群肃穆了。人群热泪盈眶了。

这时候真正的旗帜出现了。起先是系旗，中文系，物理系，地质系……接着，五星红旗来了。五星红旗高扬在所有的旗帜之首。

人流行进着，我们踏着拍子：

我们万众一心，

冒着敌人的炮火，

前进！前进！前进，进！

我们走过留学生楼。有人高呼：“中国万岁！”

“我们要当世界冠军！”

洪流般的呼声响应他：“万岁！中国！”

“我们要当世界冠军！”

留学生楼的一扇扇百叶窗打开了。灯亮了。黄头发的，卷头发的，披肩发的脑袋纷纷探出窗外，惊讶着温文尔雅的中国人的激奋之夜。镁光灯随着“咔嚓”声闪烁不停。留学生们使劲俯身向下，将录音机的话筒对准了我们。

他们录去了我们的呼喊。我想，在日本的前衣子、太一郎也会听见这呼声的。

前衣子的那扇窗户黑着。

前衣子在的时候，常常邀我一块到她屋里去看彩色电视，我去得最勤的是看球赛。因为我们宿舍那边的电视室早被男生占领了，我们女生只能站在后面，踮起脚尖看他们的脑袋。

而恰恰是在看球赛的一次次电视转播中，我和前衣子之间发生着微妙的不可遏制的感情波涛。

亚洲赛区的两大劲旅，中日球队始终是潜在的竞争对手。即使和别的国家比赛，我发现前衣子也总是在用日本的立场和眼光盯着中国队。而我，更是忘形地拍手、大叫。有时我猛拍坐在旁边的前衣子的大腿或肩膀："好啊!""糟糕!"

前衣子不和我共鸣。她虽然没有外露的感情之举，却把自己的膝盖移开去。这一片刻间，她似乎厌恶我。我发觉了，便更加专注于屏幕，对她回报以冷淡。

电视完了，我俩都会有些尴尬，互相变得小心翼翼，客客气气。

温柔的前衣子和蛮直的我，都想当冠军，都想要在那一块唯一的屏幕上看见自己的国旗冉冉升起。

以后，我们间有了默契。她不再邀请我去看球赛转播。我痛痛快快地挤进我们自己的黑白电视室去，在那些头之间偏着脖子，左看，右看，尽情地喊叫喝彩，哪怕闹得把房子抬起来。

友好，这和要当冠军是两回事。谁能说服对方不当冠军呢？只有等待球场的决战。我们都深信，坐在屏幕前的我们，能把激情和力量传给场上的运动员。在决战的那些天，少看一场球，心里就好像是对自己的运动员欠了责任。无论战局怎样，我知道，我或者前衣子都不会甘心的。哪一个国家，哪一个民族，会认为自己是该失败的呢？

记得那年春天，我和一个中国同学在前衣子的屋里复习功课。第二天要考党史，我们在互相提示《论持久战》。

身穿鲜艳的樱花和服的前衣子，笑吟吟地捧着茶盘过来，向我们献上日本民族的茶道。

“日本帝国主义请你们喝茶。”

她这样可笑地说，将茶放在我们面前。背书背得口干舌燥的我们各举一杯，一饮而尽。幸运的我们和前衣子一代人，将那场战争大屠杀留在书本上了。我从未问起，前衣子的父母过去是为什么来到中国的。前衣子的友谊已寄托了他们今日的心意。前衣子来到中国，她自身就是一枝美丽和爱的樱花。

前衣子，亲爱的朋友！你该懂得，一个有自尊心的姑娘不愿意凭靠友谊去获取爱的幸福；而一个有崇高尊严的古老民族，也不能将自己的命运置于别人的友谊庇护之中，它必须争夺冠场。让我们在夺冠场上做好朋友吧。

中国有中国的悲欢。

中国姑娘有中国姑娘爱的道路。

记得，中国女排当初处于不利之局 0∶2 的时候，则行曾经对我说：“你现在才进大学来念书，也相当于 0∶2 啊！但我相信，中国女排会翻身的，你，也会翻身的！浩劫十几年，中华无人啊！”

从那以后，我就把床头贴的那些座右铭全都取下，写了一张“0∶2”高悬在枕头上方。不仅表示和从未执手的中国女排共命运，并且大有把自己的命运押在她们身上的心理了。

胜利了！举国的胜利，千家万户的胜利。历史的命运就要改变了。

这是一个吉祥的夜。在料峭的寒风中，那曾一度遭到压抑的青春激情，像火焰山一样爆发了。

我和小雪，与许多面熟的和面生的“老的”及“小的”男生女生们高举起那用我们的床单联成的横幅——“团结起来，振兴中华！”心里充满了意想不到的激情。

一个完整的巨大的形象激荡着我的心灵。这形象是由千万个和谐的具体的人构成的，我领受到近乎爱情、近乎知识的那种天堂般的快乐。我那由于苦苦求索而疲惫的眼睛感到怡然舒畅。透过升腾的火炬，无数个欢跃的青年融成为一个整体，而这个整体就简朴而庞大地耸立在我的心灵面前。我感到心旷神怡，舒展了全身的精力。

春天！

北国之春已来临。

花儿为什么这样红……

在帕米尔高原，那个电视电波尚未到达的地方，那里的夜，被沉静的牧场和冰山所怀抱。在一座座相距遥远的塔吉克牧民过冬的屋子里，厚厚的墙内挂着富丽的毛毯。

火墙烤得主人和客人的脸都红彤彤的。酒的余兴未了，最小的娃娃已经睡着。在我头上，悬吊的摇篮投射着摇影。靠炕墙躺着弹都达尔的小伙子。老爸爸坐在炕沿上击手鼓。最小的女儿在灯影里跳舞。塔吉克的美人莱丽，她的歌声热烈如炽。这歌声使人想起所有的不幸和所有的幸福。老妈妈走过来，一言不发地把她粗重的热乎乎的手放在我的大腿上。神话般美丽的小姑娘举灯进屋。这个四岁多的孩子放下灯，偎到我身旁。一会儿她跑去问父亲，让她父亲弯着腰听她耳语。那父亲问我说："我的女儿说，让这个阿姨住到我们家来，我好天天看她。"莱丽的歌声在屋子里回荡着：

翻过千层岭，

爬过万道坡，

谁见过水晶般的冰山

野马似的雪水河？

这山就是帕米尔山，这河就是塔什库尔干河。

那天，在喀什地委招待所的餐桌上，和邻座聊起来，我说我想看看塔吉克民族。坐在对面的一个剽悍的男子停止喝奶茶，抬头看着我，说："那你为什么不到我们塔什库尔干去？"

这是一个有统帅风度的壮年男子。我一直注意着他在餐桌上那很有节制的举止。我立刻说道："我去。"

司马义是我认识的第一个塔吉克人。与在招待所里那些活泼健谈的维吾尔族干部相比，他风格独具。在人多的场合下他不随便和你打招呼，也不眉飞色舞地谈话。自从餐桌上相约后，每次在地委大院里和他迎面遇见，他那被风霜雕刻得苍劲的脸就展开明朗的笑。感觉告诉我，塔什库尔干的这位县委书记是那种一诺千金的男子汉。果然，不经任何提醒，三天后他来叫我上车了。

驶过吐曼河，吉普车跑进了戈壁滩。大约两个小时后，我们钻进了峭壁峥嵘的帕米尔山。一条哗啦啦的雪水河从高高的山峰上淌下来。给小车加水时，司马义和一个赶骆驼的老乡打招呼。这里的老乡在山下买的骆驼常常跑回去。这位老乡正把"逃兵"赶回。这连骆驼都逃跑的石头山，据说，只有塔吉克人能在这儿生活。他们是祖国西北疆土的最前哨卫士。游牧的人们比边防哨卡更接近国境，形成第一道防线。塔吉克民族忠诚于祖国。那些“冰山上的来客”连我们的牧民区也穿越不过。去年就有一位是在冰山上自杀的。

在高高的帕米尔高原有唐代古迹“公主堡”和多处温泉。古代“丝绸之路”的南路就从这里通西亚。现在这里仍是中巴往来的一条捷径。

那个赶骆驼的老乡走了。司马义说：“这是下面的一个县长，退休了。”退休县长？我早已感到新疆的干部异常朴实。

道路颠簸，不见一草一木。只有雪水河哗哗地响。我数次揉着在车上撞疼了的脑袋。坐在前面的司马义不时地回过头来，向我指点，那里是他曾用一粒子弹就打中了黄羊的地方，那里是他被捆绑劳改的地方。在这次改革中司马义进入了地委领导班子，按例他应搬下山来住，可是每次找他谈他都不干。

塔吉克欢乐壮观的婚礼我久已闻名。这次去能不能遇上呢？我问司马义：“现在山上有没有结婚的？”

司马义却把脸一沉：“不许结婚！”

我一愣：“为什么？”

“田里还没有收割完。只知道玩，玩了以后明年吃什么？”他说。

婚礼包括盛大的请客，数日的跳舞，叼羊，相当于城里人开运动会。司马义说：“我们那些小伙子叼起羊来都不知道回家了。骑着马，这里叼完了又赶那里的婚礼。只要有一个结婚的开了头，那接连的就来了。一个月只要有三个婚礼，那就什么也别干了。”

我说：“那怎么办呢？不让举行婚礼，年轻人要恨你了。”

“收割完啊。让他们再忍忍吧，再有一个月。”司马义一笑，“那时我也叼羊。”

真是一位威严的统帅啊！

不过，在山上的日子里我仍是遇上了几次婚礼。这是我的幸运。我每天早出晚归地去追赶婚礼，有时路遇司马义，我兴高采烈地说如何热闹，司马义则说：“我火了！昨天把那几个干部骂了一顿。不到十一月，不许举行婚礼！马都来了，怎么干活？”

车前方突然出现一派银光。啊！美丽的冰峰闪烁在黄色的石峦丛中。大阪，海拔三千多米，寒气逼人。这里唯一的房子就是饭馆。服务员一会儿就给我们端来了热汤。司马义把他的汤端到对面桌上，给坐在那里的妇人和孩子。

和司马义同行，我一面踏入塔什库尔干的山水，一面进入塔吉克民族的心灵。坐在小车里我前面那个富有气概的男子，是和车窗外的岩石、冰峰、雪水河完全和谐的。

一抵达塔什库尔干县城，司马义立刻被工作围紧了，我就很难见到他。只是常听到他手下的干部传来的问候：“客人吃得好吗？有人陪同吗？”离开的那夜我是到医院去告别的。司马义的妻子患肾炎住院了。病房里挤满了亲友和来谈工作的干部。司马义端着碗用小勺给妻子喂水。我拍摄下了这个镜头。他们笑了，说，这在塔吉克人中并不稀罕。塔吉克都是白头偕老的。去做客，妇女和老人坐上席。

在帕米尔漫游，与我同行最长的旅伴也是一个塔吉克人。夏海利，这个英俊的雪松般的小伙子是新疆大学七八届毕业生。他沉默寡言，有一双又大又深的眼睛，像两汪心灵的湖泊，会说无穷的话。自从和他搭伴，无论乘车、步行、做客，他从来没有把我扔下。他生长在乌鲁木齐。这一次为研究民族理论深入南疆，他到塔什库尔干来寻自己的根了。那天刚下汽车，我们都很累了。夏海利却一个人在冷地里走来走去，目不转睛地看着从他面前走过的每一个塔吉克人。后来他对我说："我第一次看见真正的塔吉克。一看见他们，我的心就乱了……"这个城市里长大的青年，他的洁癖超过我。几乎我所知道的所有中外名曲，他都能用口哨吹出，完全是个"现代青年"。可是回到同族人中，他是那样恭敬谦逊。他用一种严格的眼光监督着我。这种情谊，对他本民族的和对我的情谊，成为我回忆中永不凋谢的花朵。

记得我们第一次走进塔吉克人家，女主人提着浇水壶来给大家洗手。这种壶叫乔贡。它的壶嘴像一只高昂的凤鸟之首，壶盖像古波斯建筑的精致的塔顶，样式舒展、铜质堂皇。在新疆待客的程序是：请客人洗手，然后端上水果、奶茶、馕，接着是喷香的缀满杏脯、葡萄干和无花果的抓饭和大块煮羊肉。

当女主人提壶来到我面前的时候，夏海利有些紧张地看着我。我双手在壶嘴下洗了三次，然后垂手等主人递过毛巾来。男主人首先爽朗地笑了。不通汉话的女主人也向我微笑点头。夏海利的脸色放松了。他告诉我，因为我洗手的方式完全符合他们的习惯，主人很满意。夏海利说："有的汉族人洗完常常喜欢摇摇手，把脏水甩到周围。那是我们最讨厌的，因为那意思就是只要他自己干净。"在女主人一开头给屋里的长者洗手时，我就注意到这位老人的姿势了。从此我遇事总看夏海利的眼睛，在整个旅途中信托着他。

然而夏海利有时也很讨厌我。那天我们在大阪停车休息，在海拔四千米的峡谷中有一幢小屋，那是车站长和他妻子的家。女主人给我们端来了茶、馕和一盆葡萄。那葡萄中有一些坏的。主人出去的时候，夏海利忽然翻下脸来嚷道："你这是干什么？这样，这样。"他气愤地用手比画着，"把葡萄翻来挑去。这里不是喀什，他们吃到一串葡萄多困难！"

我惊住了，一瞬间我只想拔腿跑出屋去。我不能再等到主人回来。刚才，就在我翻拣葡萄的时候，主人依旧平静地给我端茶、掰馕。我抬不起头来。夏海利愤怒的脸色一直到汽车开动尚未宁息。

在下一次休息时，我进到那里的哨所去要水喝。一个穿厚皮袄的塔吉克士兵给我倒了一瓷缸开水。我接过来一看，水是混浊的。我大口地把水喝下去。这就是驻守冰山哨所的勇士们常年喝的水。我喝下这水，希望自己也将变得圣洁高大。不管走到哪里，夏海利那正直的双眼永远在我面前。

有一天在县文工团听都达尔，一位美丽异常的塔吉克女郎匆匆走来。她那乌黑的眸子和娇艳的红唇闪动着迷人的光彩。因为经常下望着峻远晶莹的冰山和广阔的牧场，塔吉克人的眼神是静穆、清澈、坦白的。在那轩昂的眉宇间凝聚着一片至诚。

女郎走近弹琴的人。在她一连串急促的带哭声的话语中我只听见了“夏海利……夏海利……”

翻译说她是文工团的演员，叫莱丽。她在问：“夏海利为什么没有来？”

夏海利为什么惹得这位美人泪涟涟？

和夏海利同行的一位汉族干部摇摇头，对我说：“夏海利这个人不行了，汉化了嘛！人家这姑娘是他妹妹的好朋友，从九岁在乌鲁木齐学舞蹈，星期天都在他们家里，就叫他父母阿达阿娜[①]的。那时候他还在伊犁插队。他一来，人家就知道，来请他几次了。那天我们从边防大队回来，就在公主堡那儿遇见莱丽。人家要亲他的手，腰都弯下去了。他连忙把手背起来。让那姑娘当场就难过得不得了。这哪像个塔吉克人！他完全染上汉族的封建的那一套了。授受不亲。连我们到了这里都要随俗嘛！”

塔吉克人见面有特别的礼节，一种富有感情的礼节，男子们见面，双方一握手，迅速地把相握的手举到唇边，同时一吻

---

① 阿达、阿娜：维语，爸爸、妈妈。

对方的手背。豪爽极了。成年男子见到异性，必须伸出手来让女子吻他的手心。大人们会面，一定要俯身亲吻随行小孩的颊。因此孩子们都有甜蜜的眼神，总在期待着爱抚。

汉化教育使夏海利变羞涩了。我也开始取笑他。在莱丽家，大伙踏着手鼓起舞，他坐在炕上不动。我说："你怎么回到老家不跳舞？还是个塔吉克！快和莱丽跳一个吧，连我这个汉族都跳了。"

夏海利却悄悄对我说："我还没学好，怕跳不像。你跳得怎样不要紧。我要是跳得不像我们塔吉克的舞，他们心里就要说话了。等我练好了再跳。"

多么细腻，多么柔情。我一面跳，一面看那坐在黑影里的他。那都达尔的乐音仿佛在说：深深地，深深地去爱自己的人民吧，还有比这更幸福和崇高的吗？

夏海利不跳舞，莱丽的兴致却一直不减。她整夜都高兴得脸红红的。每当她把奶茶端给夏海利时，都称呼"哥哥"。她站在屋子中央为我们唱起了塔吉克的歌。歌声从嗓子深处发出来，简直是心的颤音：

花儿为什么这样红？

为什么这样红？

哎——

红得好像，红得好像燃烧的火。

它象征着纯洁的友谊和爱情。

夜深了，主人问我怎么睡觉。我说："按塔吉克招待客人那样睡。”于是莱丽和她的老妈妈、嫂子们一起从壁橱里搬出许许多多被褥，在大炕上铺设。尽头是老爸爸，老妈妈，然后是兄嫂们，小娃娃，莱丽旁边是我，然后是夏海利。每人的铺位相距半尺。

大家躺下了，老妈妈沿着炕走过来，用手给每个人拉严被头。灯灭了。耳畔传来夏海利的声音：“你可以脱去一层衣服嘛，这样休息得好一些。”莱丽为我铺了双层褥子，热得很。不时听见老爸爸咳嗽，小娃娃咿呀。

借着从窗口透入的晨光，大家一起起床了。一会儿，莱丽她们就把炕收拾好，端上奶茶，羊肉汤来。大炕又变成客厅了。

莱丽去上班，和我们同路下山。沿山坡淌着清清雪水。莱丽说：“春天，这坡上都是鲜花。”她在我们前面引路，冰山在她的侧面，一只小羊跳蹦着跟着她。那塔吉克女郎长长的头纱在我眼前飘扬，她真像一位帕米尔高原的春之女神。

走到街口，夏海利说：“莱丽交代了，要我们分开走，不要让人们不高兴我们。”塔吉克男女不并肩同行。我们向莱丽招手告别。我和夏海利各在马路的一边向前进。我完全服从了。因为在古老的习俗下面是人们珍贵的感情。

“帕米尔”，意思就是广阔的牧场。那天在婚礼的叼羊场上，我执意要骑马。夏海利说，叼羊的人们都很惜马。他们的马事先吃饱了料，慢慢牵来，肚子胀胀的，不能骑。然后饮水。好一会儿以后，马撒了尿，肚子扁了，劲开始来了，这时可以遛遛马。但等到争夺一开始，那些受过训练的马便闻风而动，扬蹄狂追。我胯下的那匹红马就这样把我摔下来了。

叼羊是一场持久角逐。那天的叼羊开始是小奖品，最后的奖品是金表。所以不少骏马迟迟不上场。能手们还在一旁观望。黑色骏马是马中之杰，耳朵又直又尖，细腰圆臀，尾巴总在鼓气。超群的神骏都具有择主的敏感气质。这样就更吸引人想去骑它了。一直在旁边抄着手的夏海利看中了这样一匹黑骏马。他甩掉羽绒衣，跨上马去。他那拘谨的姿势忽然变得洒脱了，马使他成了一个真正的塔吉克。原来他骑得这么好。他是在伊犁插队时学会的。“看见了吗？这样骑，你就像坐板凳一样!”他对我说。

在主人的院子里和野地里都有人不停地吹着鹰笛，敲着手鼓，伴客人跳舞。这舞蹈具有山鹰的雄姿，两手臂高张，脚踏着三拍子的鼓点向后踢得很高。一位白发如雪的老人跳到我的跟前。他的肩和脖有节律地动着，眼睛向我固执地邀请着。人们告诉我他已经八十多岁了。

忽然一块鲜艳的红绸搭到了我肩上，我戴着红绸跳。下场后我寻找红绸的主人。人们笑着说，“这就是给你的，你带回去吧。”原来这是跳舞的优胜奖。我竟获奖了。这珍贵的红绸，它纪念着塔吉克对我的美意。

川流不息的客人们轮流走进屋子去吃抓饭。女客可以去看新娘。新娘子正藏在里屋由一些老婆婆包围着，在给她梳妆。

婚姻和家庭对塔吉克是神圣的。他们结婚要有证婚人。证婚人一辈子都对这个家庭负责。证婚人由女方挑选，特别是母亲有决定权。新婚之夜新郎要在女方家住，表示此后这也是他的家。塔吉克女婿对老人也很亲，负有责任，所以他们对生男生女并不像汉族那么看得要紧。

在婚礼上阿訇要念“尼卡”，一种结婚的经。“尼卡”的内容主要是向大家宣布这个婚姻，其中包括男女双方的誓言，一辈子忠诚，永不背叛。

在婚礼歌曲中他们把新郎赞美得像国王一样。祝贺他获得新娘，获得家庭如同国王获得王土，获得幸福也获得责任。结婚这一天新郎就是至高无上的神圣的人。我想，那种只一味提倡婚礼从简，失去了庄严的仪式，内容也会被贬低的。

新娘子的父亲穆尼·塔布利德是一位老学者。他郑重地向夏海利传授了有关塔吉克的历史知识。

“塔吉克”的名称在他们自己的语言里是“王冠”。它是古代中亚地区讲伊朗语的部族的混合。公元9世纪，塔吉克的名称在书面上出现，分为平原塔吉克和高山塔吉克。中国的是高山塔吉克的一支。平原塔吉克主要分布在阿富汗和俄罗斯。

塔什库尔干的塔吉克名叫“色勒库尔”，即石头城。成吉思汗西征时就称此地为“色勒库尔”。再早的有《大唐西域记》上载有“揭盘陀国”，东伊朗语的意思即“山路”。出产毯子，金石，有牧业和人工灌溉的农业。《大唐西域记》上还载有“公主堡”之事，言汉公主嫁往波斯的途中，葱岭发生战争，于是迎娶人将公主安置在一座孤峰上。不料公主与太阳神结合生子，迎娶人遂不敢回波斯，便在此地拥戴公主建国。这个故事说明塔吉克民族与汉族在古代有很深的血缘关系。民间还有别的传说，但大同小异。总之，这里居住过一位美慧的汉族公主并成为塔吉克人的祖先。

平原塔吉克有统一的书面语，与波斯语一致。

高山塔吉克古代也有自己的文字，在唐代使用过苏特文，即是“丝绸之路”上的主要通商用语。后来被维吾尔族改革为回纥文。

一九三九年，一位叫胡鉴的中共地下党员曾在这儿工作。他将塔吉克人视为兄弟，从此植下了民族团结的深根。现在这里还居住着少量的汉、回、维、蒙及柯尔克孜等民族。塔吉克人和大家和睦相处，彼此尊重，参加彼此的喜丧大礼，共同劳动和生活。

穆尼又郑重地向夏海利讲授塔吉克人应有的美德。假如客人将东西遗落在你家里，主人应骑上马数日地追赶失主。的确，在这里，穿越中巴的进出口物资就卸在大街上，日夜都不需要看守。在这里没有虐待老人和孩子的事。年轻人都宁愿要父母而不要别的。家庭感情好，民族感情深。婚礼之前，必须请最近有死人事的亲戚来家，表示安慰，然后征求他们的意见，同意才可以办喜事。走到外面去，一听说是塔吉克族，都要互相联络。

这是像草原一样仁厚，像冰山一样纯洁的人民。

我常常因为回来晚了，过了开饭时间，食堂锁了门。这时招待所的老所长便笑眯眯地出现了。他说饭食全锁在食堂里了，派人去找钥匙也找不到，就把我们带到他家去，让他的女儿吐尔地汗给我们做好吃的。这样很多次。有一天我们忽然知道，原来食堂的钥匙就在老所长的裤腰上。后来我找出一串珠子，送给了吐尔地汗。老所长对夏海利说："她不懂我们的风俗，我原谅她。我们请你们不是为了礼物。难道将来我们到乌鲁木齐去，到北京去，去你们家也要带东西吗?"他一语道破了城市生活中的俗气。

吐尔地汗则问妈妈："我应该给我的汉族姐姐送什么呢?"妈妈说："百货公司里的东西不好，送姐姐的礼物要亲手做。"吐尔地汗用一天的时间给我赶绣了一方丝手帕。

最隆重的待客就是宰羊了。在炕上喝着奶茶，一只羊被牵进来。夏海利对我说："你注意一下那羊，表示明白这是为你宰的，他们就拉出去宰了。"因为天气冷，羊都赶到山背后去了。这羊是一大早就派人去赶回来的。一切都是默默进行的。让你看一眼，然后拉出去……一会儿，喷香的羊肉汤和大盘羊肉就端了上来。夏海利必须吃羊头，而我则必须吃肥羊尾就羊肝。一家之主举起酒碗，说："你们到我们家来做客，我们太感谢你们了！只是有一点不高兴，你们还有一个伙伴没有来。他要来了，我们就完全满意了。"

我忙解释说："那位同志头疼了，托我致意。"老人说："你走的时候把他的那一份带回去给他。"翌日，老人的儿媳妇把一只煮好的羊腿包好给了我。

酒碗传到我手中，我犹豫了一下。老人说："你的身体好，我们的身体也好。你的身体不好么，我们的身体也不好了。"这不通顺的话是那样打动我，我一饮而尽了。

老妈妈坐在席外望着我，说："是不是我做得不好，你不爱吃?"我不停息地吃了。

夏海利还说，主人的意思，要我完全自由，想躺想靠都可以，塔吉克不愿意客人受拘束，拘束就不高兴了。

老人的女婿赛敏举着酒来到我身边。他曾在中央民族大学学习，如今是塔什库尔干文工团的作曲家。他说："你走之前，一定到我们家去，让我把心中最美好的话讲给你，带到北京去。北京有我的老师，太好的老师!"他为我弹琴歌唱，推心置腹。一会儿，他指着为我端汤的妻子说："这是我爱人，我的爱人嘛太好了!"一会儿，他又说，"我是不是讲得太多了？我知道讲得太多了不好。讲得太多，心就不真了。可是我还是忍不住要讲啊!"

赛敏啊！请原谅我，分别匆匆伤了你的心。

那天早晨我们赶去文工团找他告别，正在钢琴旁的他愣住了："你们那天晚上不是说要住一个月，你们不是答应了到我家里住十天吗?"说完这话他再也无言。

送我们到路口，他一言不发，仿佛在说："唉！我知道你们了。"

轻诺和失信在城市生活中已习以为常，而今我面对着更高尚和纯洁的人。想起赛敏，我就想起塔吉克人屋子背后那闪亮的冰山。

晚饭后，我也和夏海利，他的同学达克，达克的未婚妻吐尔地汗一起去看电影。这里只有一座电影院，六百个座位，每周放三次电影，而且都是过时的。刚刚才放映了《人到中年》。这里的人们真是“看”电影，因为很少有译音，他们要事后去看《天山银幕》的维文介绍才完全清楚。但大家兴致还是很高，熙熙攘攘的，边嗑瓜子边评论。

夏海利指着银幕叫我看：“你们汉族，男人跟女人一样，衣服、动作……”

银幕上一个“奶油小生”正在为失恋垂头忸怩着。夏海利也学他把头一偏，说：“我们没有这个动作。变心了我们就是——打！”他举了下手。大家都笑了。其实他从来不打人，他心肠极软，遇见街上困难的老人还要背着我给钱。

当时我急了，忙说：“不是那样的！汉族的好男子多着呢！”

自古以来，艺术就是民族友谊的使者。今天，艺术家该怎样来完成这使命呢？

夏海利还说，“我顶讨厌电影上那些一见面又拍手又大叫，打肩膀笑，有什么感情？我们塔吉克人如果长期不见，一见面首先是悲伤流泪，女人们则拥抱痛哭，然后揩干眼泪，请到家里，摆上吃的，才是笑、谈话、唱歌跳舞……”

男人都愿意自己多些男子气。女人也希望男人有男子气。

在塔吉克这里我体会出：男子气很重要的一点就是正气。

夏海利从来不愿听讲别人的坏话。他说：“我不听这些，我们心里都明白。但我们心好，不愿意伤害别人。我们愿意别人快乐。”

汽车穿越戈壁时，夏海利用他的新防寒服给我挡风沙。衣服蒙上了厚尘，他的同伴说：“这是阿达西[①]给买的，回去怎么向阿达西交代呢？”我很抱歉。可是夏海利要自己洗。我说：“你阿达西要生气了。”他说：“不，不！我的阿达西特别好，我们塔吉克男人最讨厌那种乱吃醋的女人。我们有句话：‘男人吃醋，房子越紧，女人吃醋，房子就要散。’我的阿达西嘛？我的朋友就是她的朋友。等你到我家里认识了她，你就要和她做朋友。以后，你就要给她写信而不给我写信了。我的几个女同学都这样。我们恋爱六年，分离六年。我当兵回来，她上大学。她上完了我又考大学。我相信她，她也相信我。”他给我讲了几件他们夫妻相处的事。

大学毕业前夕，大家都忙做论文。教室和宿舍都太挤，找不到安静的地方。夏海利就把几个女同学带到自己家里来了。他说，她们脑子慢，困难大，需要辅导。至于男同学，他认为不需要照顾，一个没请。为了安静，他要求妻子上班时把家里门从外面锁上。有时候就锁他和一个女同学。他调皮地一笑：“很漂亮，比她漂亮得多。我要看一看她的心对我放不放下。”

---

① 阿达西：维语，爱人。

他阿达西泰然自若地锁门走了。晚上下班，夏海利的女同学已经做好了饭，她就高高兴兴地吃饭。结果那些女同学们连衣服都拿到她家来洗。

夏海利的同伴有一天对我说，“你看，夏海利的手上，表到哪里去了？我们临出发头一天，他阿达西在水龙头前洗手丢了表，他就把自己的取下来给她了。”

怪不得夏海利成天用眼瞟我的那只小表。哦，这样的人！这样的女人，这样的男人。这是懂得幸福的人们，这是缔造幸福的人们。

分手时，夏海利取走了我一张照片。我开玩笑道：“阿达西看见不高兴呢。”他大笑：“就是带回去给她看的。记住，无论你什么时候来，在新疆我都是你的一个朋友。我们在塔什库尔干的友谊，将来，有空的时候，在心里想一想！”

在心里想一想！他多么懂得生活的奥秘。那些只是“想一想”的事情，对于我们往往是生活中最重要、最精华、最要紧的东西。这遥远而又切近的爱长存于我们心中，经春历秋，冬夏常青。

我是在喀什和夏海利分手的。他临行前买了许多大个的鲜红的石榴。我问道：“你的阿达西爱吃石榴？”他说：“这是带给父母的。我们塔吉克人出门远行回来，首先要回父母家，然后才是回自己的家。”美好的风俗是美好感情和道德的统一，对于那些最能表达人间美好感情的形式和仪式，是不应该轻易废除的。

在那里我结识的青年朋友还有夏海利的同学，我的同龄人艾布力、达克以及米尔扎伊、莫尼，等等。

在塔什库尔干县文化馆的墙壁上贴着帕米尔的业余美术爱好者的作品。线条粗犷，这就是那些执马鞭的手画的吧？我走进一间小屋，新疆大学中文系78届学生艾布力就在这里从事他的文学。我们是同届又同行。墙上一幅画，画里是少女、百灵鸟、烛火和扑灯蛾。艾布力回来了，为我翻译上面的诗意：少女对百灵鸟说，“你应该像扑灯蛾一样扑到爱情里去，而不是成天地在嘴上歌唱着爱情。”

在书橱上还有一首诗，艾布力也翻译了：一个买酒的人唱道，“请把酒给我，让我把心中的烦恼消除。”这里把酒喻为诗。

这两首都是塔吉克古典诗歌。

大学毕业，新疆大学曾有意留下艾布力，但他回来了。“为什么不回来呢？这里是我的家。”他对我说。他递给我一本自己装订的厚厚的诗歌译稿，每首诗都有维、汉、波斯三种文字对照。这是个寡言罕语的高大青年，伏案生涯使他比同族的伙伴显得微微地驼背了。艾布力正是一只扑灯蛾，他把自己的青春理想投进了帕米尔的文学中。

艾布力给我讲述塔吉克的“五书”。我记住了那些英雄，高山上的仙女、骆驼、奶泉、幸福果。

我征得艾布力的同意，从他的译诗中摘来几节。这些诗使严寒的帕米尔鲜花怒放：

瓦罕的少女啊，你要眷恋故乡。

你是玫瑰，只能在故乡的怀抱里放光。

我漂流异乡，异乡人叫我流亡。

天啊，我何时有机缘吻吻故乡的土壤？

啊，百花丛中的玫瑰你走了。

啊，含情脉脉的眼睛你走了。

你的离去给我带来很大的痛苦，

因为你是我们村庄的明灯。

夏海利告诉我，艾布力要回家去和父母商量，把家里仅有的两只羊宰一只请我们。夏海利坚决不同意，这羊是艾布力的父母为子娶妻存着的。爱好茨威格小说的艾布力已经相中了一位塔吉克农女。

帕米尔也刚刚才开始富裕。我说："要去，就要吃艾布力阿达西做的羊肉。等艾布力娶了阿达西，我们才去。"

达克是招待所老所长女儿吐尔地汗的未婚夫。这一对都在塔什库尔干一中教学。塔吉克青年的婚姻基本上已冲破父母包办。现在是自己相中后，由父母出面去说。订婚时则送女方耳环，头巾。

我和吐尔地汗一起听过达克讲课。他给孩子们讲植物的根茎叶构造。我坐在最后一排。同桌的小男孩给我一个新练习本和一支笔，以示欢迎。黑板上的图使我依稀想起自己的小学生活。达克威严地走来走去。塔吉克的男子汉如今不只是在马背上教育后代，而是在科学的广阔草原上教育后代了。塔吉克的孩子都很勤奋。他们小时在家讲塔吉克语，中学写维语，大学学汉语，比别的民族要跨过更多的障碍，但功课仍是很好。由于家务活重，男女读书差距大，至今女的上大学的几乎还没有。

县委办公室主任米尔扎伊，二十九岁，一个目光灼灼的青年，老戴着一顶传统的塔吉克皮帽。他曾在北京学习、工作四年之久，研究民族文学。他也娶了一位塔吉克农女为妻。他说："我在北京已经熟了，说话、饮食都习惯了。那儿的人也喜欢我。要在那儿结婚生活是容易的。但只有塔吉克的姑娘才能在帕米尔生活，才能跟我父母住在一起。我们塔吉克人少，尤其需要有文化，见过世面的人。如果出去的人都留在了城里，那我们父母和我们塔吉克都不同意的。"

刚回来他也习惯不了。这里消息闭塞，文化生活单调，因此青年们思想也不活跃。他们最佩服的是雷锋，因为没有电视，对中国女排无多大印象。米尔扎伊思念北京的同学、老师。渐渐地，他学会了赛马、叼羊、打猎。他举行婚礼的时候，因为不穿长袍而穿从北京带来的西服，和阿訇发生了冲突。他说，现在有些青年也买了时尚衣服，不敢穿。因为与外面联系太少，社会风气改变和进步很慢。不过，一座专门为帕米尔高原修建的电视转播台即将动工，青年们正热切地等着看电视。米尔扎伊将和乡亲们共同迎接帕米尔的新生活。在县里当"官"也挺忙，一会儿接待客人，介绍情况，一会儿又亲自率领大车进山拉草……而他自己还与北京方面的研究机关联系着，想为塔吉克设计出一套文字改革方案。我建议他一定要把塔吉克文化的前途和全疆、全国的文化联系起来考虑，千万不能自我封闭。

常常陪同我们的是县宣传部年轻的副部长莫尼。他修长的身材，跳起舞来像一只大老鹰。他和米尔扎伊、达克们同属塔吉克的一代新人。

那天去公主堡，在那座风化了的城堡上飞过一只乌鸦，在我们头顶“呱”地叫了一声。我问莫尼：“你们认为乌鸦叫是好还是不好？塔吉克忌讳乌鸦吗？”

莫尼说：“我们喜欢听见它叫，凡是有生命的东西塔吉克人都喜欢。”

严峻的大自然培养了他们对生命的执着和热爱。在帕米尔一切都变得珍贵起来。

塔吉克的小娃娃都有一张红苹果小脸，长大以后则变得肃穆了。我说：“小孩比大人好看。”莫尼幽默地答道：“我们大人不如小孩好看吗？唔，你的文学还没有学好。”

莫尼也写小说。我只读过一篇，写一个汉族医生冒险渡河去为塔吉克妇女接生，塔吉克人又救了这个汉人的事。

临行前他专程去文工团借了塔吉克服装来让我们照相。当我赞美那服装时，他说：“你不仅喜欢我们塔吉克的服装，你还喜欢我们塔吉克的人！”

我问：“我的文学学得怎么样了？”

他含笑不语。

帕米尔高原上的文学！

靠着长途跋涉，靠着峭岩攀登，在古老的都达尔声中，在哨卡，在莱丽家……我学到了一点点：

班的尔啊，是个多么美丽的村庄，
你的清水，给人生命的力量。
著名的克什米尔，也比不上你，
在这个故乡人人愉快，生活美满。

在冬日的荒原上荡漾着甜美的空气。叼羊的马群闪电般地变化突进着。肥壮的大绵羊被那些强有力的手争夺得骨头都软了。

那是勇士的手。那是一片抚育英雄健儿的土地。懦夫的子孙是绝不能在塔克拉玛干大沙漠的边沿生存发展的。

麦盖提，这地名正是古代维吾尔族一位英雄的名字。他因受到莎车国王的猜忌迫害，率领着部下来到这叶尔羌河畔，多次击败了前来侵犯的莎车军队。后来，和这里的蒙古族兄弟融为了一支，繁衍下这些高大强壮，眉清目秀的维吾尔后代。

在麦盖提，街道上的沙土就有一尺多厚。在沙漠面前，连宗教势力都后退了。然而麦盖提人一千多年来没有后退一步。他们用葫芦背水，把车子装上巨轮，利用一切来生存。是他们的城镇村落、水库牧场和林荫路，是他们的长绒棉和骏马把凶悍的沙漠紧紧逼压住。

因为旱，这里的葡萄格外甜。亲爱的叶尔羌河给勇士的家乡送来雪水。我在麦盖提多次吃到鲜活的大鲤鱼。

这里是刀郎舞的故乡。“刀郎”是地名，泛指南疆。“刀郎人”意思即“光着膀子的男人”，也含有粗犷勇武之意吧。刀郎舞由原始的狩猎舞蹈演变而来，共分四段，表现搜索、命中、获猎、凯旋庆贺等场面。每逢节假日，由县政府和各公社在广场组织盛大的刀郎舞会。平日，朋友们相聚，茶余酒后人们也在家中自弹自唱起舞。真正的维吾尔族舞蹈比舞台上的要粗犷雄浑得多。舞者有一种怡然的神情，一种深沉的陶醉，达到真正的忘形。

麦盖提人以骁勇剽悍闻名。这里又是维吾尔的体育之乡。这里的县农民运动会已经有十多年的历史。

在本届农民运动会开幕前夕，我乘汽车在夜色中到达麦盖提。车灯的白光中时时隐现许多高头大马的巨影。四乡的沙漠居民正携家带口赶赴运动会。这里的人们爱骑马。这里的马也特别高大。他们养马只是用来赶赶巴扎，大多是为了赛马叼羊。这大概是那蒙古祖先的遗风吧。

前些年，这里私人养马曾到了要绝种的地步。人们穷得赶巴扎来回走。近三年才添了些小毛驴，转眼毛驴又换成了大马，这才排排场场，重显麦盖提人的雄风。这次运动会规定全县七个公社每社出七十匹马参加比赛。可是有的一个公社就来了四百多匹。人们拉着装扮一新的骏马直找到公社书记：“为什么要他们不要我们?”骏马如云，选不胜选。骑手们身强力健，心热如炽。只怨运动会的场地太小，规模不够。于是决定在县运动会之后，各公社自己再组织运动会，让这些富裕起来的人们一呈雄姿。

麦盖提人昂扬的精神风貌，于此已见一斑。

早晨我步入体育场，里头已是人山人海。男女老少在那里有的托排球，有的大嗑瓜子。各公社仪仗队已在整理服装。远处的运动员和观众都是昨天到的。不少人就在体育场的露天里睡觉。初冬天气，我住的招待所已烧上炉子。而在主席台前有几个没睡醒的老人，却都只穿一件黑灯芯绒的长袷袢，以沙为褥，睡得脸红扑扑的。这刚健的体魄，强盛的生命力，只属于这些大地的儿子们。

这里的老人是美丽的。他们那挺直的躯干似乎比年轻人更为剽悍，走起路来带着风。那向上翘着的两撇胡子，那飘然的银须，使他们的脸庞横生风趣。他们都很骄傲地报出自己的年龄："七十八""八十"……他们不唉声叹气，不忌讳"老"，这"老"妨碍不了他们什么。赛马，跳刀郎。他们在人生中并不退席，相反地，他们还时常高踞首席。

开幕式以雄壮的马队为仪仗。每个公社缓缓行进的马队前面都有一个持旗的老人领头。他们身着崭新的袷袢，胸缠金丝线绣的红绸绥带，一手高持标志其公社的三角小旗，一手执引披红挂彩的坐骑。他们那英武的骑姿在簇拥于后的中青年骑手中堪称杰出。他们所以为首，并非是凭那如霜如雪的须发，乃是凭着愈老愈精的骑术。

这是一些怎样的老人啊！不，"老"字在这里并无衰朽之意，乃是生命之果成熟的标志。智慧、热情、勇敢，生命的欲望像晚收的葡萄一样多汁饱满。在他们面前你会感到生命的富有，生命历程的美妙。

传统的摔跤比赛在场里分好几个圈子同时举行。这种比赛无须事先报名。选手们自告奋勇地一个个从人堆里挤出来，一边脱去外衣，站到圈中。应战者也如此出现。于是互相交手。摔跤者都系一根粗腰带，这是给对方用力的一个要部。背落地算输。双方同时落地重来。每位选手如果连续摔翻五人，即为优胜，由主持人给他缠上一条紫红丝绒的宽腰带，颁发奖品。但是往往功败垂成于第五个对手。因为连续战斗，体力消耗已经很大。而新上场的人则使用软磨的办法。这时候两个人都弯腰如顶牛一般。四只脚把沙地蹭成深窝。如不能摆脱这种消耗，就会造成令人惋惜的挫败。战胜了四个对手的勇士下了台，全场一片叹声。这时从人堆里挤出来一个老汉。他把外衣一扒，跳到场中，一把抱住了对手。他的胡须已经斑白。主持人立刻上去劝阻。老汉犹自不肯穿上衣服。原来刚才功败垂成的正是他弟弟。这位长兄不甘罢休，于是跳出来争这口气。看来当年他也是把好手。又有几位地方上的干部上来好劝。老人才悻悻地退场了。

这样的永远不知道“退场”的老人，他们没有卸下青春的翅膀，永远要向着广阔天地，向着峻峰飞翔。

他们对于自己的“老”取一种幽默开朗的态度。在舞场上，我的舞伴，一位七十来岁的老人对我说：

"姑娘，看见你，我怪我妈妈了。我怪我妈妈早早地把我生了下来。我要是现在三十岁，我一定要你，绝不把你让给别人!"

人们哈哈大笑了。

这些话令我惊异。隔着岁月的重山，老人想获得的是整个青春的世界。他不知疲倦地跳舞，我向他竖起了大拇指。老人满意了。

古语曰："人到中年万事休。""人到中年"似乎是一种困顿状态了。可是在麦盖提，"人到中年"正是一幅最精彩最有魅力的图画，正是最令人艳羡的黄金时光!

在旷野里，惊险激烈的叼羊赛的核心是中年人。年轻的小伙子根本沾不上一根羊毛。久经训练的骏马，强壮而有经验的手，当机立断的快眼，以及配合默契的伙伴，这一切都属于中年。由于麦盖提前些年的穷困，新长起来的小伙子们几乎是刚刚才有了马。这就更望尘莫及了。

那个戴黑羔皮帽的汉子，是叼羊的核心人物，整个上午，所有的马群都在追逐、包围、拦截他。那只肥壮的大绵羊一直被他用大腿压在马背上，一手按羊、一手执缰。左右有两个汉子卫护，与他并马同驰。凶猛的对手常常突将进去。马与马之间忽而发生强有力的拥挤碰撞，忽而闪电般地拉开距离，夺路而走。

那些衣着时髦、锦绣雕鞍的小伙子们几次追逐之后，只有在旷地上走马怅怅了。忽然一个红鞍的青年骑手从斜刺里奔出，以垂直的角度拦截黑羔皮帽的马头。在黑羔皮帽的后头，那是整整一支奔突的马队啊！红鞍骑手的勇敢行为博得全场喝彩。可惜他身边没有伙伴：得不到呼应而失败了。他就是我的维吾尔族朋友艾沙。

他体形修逸，谈吐轻柔，眼睛总含着笑意，举止敏捷果敢。

艾沙是运动会的裁判。一大早，他就来叫我去看叼羊了。那叼羊赛场上矗立两方的大车轮子，是他带着人扛来新砍的白杨树支起来的。这次叼羊是集体对抗赛，像打球一样，分成两队，将羊扔到对方的车轮上者为胜。白杨树干上的车轮子离骑手的头部还有一米多高。何况肥羊不是篮球，那要多么大的臂力啊！不用说车轮下面的激争是多么惊心动魄了。那天的损失是一位骑手断了七根肋骨，马队踏翻了一个西瓜摊，另外十一名轻伤。

传统的叼羊赛是连日进行的。获胜者将羊扔到一家毡房。主人立即出来感谢，将羊煮熟，大家饱餐，又从主人的厩里挑选一只，继续叼。这样没完没了。

艾沙一直在维持会场秩序。他总对我抱歉地说："农民，没有训练过，太乱了。"我说："不乱。城里也一样。"当我称赞他在叼羊中的勇敢时，他快乐地说："你看见了？"

艾沙主持的每个项目我都去看。有斗羊，有打"嘎嘎"，像冰球一样。在拔河比赛中，有一个常胜队，由十二个亲兄弟组成。大哥四十来岁，两撇小胡子，威武漂亮。小兄弟十六岁，也已长成挺拔的好男儿。一看过去，像是一排白杨树，那矗立在戈壁大道上的银色白杨。个个都那么英俊雄壮，他们都为一母所生。像神话中的十二勇士。还有一个有趣的游戏叫“抢棍子”。双方各有一个“皇帝”，人们争夺一根一尺长的木棍，跑回去递给自己的“皇帝”为胜。“皇帝”是不动的。两方的“皇帝”都是双方的生产队长。

麦盖提的干部也和老乡们一样对体育着了迷。在拔河比赛中，有个公社书记把拔河绳端拴到了自己的腰上。第一次他们赢了。第二次他却被对方拉得躺在地上了。一位穿风衣的女记者曾翩翩而来，把他高兴得结结巴巴的。现在女记者又向新的胜利者飞去了。他悻悻地直拍身上的土。

有位领导这样给他们的球队训话：“赢了么，没意见。输了，我们就肚子胀啦！”“肚子胀”就是很生气的意思。去做客要是不吃东西，主人也会说“肚子胀”的。

体育有什么好处呢？干部们说，开展体育活动在农村很快就刹住了赌风和其他不良活动，一些染上歪风邪气的青年很快就改变了。体育使他们精神振奋，还培养着人的品质和能力。体育骨干往往成为生产队的骨干。有个赌徒现在成了大家称道的小队长。他的父母也很高兴。

曾在全国获奖的英吉沙杂技团来了。维吾尔族的杂技富于戏剧性。一面走钢索，一面说笑打诨。那个小演员在十几米的高空中忽然做了一个摔跤的假动作。从未见过的我惊叫了一声。艾沙用手挡住我的眼光，说：“不要看，快低下头去！”

维吾尔族男子的性格是这样的，平常他们不干家务，喜欢跟客人喝酒、弹唱，任母亲、姐妹、妻子和女儿们去忙忙碌碌。可是逢到重活、危险的和有压力的事，他们就上去顶住。他们对孩子的教育也和汉族不同。汉族大概是“男女都一样”。他们则从小鼓励男孩的勇敢行为，并要求小男孩懂得保护女孩子，帮助女孩子，还要能取得女孩的欢心。在摔跤场外，我看见两个小男孩撕扭起来，忙去拉架。他们避开我，又抱在一起。看起来都不过是五六岁，却真都动了怒气呢。

有一次在餐桌上，一个四五岁的汉族男孩碰翻了一只汤碗，他神情紧张地看着父亲走过来。这时我旁边的大个子，岳普湖县体委主任吐尔逊一面啃着骨头，一面对他说：“别害怕!”那位父亲把儿子一顿骂，吐尔逊却一直向小孩眨眼睛。小孩面无惧色了。维吾尔族人以为，孩子是胡大送来的，打孩子就是打胡大。撇开宗教的一面，打孩子确实是会打掉一个民族的锐气的。

晚上，艾沙来约我去看刀郎舞。

在灯光球场上人已经层层叠叠。前排有麦克风，一伙民间艺术家席地而坐。敲手鼓的女艺人已是一位老妈妈。歌唱者也是一位老人了。热瓦普响了，它首先发出的声音像是悠长的召唤，召唤人们前去参加狩猎。

在三拍子的鼓点中，跳刀郎舞的人们下场了。这里不存在那种“出节目”的忸怩。一大伙人从自己的座位上起来，走进空场，分布好位置，手臂一甩，纷纷起舞。其中有一些十来岁的孩子，也大模大样地走过去，和大人拉圈捉对地跳。跳舞的男子居多。女的跳得好的也仍是几个中年妇女。由于宗教影响，维吾尔族妇女，尤其是未婚女子仍是很拘束的。

这样的舞蹈不像艺术家的那么精湛，然而它是属于每一个人的。在这里你会觉得每一个有胳膊有腿的人都能跳舞，跳舞真是再自然不过的事了。相反，在那乐声鼓点中闷坐着，倒是一件难过的事。我也下场了。

不会跳的我，一会儿和人们碰撞了，一会儿又一个人跳得离了群，赶快又跑进去跟着跳。同一个圈子里的人们都含笑示意我。跳到后来，我竟会了。

接着跳起了麦西来甫①。

雪白的兔子在戈壁滩上跳，
未婚的男女青年在婚礼上跳。

乌鸦落在麦场上，
未婚的小伙子想结婚了。

面和好了，馕打好了，
我想用这碗水把你喝下去！

这是一种“马拉松”舞。跳下去，跳下去，越来越热。我甩掉手套，甩掉围巾，甩掉皮夹克，甩掉毛衣。最后场上只剩

① 麦西来甫：一种普通的维吾尔族舞。

下了我和两个小伙子。不会跳的我以“马拉松”取胜了。下场时我几乎跌倒了。

一个中年人走过来。他说：“看见你跳我们的刀郎舞、麦西来甫，我心里热热的。你的心好就像塔里木河的水，清清亮亮的。”他是专属的翻译再丁。开幕式那天他曾气得我想哭。

那天我新买了一块带珠粒的蓝面纱，常蒙在头上图新鲜。再丁教人传话给我：“这是哪来的小姐啊？我们这么多人都不怕太阳晒，她却要蒙纱巾！要害怕晒就不要到麦盖提来啊！”

想不到今晚一番笨拙的舞姿使我赢得了他的欢心。我寻思着“心好”的意思。这不像一般汉族人认为的只指那种忍让的牺牲，而是含义更广。其中包括朝气、自然、快乐、天真，等等。

刀郎舞沟通了我们。又来了几个小伙子，都是舞伴。他们说：“和你交朋友可以吗？”

这时候警察来了。警察送来了我扔掉的手套、围巾、皮夹克，等等。这都是人们交给他的。警察并邀请我和他一起玩打鞭子的游戏。

当人们离去后，坐在前面的艾沙回过头来，生气地说：“别跳了！”我吃了一惊，以为自己犯了什么禁忌。

艾沙又回头说：“太累啦！脑子做什么用的？你看别人是怎么跳的？我都才跳一次休息一次。我在这里看着表，你已经跳了两个小时啦！”

哦，刀郎舞之夜，它荡涤了我人生的悲痛辛酸，它使我像一个初生的婴儿那样欢畅！很多年前，我曾是一个“战士”，一个“红卫兵”，后来是一个被命运遗弃的知青。进了大学，仍是一个带着伤痕的受创者。今夜在麦盖提我终于获得了那迟来的少女时代。我落进了如此健康，如此生机勃勃的土壤里。在这里，男人就像男人，女人富于魅力。个个健壮，心灵从眼睛里往外张望。人生充满了温暖。

这时我获得了一个维吾尔族妹妹阿依米古丽①，还得到了一个维吾尔族名字：阿尔孜古丽②。

晚上去看麦盖提文工团的演出。这些地方艺术家的才气和作品即使登上首都剧场也不逊色。

维吾尔族人民富有戏剧天才。节目中充满了幽默。其中有两个节目我最欣赏。一个是口技，描写富裕起来的农村老汉在数钱算账，和老婆子商量买东西。演员从算盘声模仿到打架声，最后买上摩托车，发动起来载着老婆子扬长而去了。另一个是舞蹈，描写一个卖包子的女服务员开始对顾客不好，后来改变了。由伴奏的男演员担任顾客。女演员飞眸扭脖之中，妙语连珠。开头的轻佻无礼，后来的热情如春，活灵活现。

我不由自主地评论几句。邻座那位美丽的维吾尔族姑娘不时向我扬起黑眉毛，笑着以示赞同。原来台上的都是她的同事。她就是麦盖提文工团新来的演员阿依米古丽，刚满十八

---

① 阿依米古丽：美人。

② 阿尔孜古丽：希望之花。

岁。这时旁边的人都说我们长得有点像。也许是麦盖提的灯光赐予了我几分美丽。总之，我很愿意要一个阿依米古丽这样颖慧的妹妹。就在那灯光下，阿依米古丽给我取名叫阿尔孜古丽。

现在的维吾尔族姑娘早已不是像内地人们心目中的那样梳很多小辫子，戴一顶小花帽了。只有小孩才这样打扮。大姑娘一般都梳两根大辫子。头巾很考究。夏天是尼龙纱，带金绣的巴基斯坦乔其纱。冬天是上海的格子的含毛方巾，和阗的红花绿叶的混纺方巾。还有靴子，在巴扎上摆出的靴子品种超过王府井，都来自北京、上海、苏杭等地。冬天她们登一双高统翻毛皮靴。夏天她们穿与长筒袜子相配的奶油色、浅棕色高跟皮鞋。维吾尔族人说："朋友看你的头，敌人看你的脚。"注重头和脚的打扮，维吾尔族女子因此显得气派。

衣裳嘛，也大都是内地来的。她们喜欢上海北京的各色绣花毛衣、外套式毛衣，下面的裙也大多是西服裙、百褶裙。传统的大直筒裙子只有老奶奶穿了。她们的小腿线条健美，是生来穿裙子的。维吾尔族妇女尤其适于穿浓艳的颜色。她们身上有一股野性的美。两只眼睛很有锋芒，毫不避人。她们总是挺胸展肩，直到老年仍很富态，不像汉族女子的弱态。一个美国旅行家到了喀什后说："维吾尔族妇女是世界上最漂亮的女人。"

她们的美是那样的浓烈而不易凋谢。高原日晒使维吾尔族人肤色粗黑、黑中透红，黑得匀净。她们到老也不大改变脸和身体的线条。肌肉总是紧紧的。这样的美比起那种皮包骨，涂脂抹粉的都市美来，真不知高明多少倍！维吾尔族妇女是不束腰和节食的。看着她们就感到舒展。

维吾尔族妇女开朗刚强。若是丈夫提出离婚，她们有一种痛快的态度。离婚女子在维吾尔族中不受歧视，她仍可以获得较好的追求者。她们的婚姻第一次必须由父母包办，如果破裂，父母就不再言语，让儿女自择良配了。这大概也像服装一样，正处于一种新旧交替的状况。

我曾结识了叶城县委的组织部部长孜乃提和喀什市市长阿依仙木。如果想到在二三十年前妇女们还被面纱严严地捂住，关在家里，你不禁要深深叹服维吾尔族妇女前进的步伐是多么迅猛。

孜乃提是中央民族学院60年代的学生。那时候维吾尔族姑娘还很少离开妈妈。孜乃提多亏了一个当干部的舅舅劝说妈妈才同意她走。毕业后她也没有回乡，而是服从分配一直在外地工作。我俩常在灯下促膝谈心，谈起女人的苦恼。她有一个俊美的小儿子和一个懂事的女儿。丈夫在叶城公安局。孜乃提在改革中和塔什库尔干的司马义一起进入了地委领导班子。她是其中唯一的女委员。每次来开会，她总是感到很烦闷。无论到那个组讨论，都只有她一个女的。而往往她一发言，那些个大男子就说："女人的问题又来了！"但她毫不让步地坚持为妇女的困难、妇女的权益说话。晚上干部们去看电影，星期天去逛巴扎、喝酒、唱歌，她总是一个人待在招待所里，孤孤单单。她说："在大学时我也很活泼，看电影、唱歌这些活动都喜欢，男女同学也很热闹。但是工作后我改变了性格。因为妇女出来工作是太难了！许多旧脑筋的人都要说怪话。我连穿衣服也要注意颜色了。宁可自己少点快乐，工作上少点障碍。"她笑了一下，"那些漂亮的衣服就让女儿去穿吧！"

她总是蓝色的头巾、褐色的衣裙和鞋，然而很鲜洁。眼睛也总是亮晶晶的，显得年轻。有一次我陪她上巴扎去挑一块做冬衣的布料。她很喜欢一块带花纹的，但最后仍是买了净一色的。不过这与她的作风也很相谐。她头脑清晰，说话简洁，为许多男子所不及。在这位有高度责任感的女委员面前，我感到维吾尔族妇女将有远大的前程。

孜乃提很厌倦不断地开会。"实际工作都在下面。"她对我说。和塔吉克的司马义一样，她也不愿意把家搬离基层。在这点上他俩总是串通一气。

孜乃提的丈夫"官"没有她大。他说："你当就行了。我也当，谁管家?"他干家务很勤快。但得关起门来。他洗衣服的水要孜乃提端出门去倒。万一有客人来，他立刻就将手擦干，袖子放下，做出一副什么也没干的样子来。

每次外出开会，孜乃提就给丈夫和孩子们打好足够的馕。可是孩子吃腻了，要求爸爸给做拉条子。爸爸做了半天，孩子们吃了不满意，他自己上班还差点迟到了。他的同事们直发笑，他自己莫名其妙。后来才发现自己衣襟上沾了一大片面粉。维吾尔族的男子干家务是要被取笑的。

孜乃提说到这里，很心疼了。

阿依仙木市长也是一位贤妻良母。我拜访了她的家。屋子干干净净的，她在给去学校打扫卫生的小儿子找一个盆。有人来请示工作了。她告诉我，那是给一个孤儿安排工作的事。维吾尔族女干部们把女性的温存和爱带进了她们的工作中。在招待所的餐桌上，只要有维吾尔族女干部，总是她给大家递奶茶，捞面条，分碗筷，自己最后一个吃。有了主妇，餐桌上就有了家庭气氛。在我们的大事业里，是多么需要一些这样的主妇啊！她们在工作中独具慧眼，能干又可亲，洁身自好，仪态宜人，男子亦为之不及。她们当中，谁说不会诞生一代新型的中国女政治家呢?

我的阿依米古丽妹妹还很年轻，又刚从农村来。但她知人察意，毫不羞涩。我们是用眼睛来说话的。有的意思别人来翻译。她有一个愿望，到北京去，学习更多的舞蹈。

和阿依米古丽在一起，我很快就收起了风衣，穿上了本地装。当我戴着头巾，脚蹬高统牛皮靴在街上时，维吾尔族的老人们时时向我注目。他们把我当成维吾尔族姑娘了。我就把右手按到左胸上，弯腰行礼，口中说："阿斯拉姆来空[①]!"他们往往说出更多的话来，我对答不出，只有笑着跑掉。

可是阿克苏的吐尔逊和英吉沙的提力瓦得却不同意人们叫我"阿尔孜古丽"。他们说："要一个维吾尔的名字可不能这

---

① 阿斯拉姆来空：问候语。

么容易！必须要叼羊，举行盛大仪式，然后向大家宣布‘她就是阿尔孜古丽’才行。现在我们不叫你阿尔孜古丽。你真心想要这个名字，下次来举行叼羊吧。”

博学睿智的维吾尔族翻译家托乎提巴克对我说：“你知道为什么要给你取这个名字吗？希望之花，这就是希望你留下来，在新疆开花啊！”

多情的阿依米古丽给我取下了这个有心的名字。我，是阿尔孜古丽吗？是那朵希望的花吗？要成为阿尔孜古丽，必须比我现在更强壮，更美丽，心灵里有更多的力量。

这是一个骄傲的民族。他们说我是“口里①来的维吾尔族”，这简直就是一种抬举啦！他们认为凡漂亮聪明的就是维吾尔。“周总理也是维吾尔族啵？他眼睛大大的，眉毛多多的，那么聪明，那么好！”他们这样说。

他们有着极为强烈的民族自尊心。有一次，在汽车上，一个小伙子把手搭在我的椅背上，使我坐得很别扭。我就对他说：“我对维吾尔的印象很好，正在想是不是找一个维吾尔族丈夫。不过看见你这样，我想我的丈夫在别的女子面前也会这样，我就不想找了。”那小伙子立刻把手收回去，正色道：“不，不会的。我们维吾尔对人都是挺好的。你别看着我们粗，好像会打人，其实我们心软得很。一见到老人、孩子、妇女有困难就受不了。你还是找维吾尔吧！”

---

① 口里：泛指内地。

运动会的最后一天我尝试了“萨哈拉迪”。那是一种耸入云端，高飞天外的大秋千。“萨哈拉迪”的意思是“脸发白”，就是说这种游戏只要看一看就会变脸色。

经过多次要求，最后编了个谎，我说我参加过跳伞训练，才让我上去了。“萨哈拉迪”旋转起来。我看见了田野，叶尔羌河。风吹开了我的纱巾和衣服。啊！麦盖提旋风般的日子就要过去。我和艾沙、阿依米古丽离别在今朝。还有，摆西瓜摊的阿依木沙汗两口子，饭铺里的牙生卡斯木，自从刀郎舞之夜后，我常受他们款待。还有麦盖提一小的小乐队，孩子们教过我击鼓吹号……

离去前几天，我常常骑自行车在黄昏中游荡。

暮归的马车，小毛驴车成串地驶过。拥挤的路中间还夹着些高头大马，马上有驾鹰的男人。在一辆辆毛驴车上，有披头巾的妇女抱着小巴郎子；一个姑娘张开手臂把三只小羊羔揽抱在她的裙下；一对青年夫妻亲热地昵语……在苍茫之中，他们是原野上移动的一群群静穆的雕像。雄健而洒脱的男子汉斜跨在毛驴车畔。有个男人慢慢地扬了一下短鞭，用维语唱道：“安安稳稳地回家去……”

车辆也不分左和右。几匹突然拥来的大马吓得我急忙跳下自行车来。路旁，一个维吾尔族小伙子走过来，问我：

“喂！你有什么话要对我说吗？”

“嗯？”我说。

“你没有什么话对我说，‘嗯’什么呢？”他摊摊手做了个懊丧的动作，走向他的伙伴。他的伙伴们在大树下全都哈哈地笑了。

我跳上自行车跑了。这些阿凡提的子孙们向我串演了一出即兴小戏。他们是在嘲笑我遇马时的惊慌失措呢！

不过，我是有话要说。可这些话，不是用能说会道的嘴巴表达得出的！

哦，新疆，太阳在冰山上照射出怎样璀璨的奇光啊！一方面是戈壁、石头，干得冒烟，没有一口水喝；一方面是清清的河流从冰山上淌下来，是藤蔓缭绕的诱人的葡萄园、杏园，以及无花果、石榴树。一方面是古老的文明，疏勒古城、艾提尕尔清真寺、香妃墓以及风蚀的佛塔，迷失的千佛洞和庞大的古墓；一方面是五彩缤纷的巴扎、宝刀、美艳的毛毯、乔其纱，是富于阳刚之美的挺拔的维吾尔、塔吉克、柯尔克孜、乌兹别克等兄弟民族。古香今色杂然，维语汉音交融。

在寸草不生的黄沙上走，那些光秃秃的平顶屋令人感到单调。但一走进去，那里面贮满了温暖的人情，贮满了对新生活的向往。这个地方好似人心，一颗久经沧桑的心。看起来荒凉冷漠，绝望辛酸，其实充满了渴望与生机。荒漠上是那么坦荡。一架飞机飞过，活泼的维吾尔族妇女向它挥着头巾。在有水的地方吹来润人的风。奇迹般的美丽，丰富无穷的内涵，有如生命，酷似文学。

踏上新疆，你才会吃惊地感受到，我们国土的广袤无垠。

一个新疆司机对我说："口里的人都是近视眼吧?"

"为什么?"我不解道。

他大笑道："口里那么挤，一看出去，眼光就会被挡回来，不就成了近视眼吗?你看我们新疆，你尽管看吧，放开眼看!看你能不能看到头!"

他是河北保定人，爹妈给取名宋小尺。到新疆后，他嫌这小尺小寸的不对劲，自己把名改了。

在疾驰的汽车上，两旁的白杨树往后闪个没完。前方，总是地平线。汽车常常驶上无路的路。司机经常下车看路。待他说"过!"我们的车子就蹚过小河，飞越沙丘。有时车子忽然熄火，我们只有用祈祷的眼围着司机转。他掏出莫合烟，发给别人，自己也抽，然后修车。车又开了。他向我眨眨眼："你打开我的包看。"我打开他那黑色皮包的拉锁，一叠烤馕像公文一样把皮包塞得满满的。他说："要是走不了，有你吃的。"

新疆的司机都是英雄。这些穿皮夹克的好汉，一个人冲进茫茫戈壁，一个人承担起一部车、一车人的安危。在那荒漠中行车的司机有一个信条：绝不许见死不救。陌路相逢，也须把自己的汽油、轮胎、水，分给受困者。茫茫荒原，方显出男儿本色。

广阔的土地，广阔的襟怀。

有次我到巴扎买了半个哈密瓜。谁知拿到车上，却被同伴们大笑不已。他们说："我们新疆人买瓜从来不买半个，一买就是几麻袋，家家户户都是这样。"

在这里人们买羊论一只半只。他们说："你们大城市的人买几毛钱的肉，全家咋吃?"

到老乡家去，一看人家铺着那么华贵的毛毯，起码都是五六百元一条的。我慌忙脱鞋。老乡们笑了，一个劲要我连鞋往上踩。在新疆人豪爽的笑声中，我显得小气和寒酸了。

因为缺水，在他们昂贵的衣服和华美的毛毯上总是风尘仆仆的。他们把土看作胡大的赐物，不以为脏。这里的土其实是干净的沙子，一拍就掉。不像城里，地上虽然不见尘，上街一趟鼻孔都黑了。

维吾尔的伟大学者穆罕默德说过："只要有水和土，什么都可以创造出来。"不怕土还有一个意思，这就是热爱土地。

在新疆处处给人充裕的空间感。宽敞的庭院、宽敞的学校、宽敞的会议室、宽敞的场院、宽敞的窗户和大炕。还有许许多多的房子是空无一人的。

怎么能不宽敞呢？要知道新疆的一个县就有内地的一个州大。新疆总面积占全国六分之一。在那宽敞之中我想起刚离开的大学。在女生宿舍里，每个人占据她床旁的墙壁，挂上自己喜爱的字画、照片、邮票、糖纸，有熊猫、公主、野花、树叶、剪纸。有的古雅，有的"现代派"。多么拥挤的角落啊！要容纳一颗年轻的占有未来的心，那面狭壁怎么也摆不下这形形色色的理想呀！那面五花八门的墙就像一个被啄碎了的蛋壳，鸟儿伸出了头，它感到窒息。别了！我们的蛋壳。飞向未来的日子已经来到。看，世界就在这儿！比起来，墙上的玩意儿只是一堆花花绿绿的破烂。别了，母校。来到新疆使我在精神上真正毕业了。

新疆的性格，正像是一个伟男子，一个奇男子，既有雄谋，又有柔情。有不可限量的历史传统和不可限量的光辉前程。他曾被自然和社会不公平地遗忘和冷淡过。今天他将急步跨过差距，向着全新的世界去。他多么需要爱，去发展他那本来就丰厚的天性，而不需要那种无情的面目全非的改造。在他的身边没有平安和庸碌，他将迎接充满机会和风险的挑战。爱他，会使你的年华变得粗糙、沉重，但是更加温暖有力。他能使你的爱上升到那样崇高和美的境界，得到那样舒展的巨大幅度。他能焕发你全身心的热力。

我们这个国度已经人满为患了吗？那些在拥挤的城市和地区里不得志的人们，为什么不到新疆来获取他数倍于前的生活呢？谁把汗水和血泪洒在了新疆，谁就是新疆的主人。

我所接触的那些地、市、县级干部们，大都是当年的进疆大军，或他们的后代，上海、南京的支边青年以及当初被定了各种罪名发配来的人们。因为他们都是睡过星星棚，扛过坎土镘，披荆斩棘的先行者，所以他们熟悉基层，处事贴切，对远客尤其热诚质朴。

新疆的干部尤其没有架子和专制作风。因为走到哪里都是两个以上民族的领导班子，遇事都得考虑两个以上方面的意见，一手遮天就不行。这种领导结构已为当地人民所拥护。有的地区公社一级全换了清一色的民族干部，群众就不满意了，来要求“一个汉族书记”。他们说，这样办事公正，执行政策令人放心。如果干部班子纯粹地方化，亲族关系太多，办事难免偏差。落后地区并不是一切都落后。新疆富有特色和生气的政治机构，是值得今天的改革家们参考的。而新疆也可以不必走内地的老路，建立庞大重叠的行政机构，然后再来精简。新疆的精干的行政机构，可以一步跨向时代的新路去。新疆的未来不必以内地的发达地区为标准模式，而应当是新疆式的，时代式的。

我看到的新疆干部不像内地某些单位那样分工极细，层次极多，责任心稀薄。他们思贤如渴，具有主人的眼光和肚量。一个农场主任，一个石油基地负责人，什么都抓，只要为了他的事业兴旺繁荣。那些来叫我去给他们的青年谈点文学，或是希望去写写他们的生活的，都是些非文化部门之人。那些综合治理的农场、基地、县镇大有希望发展成一个个更健康的、结构更合理的各具特点的社会新细胞。也许就在这汉唐一度繁荣昌盛过的大漠上，会出现当代改革家们探寻求索的新的社会雏形。为什么不能后来居上，一步领先呢？新疆有的是极富的地下能源和地上的风、太阳能。

多少人用一生在等待着这个历史的悬念揭晓。

对于那些可以寻求优裕生活的，可走可留的人们，在那些进行抉择的时刻，新疆的土地会在他们身上施展出魔力，使他们决定自己的归宿就在脚下。说来是个真理，越是在这里受过折磨，就越离不开这里的红柳沙丘。

《丝路》的诗歌编辑程青就是这样的。他来自广州，父亲是知名学者，姐姐在海外。那些年头他受尽迫害，去戈壁滩放羊，曾濒临死亡，被另一位牧羊人赵大叔救活。赵大叔是北京人。现在他们以父子相处，居住于一座幽静的小院落。赵大叔早已退休，回到北京又返来此地度晚年。程青说："我回到广州，我们家庭会议决定赵大叔是我们家的人，他要和我住在一起，直至百年。"程青不愿回南方去，尽管家里住着一幢小洋楼，还可以出国。赵大叔给他娶了一位能干媳妇，程青对我说："我现在也和南方人处不惯了，太注重小节，拐弯抹角，和家里的姐姐谈起国事，总是合不来。当然国内的那些弊病我们知道得比她还多，可是听她那口吻我受不了。她也不理解，为什么我在这儿受这么多罪，还是不愿意听她那些话。于是我们每次都约好了只谈家常，不然见面就要吵起来。"我在他家里做了客。我们去上巴扎，赵大叔在大门口跟人下象棋呢。

小杨姐姐也是这样。她是上海支边青年，家庭优裕，也有亲人在国外。她温柔娴静，一双弯弯的眼睛，至今仍保持着上海姑娘的雅致风韵。十多年前，在共青团的文艺活动中她和维吾尔族青年热木吐拉相爱结合。现在已有一儿一女。她贤慧善良。初婚时，热木吐拉担心她接受不了维吾尔族人的习俗，一直没让她和婆婆见面。可是老母亲听说儿子找了一个漂亮的上海姑娘，十分想念。自己从远地方跑来了。别人向小杨指点，那就是她的婆婆，企图偷偷看一看儿媳妇就回去的。小杨立即热情地跑去把婆婆请到家中招待。等热木吐拉回家，老妈妈已经在儿媳的照料下安睡了。维吾尔族人家平素客人多，到库尔班节就更热闹。小杨会做抓饭和各种维吾尔族食品，总是不厌其烦地招待丈夫的客人。我临走的那天，她上了一天班回来，却像变戏法儿一样拿出一桌西餐为我送行。

热木吐拉是一个典型的维吾尔族男子。他不善于寒暄，但每次我有困难，他都挺身而出帮我解决。有时小杨责备他对客人不热情。他说："热情是在心里。"他把自己的家庭视为宝贝，视为维汉团结的结晶。他几次向我表示，许多人都在看着，维汉家庭能否维持。他绝不能让人看笑话。小杨也明白自己家庭生活中的矛盾。从恋爱那天直到现在，温柔的她忍受了多少不明事理者的白眼、诽谤和歧视。她说："你才戴了一块头巾就有人说闲话，你想想我……"小杨姐姐是勇者。她不仅开拓了荒原，还开拓了人心的天地。

维汉的相恋竟这样难吗？在维、汉的神话中，人可以和许多异类相恋，什么小鹿变的姑娘、蜜蜂公主，两情长久，偕老白头。难道维汉的差别，竟比异类更大吗？像小杨姐姐这样勇敢满怀着爱的女子，难道不应该得到她的同族和她所爱的兄弟民族人们的尊敬与爱吗？

我见到她忧苦烦恼，也听过她的赌气话："叫我妈妈寄路费来，回去！"可是当她甜甜地一笑，悄悄地说："你先别说，我想在喀什建一座少年宫……"那才是她，那才是真实的她，心中开满了爱的红花。由于一位上海知青的努力，南疆的孩子们将有少年宫。

古往今来，在新疆的大地上演出过多次民族血斗的惨剧。少数人为了自己的利益扩大和制造民族矛盾。然而就是在那些激烈的冲突事件中，挺身而出保护汉族同胞、援救汉族儿童的维吾尔族人、维吾尔族家庭也数不胜数。为了阻止无理的械斗，许多善良的维族同胞洒下了热血。

有人说，风俗宗教差异太大就免不了流血冲突。不对！难道兄弟间吃的肉类不同，穿的衣着不同，洗澡的方式不同，歌的调子不同，舞的动作不同，就要相拼个你死我活吗？多么可笑！

在大戈壁，在沙漠，在冰山，司机们相见，牧人们相遇，旅人们相逢，难道需要打架吗？不，新疆的人们都打心眼里喜爱朋友，喜爱客人。

喀什市医院团委的小刘是我的同龄人。他告诉我："我的师傅是维吾尔族，是他教会了我技术和生活。我下乡的时候，因为生活苦也学了些坏毛病。我的维吾尔族师傅对我做人是起到了极大的影响的。我每次出车回来，不管是半夜还是早晨，只要去敲他的门。他的妻子就会从被子里起来给我做饭。面袋子哪怕只剩了一个底，她也要抖出来给我做一碗面汤。绝不会想着什么留着给孩子当早点。维吾尔族的孩子都知道家里有好东西要等客人来吃。你如果和维吾尔族人出门同行，哪怕只有一个苞谷馕，也要八个人分着吃，绝不会把自己的同伴甩下。如果你是他的仇人，去到他的家中，他也要尽其最好的招待你。等你出了他的门，才和你计较。绝不能把客人赶走。

让客人不满意，是主人的耻辱。维吾尔族人值得我们学习的起码有三条：第一是团结，第二是敬老，第三是好客。

在南疆出版社社长阿布来家做客。他们在桌上摆饭，发给我筷子。我说："你们这屋子不是地道维吾尔族的，是二转子[①]房子，这饭也是二转子饭。"阿布来笑了。他紧接着问我："二转子好不好呢?"我一思索，明白了，说："好!"我们中华民族的文化，自古就是一种混合文化，一种丰富多彩的精神交融。大汉的气魄，盛唐的风流，凡是我们中华兴盛的历史，无不是各民族文化荟萃一堂的历史。

今天民族之间的不平等和差距，主要是由于经济文化上的不平等和差距造成的。这种不平等和差距正在发展之中消除。新疆的经济文化越发展，各民族的感情就会越融洽，关系就会越紧密。人家说，维吾尔族干部喜欢"争"。争大学名额，争招工指标，争到口里去学习参观的机会，连印个文件也要争取维文的多印几份。这种"争"是好事情，是向心力而不是离心力。他们在祖国大家庭里为自己的民族争取发展的权益。这种"争"只会越争越团结。在这里一个民族的利益也是全体人民的利益。只有维吾尔族和其他兄弟民族都发展起来，新疆的开发和现代化才可能变成现实。许多有眼光的维吾尔族干部都希望自己的孩子同时也学汉文，将来能够与中心地区有更大的交流。目前，新疆地方中学的汉语教师奇缺。在麦盖提看

① 二转子：维汉通婚的孩子叫"二转子"。

电影时，艾沙曾站起来给一位汉族老人让座。事后他告诉我："这是我中学的汉语老师。是他教会了我汉语。没有他我不会到喀什念书，今天也不会和你谈话做朋友了。"还有千千万万的维吾尔族孩子，他们戴着红领巾，向往着北京。可是由于缺少汉语教育，他们的学习和成长受到极大限制。

那些献身开发新疆的人是多么可敬哟！没有他们，新疆不会是今天我所见的这样。直到现在，新疆的每一代人，每一个人都在写他的创业史。从进疆的老一辈到和我同龄的青年。喀什师范的王悦老师就是一个进疆大军的后代。她资质聪慧、文笔宜人，时常有作品发表。她歌颂着自己耕耘的土地，一面继续为这土地洒下汗花。这位年轻的中文系教研室主任热心教学改革，注重向学生传播新思想。她说，"我要为青年人扛住风头上的压力。"

每当我赞叹"新疆好"，人们都要说："我们刚来的时候，这里还是……"他们有资格骄傲。三十多年来，新疆的戈壁黄沙就一直在变，代代开拓，每一代都有创造的天地，每一代都是开拓者。

问起所遇见的那些可亲可敬者的根底来，还有不少都是当年的"盲流"。现在他们都成了司机、教师、编辑、技术员。当他们年轻力壮的时候，做着发财的梦或是文学的梦只身闯入新疆。如今他们都已安家立业。几十年的患难艰辛，"盲流"在新疆找到和创造了自己真正的家，立起自己真正的业。不，不应当将他们等同于流浪汉。他们是一批自觉来疆贡献力量的建设者，是大地的理直气壮的主人！在英吉沙，一个办事处的干部对我说："有一位名人，我很佩服他。但他有一句话我不佩服。他说，真正的农民是热爱土地的。好像我们是不热爱土地才到新疆来的。难道新疆不是中国的国土？"

他的话有道理。勇于进取，不断开拓是我们中华民族所以地大物博，成为东方巨人的一个精神因素。今天，新疆的大门应该向新时代的更加豪迈和智勇的开发者们敞开了。

旅行结束了。记得初到乌鲁木齐，人们说我"来得不是时候"。新疆的黄金时节七、八、九月已过。那时瓜果盈市，大自然一派葱茏，新疆就如同仙境一样。不过，谁能说我没看见新疆的仙境呢？新疆大地如此富庶，如此欢乐，如此暖人心怀，尤其是赶上了我们中华起飞的黄金时节。一位幽默的维吾尔小队长对我说："这几年嘛，也不知咋的，羊也越来越多，马也越来越多，地里的粮食也越来越多。"他叫扬达克，维语即"骆驼刺"。当年工作组住在他们村。一夜之间，田里的西瓜就一个不剩了。他有本事连夜组织乡亲们弄到市场上卖了。大家吃饱了肚子，扬达克挨了批判。如今"骆驼刺"成了常受上面表扬的石榴花啦。扬达克的黄金时节来临了。新疆人民的黄金时节来临了！

为什么流浪

……

海边的椰树那么高昂，秀逸。街上的椰树就嫌矮敦。那些羽状树叶垂落下来，不再像披肩发一样迎风飘拂。倒像是失落了少女清韵的看家婆娘了。

“椰荫饭店”的招牌是挂在一大匹椰叶上面的。一块硬纸板。地上，毫无例外地流着些水。涮碗洗菜的污水和冲洗地面的干净水。总之，脚下总是些水。

南国的美丽，大半在空中。空气、海风，或者就是椰风。你的脸颊马上就会湿润地放松了。从大陆的冰天雪地的寒冬跑到这儿来。你不禁会对这夜气中闪亮起来的汽灯、氤氲中的海鲜香气和海南人活泼说话的大声大气，发生一种迷恋。别是一番风光啊！

住这儿如春已归。任你穿什么衣服，厚一点薄一点无所谓，可以紧缩到最简最陋，在室外过夜也不新鲜。

如果海南岛的气候不是这样独特和宽容。如果说也是到了冬天就零下几度，很难说还会不会有这么多渡海峡的大陆人留在这儿，或者说赖在这儿。那所谓“十万人才大军”的势头也不至于如此凶猛。

满地泼水嘛。这习惯是落后。这帮大陆青年起先也咒骂过几句。可很快，他们自己就学会了，换穿了塑料凉鞋，用水勺冲一下要下锅的蔬菜之类，顺便冲一下脚，干净凉快。

“椰荫饭店”是三亚最大的一个大陆青年集团了。

南国兴吃夜市。

天一擦黑，街上就摆出了吃饭的圆桌，方桌。一字儿排下去。街有多长市有多长。炒菜的地方在人行道上，吃饭的客坐在慢车道上。走路的走到这里就被堵住，于是因势利导地坐下来饮茶，吃一顿。

液化气炉子烧得烈焰熊熊。大师傅动作快当，汗流浃背。客人们嚼着有盘子那么大的海蟹，吃鱿鱼、带红的凉鸡，一面看着汽车摩托“嘟嘟”地从桌前驶过去。

这里没有挟带着脏土的狂风。不管怎么倒污水，总体是个干净的世界。一面吃一面融进整个的夜景里去，有一种乐陶陶的享受，连吃带逛并且天气星云都有了。

这就叫“开排档”。

夜间开排档去，比白天守个饭店能赚。这帮大陆青年刚发现了这诀窍。轰轰烈烈地把家什折腾出去，开了几天排档，却不见有几个客来吃饭。莫名其妙地赔了几个晚上的老本，才明白过来：元宵节内，当地人都要在家中吃饭，谁来吃你的?

买的那些海鲜，放过了夜，都变了味，还舍不得吃掉。最后，掌家的“二老板”，一个叫廖沁的小伙子，某大学物理系毕业生。拿起来嗅了又嗅，才下决心：“卖不掉了，自己吃!”

于是，好一顿大吃。离了爹娘也过年?!

结果是全部都“拉了”，肚子痛。

夜气上来。享足了口福的人们，白天服了各种药，痢特灵和大蒜，此刻刚缓过劲来，围坐在街前的两张方桌旁，自己伺候自己。泡了两壶乌龙茶在喝着。乌龙茶是海南的大众茶。他们喝的简直是些棍子。茶色却更为浓郁。

喝着，聊着，不时地往地上泼着剩水残茶。现在，好像脚下没有水流着还有点不地道了。有点缺海南味，不像个地道的“开排档”的了。

几个小伙子长得都不讨厌，就像海口街头大批来来往往的大陆青年一样。他们大部分受过城市生活的训练，眉宇中留着学校教育的思索痕迹。而椰荫饭店的这几位，比起海口街头那些初来乍到的人，已失去了那种雅致风度和大学派头的衣着。举止也变得孟浪。这是已经有了流浪资格的大陆青年。

那些初来者小心翼翼地向人打听“‘人才交流中心’在哪儿”的虔诚态度，被他们嘲笑了。现在他们简直不太想去打听什么了。对那些新来者急不可耐的种种要求和埋怨，他们会说：“他（她）根本就不该来海南!”似乎来海南的人们已经分为了该来的和不该来的。不过，如果没有下定决心，没有一番大反思和改变大陆上那一套生活样式、生活观念，那么来海南确实没有必要。眼下除了吃苦还是吃苦，除了流浪就是流浪。

椰荫饭店的青年们似乎失去刚来时的那一番热情了。但他们却是更执着更实在地要留下来了。

一名叫朱毓的记者沿三亚江畔找到了这里。

在这里你先别说什么身份，也别忙掏工作证。你得先说，你找谁。只要你认识这里的一个人，或是他们也认识的一个人，你就会被接待，就像大串联一样。在海南，人际关系变得很重要。

朱毓说，她找吴海嵩。吴海嵩，就是椰荫饭店的“大老板”。他出去办事去了。廖沁，那个唯一显得干净斯文些的小伙子很大方地请她坐下。

两个女孩子过来，似乎很拘谨寡言的，马上给朱毓斟了一小杯茶，并问，要不要给她煮点方便面？一切有条有理，有家规的样子。女孩子也如一般中国规矩人家的女眷似的，勤快而不插嘴。当然，这绝对只是表面印象，两个女孩其实都是各自从家中跑出来的，内心里一点儿也不示弱。此时她们遵守着古老的妇道，把饮茶聊天的方桌让给男人们。

“越待越不想走。”

“越是待到现在，越是什么苦都吃过，就更不想轻易离开这里啦！”

“回去？怎么回去？就这样？”一个小伙子扯扯他又油又脏

的裤子，“现在这个样子，怎么对家乡人说?”

他叫张建奇，是从新疆来的。可能是那里的水土塑造，他一头鬈发，像个维吾尔人。

“海南岛第一个卖羊肉串的就是我。”他不无得意地对朱毓说。

就是他，在朱毓拿着杯子正考虑往哪儿泼去凉茶的时候，他说：“随便！在这里，你可以像个中国人一样的活痛快。”

朱毓笑道：“中国人的痛快就是随地吐痰?”

张建奇说：“当然！要是怕得传染病或是恶心，吃不下饭的话，那只说明他不配生活在我们伟大的中国。”

朱毓说：“看来你打算用这套野蛮习惯来征服到这里来的老外了?”

张建奇说：“当然！是他们到中国来，又不是我们到他们那里去。”一桌人都笑了。

落后，也是一枚炮弹。青年们说着简单的笑话，话里却含着几方面的意义。人到什么境地的时候，喜欢讲一些歪理来代替正理呢？朱毓忽然感到一种亲切，这多么像她们那远逝了的知青岁月！也是黑夜，无家的异乡青年们，兄弟姐妹似的坐在一起闲聊相伴，厮守等待。

一碗煮过的方便面端上来，放在她的桌前。一小瓶胡椒粉也送了上来。海南味。

廖沁说：“朱老师是第一次来海南吧?”

他称她“老师”，这是大陆体系的叫法。在海南，人们对比自己年长的女性称“阿姨”，比自己年幼的称“小姐”。

椰荫饭店的小楼上忽然传出了吉他声。弹得清柔，但指法清楚，韵味十足，可谓点点滴滴到心头。

茶桌畔的男孩们哼哼着。年轻人一唱这些无旋律的流行歌，总是带着沿海的腔调。莫非靠近大海，真的就接近自由？

我曾经问个没休，你何时跟我走？

可你总是笑我，一无所有。

“谁在弹吉他？”朱毓觉得好听。

“陈若雅。新来的一个女的。”廖沁说。

“若雅小姐。”张建奇甜蜜地说。

我要给你我的追求，还要给你自由，

可你却总是笑我，一无所有。

朱毓想这个女孩子绝不会是刚才在这里的那两个中的谁。这女孩一定有些出格，幽雅细腻，内心热烈。

“吴海嵩办什么事去了？”朱毓又喝了第三杯茶，淡茶。

“找石老板去了。”廖沁说，“一家外资公司的执行总经理，也是大陆人。石总跟吴海嵩的父亲好像有些旧关系，他曾经想给吴海嵩一些钱，吴海嵩没有要。”

朱毓早听说过，这一座街面上的两层楼石房，是吴海嵩用自己的钱租下来的，签了三年的约。

楼下开饭店。楼上一大一小两间，分别住男女青年。还有一个大平台，铺几床席子，坐在那里可以下棋、饮茶、作画。夜里不怕蚊子咬也可以睡在那里凉快。

朱毓上楼去转了一圈，看见那个女孩子坐在凉席上，独自一人，吉他放下了，但她凭感觉她就是陈若雅。长长的两条辫子。现在的女学生都是披头散发，这两条辫子是那样雅致自好，衬得肩头、侧影好端庄。虽然在黑夜里看不清她的脸，这姑娘眼睛一定很大，很黑，像真正的美人一样。见她一副不太想理人的样儿，朱毓没有喊她。

吴海嵩的钱，是他当兵复员回来，又下乡去当书记的积累，以及卖了录音机、自行车的钱，总计五千。在海南岛这个挥金如土的地方，一张报可以卖到八毛，“大团结”简直都不算是“钱”了。然而，很多人挥的是公家之金，那种慷慨有点偷来的意思，又有点泄愤的狠劲。“妈的！这算什么？老子苦了多少年，当官的花得我花不得?”花完了取得发票，是良心的证明。

吴海嵩的钱却是小家子的钱，他已年届三十，是他娶妻安家的钱。按照现今中国人生活的规律，工作头两年挣手表自行车，后几年存钱买彩电，再等父母支援冰箱洗衣机。然后有了窝、然后守着窝、然后布置窝、然后一切工作的不顺单位的怨气抱负的委屈以及出门乘车受的服务员的气，都到这个窝里去缓冲舒散遗忘。最亲的是那个夜里和你在一床被子里睡觉的人。次亲的还可以邀上几个“铁哥”或是“铁姐”，来窝里撮一顿好吃的，听听音乐、跳舞、玩麻将，或是关严了窗帘，看看有味的录像带。

所以“窝”是当代中国人的生命栖息地，喘两口气的地方。所以人们钟爱“窝”，向往“窝”，以“窝”为自豪，以“窝”为生活的中心。

就是到海南来开发来开拓的十万“人才大军”，恐怕多数也是带着在大陆上没有实现的那个“窝”的梦想来的。

然而吴海嵩却坚持着“一无所有”。他没有说什么他的追求，也没有说这个世界应该是什么样的，大家应该怎样生活。甚至他也没有拿出炫惑性的方案，说他将开办多么宏伟史无前例的公司。没有！他没有天之骄子、捷足先登的狂放，没有时代骁将的派头。他父亲大概是个中层干部，已退休了。并且，父子间有诸多不解。

朱毓曾想象吴海嵩应该是什么模样。海口街头常见的那种颇有“开发劲”的长头发长胡子甚至连鬓胡子？穿着敞开的夹克，T恤，一身上下牛仔皮？有的年轻人来海南大概想重复扮演美国西部的牛仔，只恨手里没有两把长管手枪。这种游戏的态度吴海嵩当然不取。他是党员，当过兵，据说上过老山，又当过乡下的书记。中国的乡下，不会出产牛仔的。那么是一个颇知国情的人，虽然不像“老三届”知青那样沉郁多思，亦不会像那些太年轻的人一样浪漫。

“你们这里的事是不是都由吴海嵩拿主意?”朱毓说。

“大的主意是他拿。前几天我们想做几件事，因为老吴出去了，到海口送朋友，好几天不回来，就一直没有干。”廖沁说，很老实的样子。

“那你们这里是不是有点山头的意思了？你们为了追求和

自由，跑来海南，连自己的父母都不顾。父母养你们二十几年，吴海嵩才养你们几天，你们就要以自己的自由相报答?”朱毓半戏弄地说。

“不！我们有我们的自由，这一点每个人都清楚。只是这里老吴年岁大，对大家又关心，有点老大哥的味道。他社会经验多，我们想听听他的主意。”廖沁仍是平和地微笑着。

不过，这里是“大锅饭”，凭良心干活，苦乐不均，饭钱有时都挣不够。来睡觉来蹭几顿饭的人不少。消息情报灵通。这也没法说，没法管。有时候情绪低落起来，连续几天没活干，没客来吃饭，也就懒得做生意，天天坐在门口穷聊，别的大陆大点的人也来串。这种生计上的几起几落，已经成了超稳定振动规律。

在没有灯的门厅里，有两个人坐在黑暗中。“干什么？你们。”朱毓进去发现，诧异地问。

那个黑衣黑裤的长发小个子说：“玩。”他身材单薄，乖巧，像一个小妹子。

“好玩吗?”

“好玩。”

“看得见?”

“看得见。”

朱毓出来说：“他是不是画画的?”

“是啊！你问他了?”廖沁说。

“感觉。”朱毓回答。在黑暗的门厅里挂着几幅画，那种未完成的画。只有它的创造者才会安然适意地坐在其中，才会“看得见”。

“小妹子李意，云南画院毕业的。小子画得不错。首都机场那幅被遮住的泼水节大型壁画，就是他老师画的。他跟他老师走遍了那些地方。”

“那么他到海南来，是想画几幅不被遮住的画啰？”朱毓笑道。

“小子那个小画本全部是精神污染！”张建奇哈哈地笑着说。

“我？是被我父亲打出来的。我父亲就是被他的父亲打出来的。我父亲老家是安徽。打场的时候，太累了，他偷懒，被他父亲看见，一棒子打过去，就把他打到新疆来了。当然他父亲没想到，以为他躺几天就会回来。没想到，临走时，他用他父亲的名义借了五百元，让他父亲去还。”

“你也用你父亲的名义借了五百块吧？”

“我也借了五百块，不过没有用我父亲的名义。我是跟我的熟人借的。”

“你再不要把这个故事告诉你儿子了，得提防以后他对你也搞这一手！”

大家哈哈大笑。

“嗨！不会，我早早地就把他放出去。还不等他对我来这一手，我先叫他出去见世面去。”张建奇早有远见地说。他看见朱毓把脚丫从皮鞋里放出来，悄悄搁在凳子档上，便说："这鞋不行。在这里不能穿正经皮鞋。这几天我也不行了，浑身痒。过两天，得把家乡的土拿一点来泡水喝。我带了一瓶新疆的土。就是这样。你水土不服的时候，吃药不行，用家乡的土泡水喝准管用。"

带家乡的土，还用它泡水喝。这些看起来叛离乡土的年轻人，却又是满怀的乡土情深。

朱毓说："你出来，你父亲放心吗？"

"我父亲对我很放心，临走时就交代我两句话：不管到哪儿，多吃肉，少喝酒。"

"你父亲干什么的？"

"当司机。"

可不就是司机走南闯北的至理名言嘛！多吃肉，少喝酒。父亲的爱，男人的爱。

"你是大学生吗？"

"是啊！这个地方，大学生嘛，你拿起一把扫帚，沿着街扫，可以扫几簸箕。"他又转了话题，"我现在什么也估计不了，只是对我的儿子有点估计。"

"你的儿子？你估计你儿子会在哪里？"

"我估计在西沙，要不就是南沙群岛那边。反正不会在北边发展了。打一枪换一个地方，一代人挪一个窝子嘛！"

他不想谈"现实"，谈眼前，那张刚来时在"人才交流中心"填的表，当时一看那么简单，就觉得不会有什么"戏"。

何况，有时候，那些新来的好激动的男孩女孩用质问的口吻对人家说话，人家干脆就说："又不是我们请你们来的!"确实，是自己跑来的，别让人家负责。

不是人家"请"来的，又要在这里赖下去。虽然这里早已是春光融融，但那种大举开放热情欢迎的日子还没有到来。未来都谈不上什么，而现在的不务正业对于这些坚守海岛的青年人，也正是一种喜出望外的考验呢。

坐在海口客车站外面擦皮鞋的青年，有些人走去问他："是不是大学生?""是啊!"大大咧咧地回答着，然后紧接一句："擦不擦皮鞋？八毛。"如果说卖《海南日报》，卖《海南开发报》的那些年轻人背着挎包，有些像勤工俭学，那么，卖煎饼的那一伙伙，把两个面坨坨捏成饼，夹一勺韭菜馅，相向一挤压，放在平底锅里煎着，似乎就更显示了"民以食为天"这伟大思哲的启迪。他们这种做饼的方法表现了他们是只吃过馅饼的人，没有哪个妈妈这样给孩子做饼的。这显示了必要的时候无师自通并且还堂然叫卖的创造力。起码是创造了"吃"，创造了生存。

假如想到这些大学生中多数是被家庭供奉娇养出来的分数式的孩子，他们的生活和能力就是那些"分数"，那么，这煎饼是多么伟大啊！妈妈没有教会的，学校和整个社会呼吁和教育了许久不奏效的，在海南一两个月就心领神会了。现在这些小子们见面不是吹自个儿是什么名牌大学的了，而是以一种习以为常的口吻说着，我擦过皮鞋卖过水饺帮人写过信，一天写好几百直至承包了当地的清真饭馆云云。这种“文凭”对他们的未来，在海南这个一切白手起家的宝地，谁能估出它的意义呢？

有个当地小有实权的干部说：“看见街上卖饺子的大陆青年，连我都佩服他们，这些都是将来的老板、经理。”是不是老板呢？反正老孟的思想：“天将降大任于斯人，必先劳其筋骨，苦其心志……”对于中国的现代青年，也有相通之处。为了那被许诺的开放，他们已先投资了，这便是他们的汗水辛苦血肉之资。

那些东洋西洋的老板们还在观望着，然而中国人的赤子热情却仿佛是扑不灭的一种奇迹式投资，任何时候都那么旺盛，喷薄不绝。上山下乡的那一代，壮别父母高唱“昂首阔步到边疆”，已经过去快二十年，酿成举世皆知的知青大悲剧。如今又来了，跟 50 年代“保家卫国”去投军、开发石油到荒漠一样，又是大批与父母学校单位不辞而别的狂热的青春之潮。青春的投资！

朱毓追随着大陆青年遍布海岛的行踪，渐渐自我改变了她出行采访的主题。

是的，这里也是一无所有，目前所能看到的只是精神。精神的火焰，威烈勇猛赛过物质，然而又可能萎落灭熄而重新寂寞。许多大人物运筹帷幄，大工程已经开动，但目前它还不属于这些青年。

“开排档”属于这些青年。

海南真是个好地方啊！哪个地方听说过，没有粮食户口可以办营业执照？在大陆摆个鲜货摊子还不得盖五六个公章，跑三四个月，等半年？有人还要请客送礼，而在三亚街头，只剩八块钱的张建奇，买了个面盆，买五斤面粉，借了桌子，就卖起北方饺子来了。

税务局的小姐来了，说：“我来帮你包。”忙去洗手，也在那里捏起饺子来。那天只收了他两毛钱的税。海南姑娘活泼开朗，像阳光海浪一般的性格，乐于助人，早就在心里同情这般大学生。

一会儿又来一个小姐，上身穿海军式衫裳，衬着日晒的皮肤，大眼睛真像海一样的美。她和税务局的小姐是同学，说话也上来包饺子。包着包着，她知道张建奇是大学文科的学生，便说，自己在准备高考，正要请一位家庭老师，每天晚上帮辅导，一礼拜订几次也行，问张建奇“行不行”。张建奇矜持了一下，说：“这事要跟你的父母讲。”海一样的小姐说：“我自己可以做主。”朱毓在旁边问：“那钱谁付？”小姐说：“我同父母要，他们要给的，他们同意我请老师。”朱毓说：“从来没有见过，你这么大的女孩。自己来给自己请老师。海南女孩真是厉害。在我们大陆上，你这样要准备高考的女孩，都是娇滴滴的，连复习提纲都是父母抄回来。”小姐说：“我是刚从汕头转学来。那天我自己去教育局要求参加高考复习，他们也讲，怎么你父母不来。这些事，自己又不是不知道，何必要父母来？

他们反而更不清爽了。”朱毓说：“你怎么看上要请他呢?”指张建奇。小姐说：“我看他好。”朱毓不由得不佩服。

张建奇夜间谈起天来一串串笑话，可站在街头做生意却文雅自重，专心得只是捏饺子，连拉客都不干。直到人家落了座，他才说：“是要吃水饺吗?”朱毓说：“小姐帮我们拉拉客吧。我们不会海南话。”张建奇立即犹豫地说：“这，不太好吧!”真是读书人开店，儒雅。这使得朱毓很喜欢他。海南小姐好眼力，看中他做家庭教师。

谈判还在进行，张建奇问她有没有自行车，因为路不近，每天来回不便。小姐说她出来，张建奇却坚持要去她们家教。“你一个女孩子老是夜里出来不方便，再说你的父母也不放心。”朱毓又暗暗欣赏小张办事是挺有脑子。

小姐讲了一句，“你要是个女的，就可以安排在我家住。”

张建奇把头一回，朝若雅那边示意：“那，她行不行？我推荐她，更合适了。你给她解决个住处吧。”

陈若雅正给客人端饺子。她每天和椰荫饭店的另两个女孩小红、阿平挤在那间小屋的一张大床上。

海南小姐迟疑了：“她……”又说：“我请的是你。”

陈若雅也笑了，说：“你很直爽。你就请他吧。”又说：“这件衣服很漂亮。”

张建奇抬了一下眼皮，说：“人也很漂亮。”

海南小姐不好意思了，她说：“你们站了半天，口不渴吗？你们爱吃香蕉还是椰子?”

张建奇说："你口渴吗？口渴喝饺子汤。对了，你吃不吃饺子？"

海南小姐一笑跑了。一会儿，抱来了一大把香蕉和拎了椰子来。

张建奇又说："这不好吧？"

小姐说："这有什么不好？我自己愿意买的。"

小张说："你还是学生。"

小姐有些生气了，急得说："我爸妈不管我这个的！"

若雅和朱毓忙放下手中的活来吃香蕉，说："那我们就谢谢了。"

小姐又高兴起来。朱毓说："你递给他呀！请人请到手里嘛！"小姐说："摆在那里，他不会吃吗？"口气中有赌气的亲昵。

张建奇便也过来剥了一根香蕉吃。

卖水饺便是这样的。晚上一算，一晚上净赚了二十四块钱，可以负担伙食和"公费医疗"。一般比较稳定。

这时候过来一个捡破烂的老头。老头说山东话，背着捡破烂的筐。他手里提着一件女装，一封信，对张建奇说："这些是不是你们的？"

张建奇接过信来一看，果然是他的。上面的地址写的是托某工厂的一个仓库转。张建奇曾经在那儿住过。信还没拆开。赶快拆开一看，是武汉的一个朋友，也是在岛上流浪相识的，说是回去后难以忘记海岛，正在集资重返，想回来开办旅游业，等等。

小张说："大爷，您这是从哪儿捡的？"

老头指指远处街头的一个垃圾点，说："在那儿。我寻思可能是你们的。还有这件衣服。"

这衣服也是小红她们的。怪！怎么让人扔到那儿去了？

朱毓说："老大爷，真谢谢您了！"

老头说："别谢。都是在外面的。"说完走了。把衣服也撂下。他捡的那一堆破烂，大概还不如这件衣服值钱吧。是否是这些青年人诚实的劳动艰辛的生活打动了他的心？这些流浪的青年人生活在一种善意里。

张建奇说："若雅你去吗？"自然还是指当家庭教师这件事。

若雅说："谢谢你让给我。我要走，不去。"

"走？到哪里去？不在椰荫饭店了？"小张意外地说。他隐隐地感到这是和吴海嵩推荐她当"公关小姐"有关。可这明明是好意，以前若雅也说想当"公关小姐"的。那么，似乎是和那家公司的石老板有关。

小张试探道："去看过那家公司吗？在麒凤楼。据说资信可靠，在三亚已经买了不少地，办了两个厂。"那是一家正正经经的公司，老板也是正正经经的老板。石番辉，五十来岁年纪。

若雅说："办他的去吧。"

小张又说："这种职业也没有什么可虑的。老板喜欢用女孩。男人对男人总有防范心理。老板也只是嗅嗅花香，要干事的人是不会摘花的。”

若雅忽然叫起来：“你说什么呀！胡扯八道。”

小张发现她不愿意他攻击老板。他还想到这些天她忽然戴上了一副太阳镜，遮住了美丽的双眼，简直连进屋都不想摘下来。

张建奇说：“嗨！反正你要没路子，先别急着离开椰荫饭店。虽然这儿条件不好。可是安全。出去，你就很难保护自己。你们几个女孩都是这样。不是我看不起你们，在这种环境里，女孩就是比男孩危险性大。”

路边一阵“噼噼啪啪”的鞭炮忽然炸耳地响起，炸了很长时间。来海南的人首先要适应的就是这日日夜夜的鞭炮声。海南的人们喜好热闹：音乐热闹、录像热闹、讲话热闹、墙上贴的和身上穿的热闹，还要放鞭炮叫祖宗和神仙们也享受人间的热闹。

元宵节还没过完，当然更热闹了。

朱毓问张建奇：“临时户口怎么办?”

张建奇说：“在这里办什么事不能问。一问就麻烦了。我去办临时户口，说‘小姐，填张卡。’一根烟没抽完，就办好了。我们那里一个眼镜去办。他说：‘要不要居民委员会的证明啊?’人家说：‘要啊，你去取吧。’他于是去取证明。到现在还没取着。人家居委会的说：‘为什么开给你啊？我们又不了解你。’”

真正的“开排档”是炒大菜。摆三四张桌子，客来了先上茶，然后是佐料小碟、大碟、汤碗、匙、筷。海南不像大陆。等来饭菜时才上碗具。你不先摆，他生气，认为你不拿他当客人。茶都是乌龙和铁观音。即使伺候一个客，也够跑好几趟的。这些在家时饭来张口的宝贝儿子、宝贝女儿，大学时代的公子公主们，一个个跑得乐颠颠的，答应得挺热乎。“上茶!”“少个碟儿，小碟!”手忙脚乱，几个人伺候一个客也闹不齐全。然而客人原谅他们，一面还聊天，问他们“从大陆哪儿来”。

“大汉！大汉来了!”

随着喊声，朱毓抬头一看，果然是一个大汉。在夜色中，颇魁伟，只穿了一个大裤头，裸着的上身跟上了油似的发着健美的光。下面两条活力充盈的腿则长着细细茸毛。龇着一口白牙笑着，笑着亦很矜持。很独立又很愿意和人交朋友的样子。

大汉是个小工人，向厂里请了假，自己从北方跑来了。问他“为什么”、“是不是和领导干翻了”，他说“不是”。领导对他很好，厂长当年还是他爸爸的徒弟。但他说他住的那间小屋正临着锅炉房，又吵又脏，震耳欲聋，成天也不能开窗子。一开窗就煤灰盖地。大汉还有个心上人是个农村姑娘。大汉受了一次工伤，住医院的时候认识的。掏出照片来，那姑娘甜美秀气，北方女孩的高个长腿，南方似的杏眼厚唇。大汉说，他的心上人比他在京津地方见到的那些导游、翻译、公关小姐要可爱十倍，聪敏好学。可是他的心上人连城市户口也弄不到，高中毕业就只有一直在家。大汉想让他乡下的小爱人上海南岛的旅游学校。这所学校目下还没有正式诞生。

报上称道“十万人才过海峡”，也有人埋怨，那些无专长的，并非身怀绝技的人，就不要那么激动地席卷到海南来了。海南岛养活不了这么多的人，尤其是眼下“没用”的人。不过，有用没有用和时下的“人才观”似乎不全吻合。这里头有些误差量。就是说“非智力因素”，或者是“非高等教育因素”，“非文凭因素”，算不算人才素质的一个重要方面？例如说：意志、勇气、热情、创造性、协调性、黏合力、可塑性，以及种种科学仪器尚且无法测定的特异功能。

天知道人的特异功能有多少种呢？除了那些令人瞠目结舌的吞下生铁、看穿墙壁、停止钟表、意念开锁的功能。也许，那么多莫名其妙凭臆想跑到海南来的人们，在这“莫名其妙”中就蕴含着某种特异功能吧？所谓历史的敏感性也好，个人的冲击力也好，总之，他们是大陆块状结构中那些比较松散的粒子，有点儿神秘性。

大汉，肯定不属于“十万人才”其中之一。他甚至没有去“人才交流中心”填过表。大汉的爱人要成为“人才”还要靠大汉的引进开发。

然而大汉是这里人人喜爱，大家需要的人物。

他初来时，跑到三亚的天涯海角渔村旁搭了一个窝棚。用自带的钱买了几个橡皮圈、气床，守在海滩上，租用给来玩的游客。游人到天涯游泳的不多，那里不是专辟的浴场，没有淡水冲澡等设施。喜爱野趣的有兴头的又大多是和大汉差不多年龄、状况的人，根本不是财主，还要常常吃些大汉买的西瓜，抽掉两盒香烟。椰萌饭店的两个女孩有一次到天涯海角玩，乘兴下水，差点淹了。大汉把她们救了上来，还买了一盒人参蜂王浆，让她们喝了定神。

大汉成天下海，坐在沙滩晒，立在气床上漂，一身的肌肉便像健美比赛似的焕发光彩。人的性格也变得更加开朗无拘赤条条。钱没有赚上，结交了一地好人缘。渔船来往，需要帮忙，大汉便一个猛子扎下水，又拉绳子又收网。渔村里的人看惯了，小伙子没有坏心坏性，便都来邀他上村里人家的空屋子里去住。但是大汉知理懂世道。他说自己个性太强，住在人家久了会生嫌。怕麻烦也是自家的心理负担，何况住哪一家都不如在海滩上，反显得和大家都亲热。

大汉这样的自强、热心、可爱、重情谊、不滥用人，竟渐渐享有了一种类似威望的东西。

前不久，天涯海角一家大陆人开的酒家，因老板娘说话不客气，得罪了一些当地人。入乡随俗，这一点恐怕是要成为“海南人才”的第一要素。老板娘的丈夫回来后便急忙挽回，不愧是走江湖的人，有招儿。其中一招便是把大汉请到酒家去帮忙。每天收几只碗碟，摆摆茶水，听老板娘使唤，门前买几只椰子来砍开待客。活并不多，每天一张“大团结”，一月三百块工资。这对于大多数衣食无着的漂流者来说，待遇丰厚可羡。大汉架不住人家说“给朋友帮忙，都是从大陆上来的，远离家乡千里”。便去了，待了一个多星期，不过是像一个黑门神，坐在门口，嘻嘻地笑着，和他的熟人们搭搭腔。这样，那包围着竹楼酒家的火药味便淡下去许多。

这是不是一种“人才”呢?

大汉明白人家是用他的人缘，门面。情急时的一时所需。自己也不是店小二的货色。过了一周，便彼此有些不耐烦。难关过去，每天发一张“大团结”对酒家而言是一种浪费。大汉更受不了这种比大陆八小时还久的约束。时常的不见、随人下海去，然后便正式告辞走了。

大汉觉得椰荫饭店这伙人有味，便答应过两天来帮他们开排档。这里自然是拿不着一张“大团结”的，干一天凭自愿，完了吃些卖剩的小菜煮方便面。赚的二十块、四十块必须立即存银行，维持生意的本，还要交房租。吴海嵩交了前几个月，以后就要靠大伙儿。

“‘大汉’的名字是谁取的?”朱毓问。

“我们取的。”那两个女孩见到大汉来，也不拘谨了，挺乐意和他开心的。私心较少的人，生性又可爱，很容易得到这样的人缘。

那一次大汉把两个小女孩从海流里拉起来，她们回来便说：“一个大汉救了我们。”以后大汉来了，大家便叫他“大汉”。海看起来哪儿都很平静，碧绿可戏。可是里头有暗流，有旋涡。你一游到那里头便身不由己，被它拖着走。就是在大东海这样已建成的浴场内，也有海流在移动。

那天晚上便变得十分欢乐，因为大汉回来。他一面刮着胡子，一面说："像不像收割机?"

廖沁拿出了钱叫张建奇再去买烟。一会儿买回来了。廖沁说："怎么多一包?"张建奇说："是那个老头的儿子看摊，他讲'你们不容易，我按成本卖给你'。刚卖完，老头就来了，用海南话骂他儿子呢。我就拿起烟跑了。"

年轻人相通着。也许这看小摊的儿子，也在想着有一天从父亲的小康日子中跑掉。

于是一面搬运桌椅、锅碗等，一面交流信息。

"小妹子"李意拎着灌满了的两只热水瓶来了，准备伺候主顾。其实他是一个颇含刚毅和宁静气的小伙子，一点也不"妹子"，只是规格小一点，袖珍一点。蛮好的袖珍小伙子。

李意说："听说昨天有个大陆青年在荔枝沟吊死了，口袋里还有七十块钱，还写个条子，叫人家把七十块钱给他妈送去。"

廖沁说："这种人也配来海南？根本就不要来嘛！"他在洗螃蟹，一面洗一面外行地拿到鼻子上使劲嗅，想分辨是否确系新鲜的。大汉说："你得了，一边去！"大汉懂，接过来拾掇。

李意说："还带着大学文凭，说跑了几个单位，人家都说不要人，因此只有自尽。"

"文凭?"大汉伸了下舌头，表示恭敬之至，而又无可奈何、嘲弄的意思。连活下去的勇气都没有，还文凭？海南岛上现在的文凭大概比椰子树还多。软骨头，不配为男子汉！不，连女人都比他强。这儿无数的大陆女孩，有文凭的大陆女孩不也在成天地包饺子，端炒菜，亲手挣饭钱，活着笑着的吗？

"来客了！你们别光站着。请坐，请坐喝茶。"那个干巴瘦的女孩小红穿了一件宽松式绿色尼龙衫，束上腰，挺轻盈，正忙着给客人上茶。她是商业学院毕业的。人挺好强，嘴老抿着，具有南方女孩的勤快利索劲。

"七十块！"张建奇继续在说，"他怎么不给我？我有七十块要跳起舞来了。不，只要有二十块，我也会乐上天！"

李意洗茶杯，说："咳，他妈真可怜。见不着儿子，倒见那七十块钱。我妈要这阵看见我忽然回来了，肯定'心肝宝贝'地叫起来，绝不会问我带没带钱。"

大汉说："不讲他了，败哥儿们的兴。"

来了一大伙客，大陆来的，都是中年以上，带点干部派头。他们坐下了，俨然以长辈的架势打量着这伙小青年。

一个胖子摘下制帽，站起来特意走到忙着炒菜的大汉他们那儿去。他哼了一下，说："当初，我们是第一批开放海南的，你们是第二批，啊？你们是我们的接班人。"

张建奇说："你们是什么人？"

胖子说："我们是解放海南岛的啊！"

李意在弄鱼。

小红过来一看，说："李意，你怎么扒鱼皮？"

李意说："怎么？不扒皮？"

胖子他们都笑了，说：“还得学习学习吧。吃鱼哪有扒皮的？那得刮鳞。”

大汉便去刮鳞。

胖子他们脾气好，依然认准了吃这一家，悠然地以父母之心看着小儿女弄饭菜。

又一个瘦子兴致也很高，站起来讲：“你们伺候我们不冤枉。我们都是有文凭的。”他们是某省高教局开会路过的。

廖沁很文静地给他们上菜，说：“我们只看钱，不看文凭。”

这伙大陆客其实满心想和他们几个小青年沟通，表示一下“理解”，却不知为什么越说越不通。

又一个开会的站起来，悄悄向一边在拌蒜姜泥的小红问道：“你们这样干，每人每月能不能分到五百元？”

小红说，“我们总共一夜挣不到七十块钱。”

那人大为不解，或是以为小红不讲真话，退回。原位去坐下了。于是他们说：“快一点，我们还有事。”

“快点快点！”廖沁叫道。

“呼”的一下，大汉把液化气火苗放老高。火焰吞没了锅子，差点烧到大汉身上。大汉也叫：“快点快点！”

于是李意捧来切好的西红柿，往锅里一扔，“刷”！一声油响。廖沁调着鸡蛋跑到锅边，也是“刷”！小红忙切了两个青椒，扔到锅里“刷”！

“木耳木耳！”大汉喊喊喳喳地翻着锅铲叫。

“来了来了!”张建奇捧着木耳往锅里倒。

胖子们依然好脾气，说：“不容易！不容易！以前都没干过吧?”

李意哼叽哼叽地说：“我在家连碗也没洗过一个！吃饭都是我妈添。我妈就生我和我妹妹。”因为他的指头被火烫了，他一面吹指头一面端菜。

胖子们一面开始大吃，一面说：“不错不错!”

忽然，有一人吃出了沙子。接着，他们都嘴里发响地吃到了沙子。

“沙子!”

“沙子?”廖沁说，“哪里来的沙子呢?”

“木耳!”胖子指着菜碟说。菜碟已经拿到汽灯下面了。

“木耳?”廖沁说。

“啊呀！我忘了洗木耳啦!”张建奇叫道。他一头跑到汽灯下面，恨不得把菜里头的木耳拣出来重洗一遍。

“算了算了！那盘菜我们不吃了。反正还有别的菜嘛!”瘦子和胖子都这么宽慰地说。

廖沁说：“不不！这盘菜不收钱。”

胖子们一伙便都说：“我们都吃了嘛！哪能不收钱呢？没关系没关系！小同志，看看你们我们心里就很满意了。”

于是继续上，扒了皮的鱼。

胖子们还说：“好香，海鱼!”

他们吃完了，走的时候，还对小红说：“祝你们顺利啊!”

小红说："又来啊！"

大汉笑着，抱着手。

李意看着他们。这伙人迂腐而又温厚，又带来了大陆的气息。

廖沁说："小红，一共还有多少海鲜？"

小红说："可能今晚又卖不完了。"

有个本地妇女在旁边抱着孩子看了一会儿，走过来对小红讲："你们那个腿上长毛，晒得挺黑的小伙子。你叫他别坐在那儿。人家挺怕他，不敢来吃饭了。"

小红说："怕什么？他又不打人。"

妇女说："不打是不打，人家怕他啊。就是像你这样的小姑娘，出来招呼客人就好了。"

小红只好过去把这话对大汉讲了。大汉"哈哈"一笑，就站起身，走到灶那儿去了。

但是，客还是没来多少。

又来一个本地人，伸头看看。廖沁说："吃饭？海南味的。"

那人忙摇摇头。过一会儿，他问："你们这里，有没有会画画的？"

大伙看着李意。

李意叼着根烟，说："什么事？"又一指椅子，"你坐下说。"发一根烟给对方。

原来是有个宾馆想画几幅壁画装饰门厅，打听出大陆青年中有干这个的，来找了。

李意于是和他谈，叫他到家里去看画。

廖沁用眼睛看看一旁的朱毓，说：“又要走一个了。”

朱毓说：“好事啊！有本事的人待不长的。”

廖沁说：“我是希望人走。现在是吃饭的人多，干活的人少，又不好使唤人，成了大锅饭了。”

谁能想象这是在十二月份呢？

也就是说，是在旧历的腊月，一年中最冷的日子。北方人说的“不出手”和“冰上走”的日子。

可看这蓝天，这懒懒靠山慢慢偎海的太阳。还有那温热的大海。

张建奇穿着拖鞋懒懒地走着。沙滩柔软。

“你这拖鞋，太小了。”她说。

女孩儿就这样。走到天涯海角，她也忘不了挑剔别人的头啦脚啦。

这话里还有点意思，好像她想“管”他了。这，也和他以前的那位女友一样。

建奇说：“这拖鞋嘛，正好！那时，我还有钱住旅店。脚丫一热，真痒！我发现穿拖鞋正好，就把它穿出来了。”

她说：“啊！你偷鞋。”

又是女孩子的大惊小怪，她们就这样“逗”人的，其实没有一点儿谴责之意。

"瞧，花!"建奇说。

连仙人掌上也开着花呢。他这个从新疆来的孩子，到海南来第一眼看到的就是花。这里看不到落叶、灰尘、旷漠，没有十二月的枯枝败叶。

犹如牛羊、草原、蓝天和毡房构成了美丽的北疆，这儿的空间由大海和花草、椰子树构成。

宋画今，就是那个在饺子摊上认识的海南女孩，虽然没有请到张建奇当她的家庭教师，但是，小张却不能再拒绝她那种纯真的友谊了。

今天，画今没有穿那件海军式短袖衫。天气已经热起来了。三亚几乎一年到头都可以穿裙子。画今穿了一身明黄色"树皮皱"的套裙。现在，最随身最凉快的就是这种带皱的老树皮花纹一般的薄料子了。何况又便宜。这一身柔和的服装，加上她那南国女孩子的鹿形大眼睛，灵巧的嘴巴，使建奇好几次想说："你就是那一只神话里的梅花鹿"。

然而张建奇很懂事。宋画今太小。所以，他不能接受她的聘请，而要她回家去问父母。所以，他不能把她当作一个独立的、能决定自己命运的人。新疆人对家中的女儿，自己的姐妹是十分爱护的，爱护周密。哪怕是一个小小的男子汉，也担负着保护女性亲属的责任。

张建奇不愿侵害未成年的画今犹如他不愿别人侵犯他的幼妹一样。即使是在心理上也不行。画今经常爱来饺子摊上帮忙。建奇从不为了生意而怂恿她去拉客人。他包着、卖着，又好像自己是个不相干的人。谁爱吃便吃。他不想把自己搞得那么狼狈，为了卖出一碗饺子点头哈腰的。

他带画今去玩，从不去故意挤她一下碰她一把的，反而特别的庄重。有时候告诉她："头发太乱。算了，你还是干脆用橡皮筋扎起来吧。充什么大人?"画今撒娇地一哼鼻子，但总是乖乖地扎了起来，心里说："我爹我妈都不管我，你管我!"

建奇那种和男孩子们在一处时的洒脱豪放，在画今面前忽然收敛化为一种严厉，一种近乎慈爱的严厉。

甚至，连画今问他："若雅姐姐为什么忽然走了?"他也不想跟她说明白。小丫头不能太懂大人的事。画今的当务之急是抓紧复习准备高考。可现在这小丫头，大学还没进就像是已经一脚跨入了这些大陆青年的行列。她对这些寻找着自己命运的大哥哥大姐姐们看来十分艳羡，好像恨不能现在就跟着他们干。

但是，要对她负责。他们自己的椰荫饭店都快要垮了，哪能再让她心猿意马。

果然，他看见海滩拐角处的小红砖结构了。呸！小里小气的，像个厕所。但是朱毓向他们介绍过，这里虽只有两张圆桌，一个湖南女孩子和一个奇怪的老头儿经营着，生意却是特别的好，而且收入多是港币外汇。

一个日本人，自行车运动员，正全身旅行装束，带着他的洋派的自行车在桌畔饮咖啡。日本人略通英文。他指指自行车，说他是从香港一直骑过来的。

那老头一副司空见惯的样子和日本人应酬。

那湖南女孩装扮俏丽，有些卖弄式地为日本人端来蛋糕。

他妈的，他们就是一个冰箱柜，一罐咖啡，一个液化气炉子。有个村里的孩子拎了两只暖壶向这里走来。开水显然由村民供应。真会省！

健壮的日本人叉开两条粗腿，眯着眼欣赏起海湾的落日来。临走的时候他说这里真好，明天还要来。

老头儿不无得意地收了外汇券。他认出了三亚桥头卖“北方水饺”的小伙子，便对建奇说：“小伙子，看怎样做买卖吧？你呀，首先仪表就不卫生。人家看了你这条油花花的裤子，谁还愿意坐下来吃你的东西？”

老头儿穿白衬衫，且掖在西服裤里，仿佛他也是个大亨。

“嗯！多承指教啦。”张建奇起身付茶钱。在他们椰荫饭店里，喝茶是不单收钱的，因为考虑到许多大陆客只不过是歇歇脚，外乡人不易，所以暗中免了茶水费。

老头儿却义气起来：“不要不要！都是在三亚开店的。我们不在乎这一点。”

建奇把钱搁在桌上走了。画今也不高兴，这老头儿凭什么这么以优越感逼人？

但建奇却在心里暗笑，一面走，一面回头望着那个厕所似的玩意儿。接着，他好像是走累了，坐在一只搁浅已久的小木船上。他坐了很久，眼睛却不是望着海，而是望着沙滩这一面。

画今也跟着他望，却望不见什么。她嘴里嚼着凉果，一面不停地递给建奇吃。

那一排刚刚竣工的白房子，真是太理想了！

那是在朱毓采访鹿回头村时发现的。村主任告诉她，沿海建起一排旅馆，苦于无人经营，准备锁到十月。

当天晚上，朱毓把信息告诉了廖沁。廖沁约了建奇，两人算了一盘账，准赚！决定向鹿回头村把这房子租下来，连房子带沙滩。他们设想办音乐茶座、小吃。大汉可以唱，李意的画也可以挂上几张，当画廊，卖出去更好。还有，为那些背包旅游者们开简易旅馆。只要解决驱蚊的问题，可以在椰子树上拴帆布吊床。还有，海中有个小岛，可以做筏子搞摆渡……

幻想，不，狂想，使他们通夜难眠，在那个大平台上坐着抽烟。他们决定谨慎选人，首先选中了大汉。大汉一听乐了，便提出，开业后可否“带家眷”。大汉说，他的小对象准比那个湖南妞干得好。她可以一面干一面勤工俭学进旅游学校嘛。

因为大汉是骨干，能弹唱、能摆渡、能炒菜、能修房、能接电……能忠诚于朋友，所以廖沁和建奇对他“带家眷”的要求一点不反感。立刻同意，一开业就录用他的小对象。虽然她还在冀北大地烧大炕呢。

三亚市郊是贵州人集团。有个饭店，上有酒旗杏帘似的东西，写的是“天涯五味，大陆之家”。这老板是个老头儿，被人戏称“南界领袖”。老头常常谈他如何起家。

他以十二元作本，赚到了八万。干油漆，一共六个人。第一天，他说："一个人拿出两元作本。"于是拿共十二元。买了刷子和一点油漆，去给一个大楼干活。干了几天，说："休息吧。"

于是人家来催。他们讲："我们会计出差了，领不到钱，买不了料，故停工了。"

于是人家说"借"。

又干了几天，半月又休息了，说："会计又出去了，连工资也发不出来。"

又借出钱开工资。

这样一直把一幢楼干完了，拿到八万，还了欠款，无本生意就这样做成了。

也许是老头儿油漆手艺特别好，非他不行。

也许是雇主十分厚道，甚至傻。

总之，无本是可以做生意的，并且也不能说是"骗"。

总之，机会就能带来本钱。

廖沁他们手上才有两百多块钱，便要去和人家签二十万元的合同，初步和鹿回头村谈过了。由朱毓借助于记者身份介绍。

这排白房子位于鹿回头宾馆和大海之间，占据了海滩位置。试想，外宾们到此不能住到海边多么遗憾。空调嘛盆花嘛他们自己的地方就有。关键是大海！

这就无怪乎那个湖南小妞和老头儿能赚了。

关键是大海，不是咖啡。

建奇坐在破木船上眺望大海。这就是大海。这就是他在欧亚大陆的中心，在沙漠戈壁之中渴望过的大海！这就是他常常向朋友们用以比拟男子汉胸怀的大海！

画今哭丧着脸走过来。她的嘴巴怎么这么红艳美丽，鲜红的玫瑰色。只是这玫瑰汁染得太烂漫，整个可爱的嘴形变成了一块不规则的玫瑰红，像那些印象派画家的作品。

“手。”她向他喊道，举着左手的食指。

“手怎么啦?”他站起来，看见她的手指上滴出鲜血。

她摘吃仙人掌的果，染红了嘴巴，刺破了指头。一只手心里还给他留了一个仙人果。那种鲜甜酸味，肯定是他在新疆没有吃过的。她总是自豪地把海南的美介绍给他，希望他真的留在海南。

“哼！还充是我的海南顾问、导游呢！导游自己的手先叫刺扎了。”建奇说着，握住她流血的指头，仔细察看里头还有没有刺。然后，像他母亲教他的那样，他把画今的指头放进自己嘴里吸了一会儿。那指头白净了。“不疼了吧?”他关切地问她。

“唔，还能不能学吉他?”她说。

她正在跟大汉学弹吉他。大汉待她比建奇随和多了。可还是建奇对她更有魅力。现在她又一次地证实了，建奇对她并非无情。而是情深。

弹吉他?

建奇脑际里忽地映出鹿回头村那个黎族村主任的模样。

他全身装束和汉族没有两样，讲话也是汉话，只是端正的长脸形标志着黎族血统。

就是这位五十来岁的村主任，威严的一村之长，也提出了“弹吉他”的问题。

黎族村主任说：“想跟我们签协议的人多啦。大陆内地来的，湖南人，四川人，就有二十多家。香港人一年给六十万，是你们的三倍。可是我愿意签给你们。”

为什么呢？

村主任希望廖沁他们能帮助把鹿回头村的青年人带起来，学点文化，辅导高考，哪怕是学弹吉他，也比赌博强。

村主任一听他们要开文化沙龙，艺术茶座，便提出要派出工人。香港人一律拒绝村民介入，说是“素质”不行。村主任因此拒绝了他的高价。黎族的后代，不能老是给游客卖椰子开椰子开螃蟹车。

黎族也是个好强的民族，和新疆各民族一样。

建奇觉得，许多道理和人情都是相通的。

远远地，看见朱毓和廖沁走来了。他们是和村主任讨论细则问题去了。因为事情尚在幕后，所以，建奇带了画今在这儿玩，不让这小孩介入。

画今立刻把仙人果提供给朱毓染唇。

太阳已经衔在山间，就像山峦也吃了仙人掌的果，染红了一块。真的，落日带玫瑰色。

尽管晚风已凉爽，尽管这一带海滩石多沙粗，没有浴场设施，还是有一群青年男女在这里下水了。

青春的情趣会将一切化为理想。再说，那些沙白滩平的地方，焉知以后会不会拉起铁丝网来，由某个疗养院占领了呢？朱毓以记者的身份几乎跑遍了全国著名海滩。年轻人的地方少得可怜。

黄昏来临。

果然，鹿回头宾馆里的外宾和港客台胞们蜂拥而至，也许是倾巢出动了。在这不似春光胜似春光的冬夜里，为什么要憋在有空调的屋子里呢？何况那空调还常常断电，发出一股中毒似的气息。

自然是大海最迷人。

于是湖南小妞高朋满座。还有一半以上的旅游者站着，依然兴致勃勃。

两个黄发女郎穿着蜡染布裙，在放双星焰火。总是一红一蓝，或是一黄一蓝，双双发出，升在海空。

一个外国小男孩、小胖子放落地响。巨响在脚下，惊得人们怪笑。

一个外国小伙子拖着一串焰火金光灿烂地在跑。人们喝彩。

看来，这般游客们都恨不能看中国喝中国穿中国玩中国饱览中国的一切。

啊！中国，在暗蓝色的春天般的冬夜里，在茫茫大海上升起的五色焰火鞭炮之中。

朱毓回味着刚才黎族村主任提出的“文化协议”。这是一件创举。她充当中人，不拿一分钱。

在那汽灯光焰喧哗声之外，在那一圈出租的宾馆建筑群和大海之间，那个灯火幽微的鹿回头村，那个渴望着文化协议和文化的村庄，那个宁可放弃高价而要培养后人的黎头。

中国，在一颗颗不安的心里。

三亚江畔凉风习习。冥蒙中传递着海的梦意。三亚也是缺电，比起海口寂寥多了。

朱毓沿着江边走回去。她已经在麒凤楼定了床位。麒凤楼，又麒麟又凤凰。中国传统文化味，海南似乎比大陆都要浓。善财童子的画，寿星老头，八仙过海等民间玩意也保存得更多。

夜行中，朱毓显得年轻。在海口就常常有些好年轻的小伙子来招呼她。一个人换个地方，也会令人难说准她的岁数。南北方的人，肤色骨骼都不一样。

她穿一套黑白针织迷你裙。这是广州服装。虽然上面有日本商标，买的时候她就看出那假名伪造得不高明，中间竟还有简化汉字。她是喜欢其样式而买。针织裙显得她颇苗条。

她脸上的风采大部分在双眼。走起路来，不像一般女子，臀部不动，婆婆娑娑。她是有些螂势鹤步，惯于长行的风度。虽然她亦不高。此刻，她的目光带着沉郁。

听说，电视台的荧屏上，在广告踵接的黄金时间里，忽然出现过“寻儿启事”。一位大陆老母亲，窘然的面孔，呼唤道：“儿啊，你在哪里？自从你走后，我和你父痛断肝肠！”

硬心肠的大陆青年们，将慈爱父母暂时置之度外了。

也有人在寻找朱毓。虽然没有在电视里呼唤她，但千里之外，也够使她一想起来便如勾魂摄魄。

也许没有什么。也许北京根本没有挂什么长途电话来。但愿没有。他没有在千里之外为她深夜不回旅馆而伤心恼怒。但愿今夜里在海口那间她已离开的客房里，那架橙红色的电话机没有一次又一次失望地响着鸣铃。

其实，她绝不会在一个不归之夜去爱任何人的，即使是被劫持到床上去也不会。

可是，她的心为什么这样沉痛紧缩呢？这是否意味着远方那个爱她的人正在难受不堪？

现在他应该收到她发出的那封电报了。

那是在她离开海口前专程去邮局拍的。邮局现在拍电报都是排长队。似乎海南岛的气氛已经像纽约国际交易所那样紧张和一刻千金。所有的人似乎都急不可耐，认为那张八分或一毛的邮票已经来不及顶事。其实，海南岛还是海南岛，中国的恋情和公务、交易都从来不会那么速战速决和干净利落的。庸人自扰之。不扰又不平衡。

朱毓给他的电报是“勿挂念”。那有什么意思？他要的不仅是挂念，更是相会，拥抱和尽兴神交，乃至朝夕不离。

她又何尝不是呢？

天，好像快要亮了。不过这是她的感觉。手表上是两点。在海口也总是熬夜。可能是海洋空气的作用，人的精力特别的充沛。频繁地认识人，简直是人的滋味的大会餐。

难怪他怕她忘了他。

由于“开放”的预言，这块古意很浓的土地忽然变成了一个待成长的孩子，充满了骚动与潜力。

现在，这里成了一个尚未成熟的社会，一个讲话直率性情耿介带点活人脾气的社会。

一个尚可以碰碰运气的社会。

在这里，人和人之间片刻认识，而转瞬分手。如果没有“再见”的价值，便消失得杳无踪迹，即使留下名片和写上地址也没用。而如果有机缘的话，也许一个早上的饮茶，或是站在马路边稍事逗留，你竟得到热心的朋友，事业的同志，获得充实和愉快，甚至就着手干起一些事情来。这也是此地的另一规律。

在这儿，如果你想问点儿什么的话，没有人会鄙夷你的好奇心，没有人会报你以那种冷漠戒备的目光，讥诮你是“土老帽”。这儿人人充满好奇，期待着问话和搭讪，寻求结识的机会。除了打听对方的行当，学习生存的本事，也想倾吐一下在故乡旧地压抑多年的话题。人家也会尽量地给你一点好建议，哪怕是告诉你，哪一家的旅馆干净且便宜。

总之，这儿不仅没有雪，人际关系的温度也比大陆要高出十来度吧。正如大陆现在腊月要穿皮穿棉，而这里却是趿凉鞋穿纱亦无妨。

朱毓觉得，连那些海南服务员的大嗓门也透着一种人间交往的味道。她们常常是粗脚重手，敲门很响，不等回答便直冲入房。假如你还没起床，她站在床头等你起床，然后叠被，仿佛和你是一家人一样。

可是她也会性急地来敲门，催促客人快快放水，教你用大桶蓄水，以防夜间归来，一身热汗无法洗去。这时候你便感到她的真心，在这个总是停水断电，不够“现代化”的地方，这样质朴的服务员是多么可贵。你决不会缅怀大都市里那些有仪有表，却显着冷漠的服务员。

尤其是北京。冰霜小姐，很善恶言恶语，从来不坦白地回答人家的问题。一句话能把外地人噎死。在电车上，要是你没听明白她嘴里咕噜咕噜的北京腔，下错了站，她反骂你是“吃错药了!”“有病!”朱毓离开北京，正是冰雪遍地时。在车站旁，她看见空着的公共汽车故意在追赶的妇孺们面前胜利似的轰轰开过，使人感到大都市的空气是不是中了毒?人和人之间这般无端作对。

朱毓在海口住旅馆，也遇到过这“作对”的事，在这里一回屋就想换拖鞋，要冲凉，至少冲冲脚。可她发现床下的塑料拖鞋是一顺的，即两只都是左脚。这可太别扭了。

她立即把这“一顺”的鞋提去找服务员。

服务台上的小姐说：“这是故意这样的了。我们故意买这样的鞋。”

朱毓急了，说：“你是开玩笑，还是代表你们公司？我要去找你们经理！”她一急说成“公司”了。她说：“你们故意和旅客过不去，有这样的服务吗？”她以为是都市服务员的那种“恶”心理又出现了。

小姐还是很朴实很平和的语气：“是的啰！都是一只的。因为买了一双的，旅客给我们穿走啦。不是故意和旅客过不去。他穿走了房间里就没有啦！买这样一只的，人家就不会穿它上街出门啰！”

这样合情合理的解释真是叫朱毓讲不出话来。她提着那双拖鞋又回到屋里来，就这么顺一只别一只地穿着它洗衣服、冲凉。一面想着，假如是正常鞋自己会不会也会穿它上街出门。这鞋是男式，太大，难看，她不会穿它出门。但是在外面倒是看见不少大陆人穿了拖鞋，显出比海南人还要“海南”的洒脱劲。因为大陆带来的都是冬鞋，到这儿可湿热得难受。

旅馆的这种做法虽然古怪，无章可循，初闻很幼稚，但其实体现了一个经营思想。与其损失拖鞋，或是让服务员成天去盯住旅客出门穿鞋，发生正面冲突，不如用这釜底抽薪的方法，使房间保有拖鞋，且使旅客自觉。

旅馆的拖鞋随着大陆的“人才大军”东漂西流，对此，旅馆不发表什么义愤和抨击，反谅其常情，并又以常情治之。这倒也是一种颇见实效的管理方法呢。

朱毓每天回来，穿着那双别扭而又内涵如此丰富的拖鞋，心里总有些哑然失笑。

这双别扭的鞋，说明了大陆人潮，说明了大陆人需要换鞋，还说明了海南人的聪明：既接纳他们，又不能让他们穿走自己的鞋。

就在这家旅馆里，朱毓接到北京的长途电话。“他”一听到她的声音就怒不可遏：“你到哪里去了？你每天晚上几点才回来？你不要以为我不知道，服务员都告诉我了！……”

服务员都告诉他什么了？

“服务员说你每天晚上都回来得很晚……”

哎呀！这是什么时候？他挂来了长途电话，碰巧她不在，那个热心的服务员去“帮”她讲话了。这些人也太爱管闲事了。好像是她的姑子一样。怪不得早上她起身准备出门，那个来发手纸的服务员瞟了她一眼，说：“你还不回去吗？你爱人打电话来叫你回去。”

想起他居然从千里之外依靠这里的服务员来控制她，朱毓满腔怒火。

“你打长途电话是来关怀我的，还是来监视我的？”

“我顶风冒雪，到现在连晚饭都没吃，跑到电信大楼排队等着给你挂长途，你说这种话？”

他在电话的那一头也怒不可遏。

她想到此刻北京的寒夜，而自己正穿着跳舞回来汗湿了的“树皮皱”纱裙，心里软了半截。但是，他太不理解人了。她忧虑地想到将来……

差距。现在才是一点地理位置，南北纬度，海南岛的夜和北京的寒冬之夜就有这么大的差距。她感到北方的寒流简直从长途电话里往这儿传。

为什么流浪？

流浪远方，流浪……

和椰荫饭店的人混熟了，便一起夜间步行去大东海。在沙滩上静眺夜景。

外国人放鞭炮，烟火彩星在海的上方绘制着图画。大汉对她说："朱大姐。"这是他的北方叫法。北方他的家乡对青年女性都以"大姐"相称，犹如海南的"小姐"。

大汉说："朱大姐，可以问你一句话吗？"

她说："什么话？"

大汉就唱起来，就唱了这么一句，有韵有味的："为什么流浪？……"

若雅他们都笑了。朱毓也笑了。她笑大汉的善解人意，拿那个台湾三毛的歌来比她。她自认为并不像三毛，就像大陆不像台湾。她有大陆的内涵。但在这里，比这一句倒正着。

虽然比起大汉们来，她是一种高级流浪，有旅馆住，有出公差的证明和费用。可她心头的滋味正是"流浪"这二字。因为她不想那个"归"字，也不愿去想。何日归？归向何处？

他们相恋一年，她尝尽辛辣。

他最近刚刚上诉离婚。因为他一直希望"私了"，和平解决。可他那个过去几年动辄以"离婚"相要挟他，时常弃孩子于不顾的老婆，一嗅出他有“第三者”的味道，便立刻不离了。死活不离，扬言要“收拾”他们。

已不知幸福为何物的中国人，是以别人的痛苦为替代物的。

朱毓向报社要求出差海南，行为上怎么标榜都行，“开发”啊，“事业心”啊。可是心理上她知道，是逃避。是逃。“第三者”，咳！谁是第三者？在她的深心里认为，那个成为别人爱情的障碍的人，才是真正的第三者。婚姻应该朝爱情方向调整，而不是反向调整。

他在长途电话里说：“法庭还要拖延。”

“为什么流浪?”朱毓怔了一下，看着大汉。脑子里闪过了“他”那痴情而苦恼的面影。京城，正是黄尘蔽日的春绿。

她心情很烦地刚回来，很牵挂他。他在电话里却说：“你玩得够高兴了吧？跳舞痛快吗?”

是去跳了舞，就因为想他并不痛快。怎么啦？做了贼了？他那语气好像是逮着什么了。

在家里住着时，那邻居，那个拖儿带女的娘们，借故她儿子有心脏杂音又走关系生了一个，成天在家歇班抱孩子，炫耀她多生了一个。那个娘们曾经夸奖过她：“瞧人家朱姨多光鲜。没结过婚的人，脸上就是有一种光。”后来，她和他走得密了。她一出门，那娘们就往她的脸上看。找那“光”呢。那娘们还在她家阳台上，成天盯着她什么时候来客，什么时候走客。那娘们向她炫耀过：“半夜里醒来，我们这个楼口的六层，哪一家开门关门我都知道。各家的门不同，门上钉了块铁皮的声音都有别。”和这种娘们住在一个门洞，真是被活活地剥夺了许多东西。朱毓恨不得她在不抱孩子的时候会由于东张西望从阳台上掉下来。

她为他受了多少气。他倒来给她气受？

在那遥远的地方，严寒的地方，他好像也受那娘们的传染了。语调里就有点怀恨，怀恨她的性格，怀恨海南的开放的空气。

她并不是一块速溶的咖啡或是奶粉。她也并没有和这里的处处融洽。她正担心自己可能在哪里也达不到融洽。他却那么不信任她。

几个外地记者，女的多男的少，很热情地拉了她去跳舞。再三地说“请”，等她赶到那个大众舞厅的门口，他们已经进去了，没有给她买票。礼节的疏漏，实已令人不快。朱毓怀着见识一下海南舞场的目的，买了张票入场。

果不出所料。那些说是要把海南之滨建成“好莱坞”的豪言家，实在是脱离了20世纪的现实。即使豪言家真的有几个亿，几十个亿，那么海南的这种文化，这种空气也是难以变成“好莱坞”的。

偌大的一个舞场，起舞者几乎寥寥。这是一个低档舞厅，门票只要两元。乐队奏的曲老跑调或是多出半拍子来，让你脚下犹豫不决。

只是饮料全是罐装啤酒，不含糊的高价。

几位记者喊住了她，还是很热情。他们其实也不太会跳，也是到海南来学“开放”的。不料到了这里。一看海南人仍跟多数中国人一样的不善于跳舞，便大为不满起来，说“真土”！

朱毓坐了一会儿，听见乐曲还比较热烈，便拉了那个灵秀些的女子起来跳，她自己跳男角。舞场很宽绰，她跳得很随意，把那女孩像陀螺似的转来转去。两人玩得挺悠然自得。

等朱毓回到座位。便有一个戴眼镜的中年人过来，微哈了腰，说：“小姐跳得真好！等一会儿，我们老板想请小姐跳一曲。”朱毓便说“可以”。眼睛随着他的手势看去，只见一个身材略瘦小却很精神的典型的南方男子坐在那边向她示意。

音乐再响起的时候，老板已经走了过来，很洒脱地一摊手，朱毓便站了起来。两人轻快地走到舞池边。老板伸手接住朱毓的手。朱毓也把左手搭在他肩上。一对很娴熟的舞伴便旋风般地转入了舞场，扫得那几对磨磨蹭蹭不知所措的舞伴像落叶似的败下阵来。

舞者的喜悦是难以形容的。不管怎样，女人跟女人跳总是闷闷不乐的。或是跟一个不怎么样的男人跳，那也感到无可依从，强如受罪。想不到这位老板确是一位跳舞高手，全身的弹性，乐感极其的好。一跳就知道功夫匪浅。老板姓杜，自云“50 年代就是海口的跳舞迷”。可是现在转遍了所有的舞厅，没有遇见过朱小姐这样适意的舞伴。

苏联歌曲《山楂树》，旋风似的华尔兹。杜老板托着她轻快地起伏、转圈、大步、摆腿，姿势十分舒展。朱毓很喜欢这种有活力的跳法。她的步子也很有弹性，全身放松，腰部极其敏感，使杜老板带起来轻若浮水。

曲终归位。杜老板眼睛放光，连声赞美朱小姐。记者同伴们也衷心羡慕。杜老板是华英公司的老板，那是一个不小的公司。朱毓只希望领略舞中的乐趣，正如她不希望杜老板来了解自己的由来一样。跳舞这种纯正的乐趣，舞中的和谐，绝对像罐头一样需要密封。跳舞正是为了忘却尘世的纷扰，何必要把尘世的纷争带入舞境呢？

杜老板也是个深得其奥妙的人物。在舞池中，除了在一个惬意的旋转或一次默契的停顿中，他喊着“妙啊，真美！”其他什么话也不说，什么也不问。不愧是一位会寻乐的老板，可想见他的生意也是做得很精当的。杜老板带着朱毓占领了乐队前面的地盘。有时候他伸出一只手指向乐队，教训他们：“错了错了！”显然他在这里不是屈居人下。

尽管杜老板因为得着了合意的舞伴，指责着大众舞厅里的乐队、座位以及一切，但他还是每曲必舞，跳到了最后。最后，他便邀请朱毓次日晚赴“望海楼”高档的舞场去跳。朱毓望望那伙朋友，他们都很热心地说“去”。朱毓感谢他们相陪，便点头：“去。”

第二天下午，朱毓的心情已经改变。因为当天夜里回去，她便听服务员小姐讲，有她的北京电话。一股负疚的心情油然而起。尽管她用不着负疚。主要是他的处境令人担忧。一点儿不正常。在这样的时候他会要求她也发着愁。虽然这有些无“理”，可是这却有“情”。

然而下午三点钟，杜老板的使者，那个在舞厅里充当介绍的中年人就先光临了。他是来问朱小姐晚上几点起身的，因为杜老板委托他驱车来接。朱毓才想起来，等会记者朋友们来了，一辆轿车是坐不下的。她此时多么的不想去了。今晚一定不愉快！反而破坏了过去的愉快。可是那伙朋友来了，杜老板的汽车也来了。她像一个被租赁出去的舞女，违心地上了车。

杜老板已是西装革履，全身黑色，唯西服衬领雪白，头发也做过。在望海楼那激光迷离的舞厅里，他坐在两个青年女子中间，喝着可乐。看见朱毓她们进来，他很高兴，但是没有站起来相迎。旁边一个青年女子忙起身要让朱毓坐，朱毓忙推辞了，坐在杜老板的对面，离他有三个空座。于是那帮朋友们便都落座了。

杜老板用一种傲慢的眼光扫了一下伴随朱毓来的人们。然后，他掏出一把“大团结”，叫那个使者再去弄饮料。朱毓顿觉尴尬。可是她的那些伙伴却很高兴，一会儿，就各人啜吸起一罐来了。

喝着饮料，朋友们情绪颇佳。乐曲一起，他们就怂恿杜老板和朱毓跳。朱毓此刻感到自己被当作交换品一样，便说：“我先坐坐，没进入乐曲呢。”于是杜老板便和他旁边的一个青年女子跳，因为他已经站起来了，不能为了朱毓的拒绝再坐下去。他对朱毓的亲切敬重消失了，似乎，朱毓到这儿就不该拒绝他。

当杜老板和朱毓跳起来的时候，头天晚上的愉快又回到他们之间。那种舞池知音对周围的无视，那种共同进入境界的超炫耀的炫耀，又使他俩的情绪都正常起来。尽管那个蹩脚的歌手把“山丹丹开花红艳艳”吼得很难听，他们自己仍是跳得很舒服。舞池小多了。坐着的人们一下子都注意到他们。

当他俩舞到那些陪伴者的桌前时，正是探戈，动作很大，很舒展，她的朋友们忽然鼓起掌来了。杜老板的眼中又露出那种傲慢的光。朱毓刹那间不可忍耐。这些人为什么这样露骨地给杜老板捧场？多让人瞧不起！杜老板一定想到了他们共花了多少钱的舞票吧。

朱毓很恨跳到那个地方去。他们坐着，一面饮着，一面在等她跳过去凑趣。

杜老板似乎有些明白，带着她总在另一个角跳。那边灯光暗。朱毓这才有些放松。她穿了丝绒旗袍，为了配得上“望海楼”，也是一种礼貌。杜老板说：“这衣服很好！”换身装是对的，否则人家都修饰了一番，自己就显得太不识体统。

探戈音乐在一个结束的鼓点上弱下来。他们停住了一会儿，然后放开手。这是礼节。可是在放开手的时候，杜老板眼光忽然波动。“妙啊！”他轻嚷了一声，用右手捏了一把朱毓的左胳膊。

一切的美妙，跳舞的感觉消失了。

杜老板坐在轿车里曾经向朱毓表白：“我纯粹就是喜欢跳

舞，没有别的意思。我们家庭三个大学生。弟弟妹妹都是知识分子。我孩子和老婆都很好的。”

朱毓想起杜老板那一口被烟熏黑的牙。

丝绒旗袍上被他捏过的那一处有特别糟糕的感觉。

他们还在吸饮料。看见她和杜老板归位，竖起了大拇指，很热诚地说他们“跳得太好了”。

一切都不对头。

朱毓说“累了”，便不再跳。一伙朋友都用惊疑的眼光看她。她不和老板跳使人扫兴。

那夜的难受直延迟到散场。走到台阶下面等汽车的时候，杜老板的那个使者，本来很毕恭毕敬来接朱毓的那个中年人，已自挎着一个年轻女子走了。杜老板出于礼节，还等在朱毓的旁边，要送她回家。一大伙朋友也等着，等着坐杜老板的车走。

朱毓感到杜老板的嫌弃已经到了毫无掩饰的地步。另外，他似乎本来是有意携另一青年女子走的。朱毓自己虽已和他弄得挺僵，可是人家自己的生活是另一回事。她便说：“杜老板，您自己先走吧！我们人太多了，等一等车子。”

杜老板匆匆地去了，没有再说“再见”。缘分已尽，本不必深交。只是结束得有点“掉价”。而一大伙朋友还在等着她怎么把他们弄回去。

朱毓很不高兴地回到了旅馆。

她忽然想起一个词——“开发夫人”。她怀疑在舞厅桌旁坐的那两个青年女性是不是杜老板和那使者的“开发夫人”。因为她们始终不跳舞，也不会，却一直相伴，并且有喂杜老板喝饮料的动作。过去抗战的时候，有“抗战夫人”，因为家庭离散，暂时安慰抗战的志士。现在开发，也是很紧张耗神的。许多有能力的男士在这里也需要安慰。暗娼太下作，又有传染病之患。那么，一些依附力强的女性便充做了“开发夫人”。反正她们绝不会回大陆去与结发夫人夺位子的。

她在对别人生活的理解和对自己的自持中，慢慢地睡了，睡梦中什么都没有了，真宁静。

海口真是一个纷扰的世界。

海南，无鱼不成菜。饭馆里都卖海鲜。甚至，打边炉吃火锅，涮羊肉也涮海鲜。

不过，老板仍是爱叫“海鲜餐厅”，此种叫法，仍是打动大陆人的胃口。

先付钱后付钱心情完全不同。

吃完再结账，顾客心情从容舒畅，对于服务有一种感谢，好像是被人家请客一样。即使等待菜饭的时间长一些，也不会发火。

如果一来就令出钱，买牌易食，便会性急不愿忍耐。

海南吃饭，没有让人站着等甚至排队的，是客都能坐下。小姐们也没有架子。端完菜，会拉一把椅子坐下，就在那里和顾客大声谈笑。顾客说，要招她去工作的，她就直爽地问多少钱，然后在那里算。老板和颜悦色的，也不管。看来，他控制雇员并不是靠监视或威压。

不知道为什么，在朱毓听到许多大陆人讲海南“落后”，她自己也饱尝了办事效率之慢的滋味后，她仍是处处发现着海南人的心智。难道这些都是不值得一学的吗？

至于效率和“落后”，恐怕不只海南。海南也并非其中之最。何必用那么严厉或者说是美妙的眼光来要求这个原来被置为死角的地方呢？

海南是块好地方，只凭这里没有那么强的压抑感和莫名的紧张感，只凭这里洋溢的热情和想象，就是好地方。美室安我身，美境安我心。

华丽的棺材只是安放躯壳之地，而朴素的大自然才是灵魂飞翔的天堂。

海南纯朴得就像大自然一样。

朱毓每天来这里吃牛腩饭，喝酸菜鱼头汤。小姐们都视她为熟客。茶钱，一天收，一天又不收的。海南人不喜欢刻板，赚钱，也不从这些刻板处赚的。

同桌上有两个小伙子，要了烧鸭、鱿鱼，三四道菜。大口地吃着饭，一声不吭。朱毓感到这沉默是为着自己。两个小伙子穿着很是洒脱豪放，长得也很壮实英俊。

看着这两个人明明是买卖人，却懂得尊重女性。怪不得人家讲，广州人眼头是最精的。什么来路什么身份，有几斤几两，广州人一下就能看透。因为他们见世面多了。

朱毓便在好感中先开了口。

于是她认识了小林他们。

“我是从很高掉到很低的。

“我还小的时候，我妈妈哭得最惨的一次，就是我爸爸死啦。我爸爸死后不到一个礼拜，人家就来拆电话。我妈妈讲，为什么这么快？等过些日子再来拆不行吗？人家说，等多久？我妈讲，起码要过‘三七’啦。我们广州人死，要讲‘三七’，你懂不懂？他们不管，就把电话拆啦。我从那个时候，就知道一个人要靠自己。人在人情在，人一死茶就凉啦！

“在五指山卖裤子时，我自制了一个大广告牌挂在脖子上，像斗人一样。人家很奇怪，怎么现在还有游街的？围拢来看了。牌子上没有写牛鬼蛇神，写的是‘大减价童裤每条三元五角’。”也许童年深刻的印象留在脑子里，对父亲的怀念忽然这么奇怪地表现出来。他父亲被斗过。

那个高个子他是农场的了。“到广州在我们家住很久。吃住都像一家人一样啦。这次出来，他总帮我做事，洗衣服。我告诉他：‘你不要帮我洗衣服，否则人家看不起你。’他还是洗。他洗三次我就要帮他洗一次啦。要不人家说，这是个大爷高高在上，好像我和他是两种人了。那我受不了。”

“我帮他洗衣服。人家说：‘哎呀，你怎么帮他洗衣服，还洗里裤？’我说：‘怕什么？都是男人嘛！’他帮我洗衣服人家没看见。我帮他洗衣服人家看见了。我说：‘看见了才好。’他听见，心里很温暖啦。处世做朋友就要这样。”

“我们在广州不出来跑买卖时，也很好的。喝茶吃饭，很高兴的。在外面，要是谁的家中有事，他说：‘怎么办?’我们说：‘回去啰！你不回去我们都要叫你回去啦。钱不要紧。干完了，回去我们一起分。你困难，我们少一点，给你多一点。我们少一点不过是少一两顿茶钱饭钱，几百块钱算什么钱？加起来给你就是一千多块钱。你有困难这样就好了。’”

“我们在一起，吵架都是为了工作。好比他讲要去三亚卖，我讲去通什。但想的都是怎样把这些裤子卖出去啦。别的没有什么要吵的。”

“我们和你在一起，不是因为你是个名人巴结你。是因为你随和。从来没有见过这么随和的文化界的人。”

“‘做惯乞丐懒做官。’现在你要我当一个小厂厂长我都不干啰！写一封家信头痛两天。我现在每天想的就是怎样把这批裤子卖掉，在哪里卖？哪里凉快些？我们互相开玩笑。好比我说他的裤子一条值一千块。他说我喝醉酒只怕我妈妈。其实他连我妈也没见过。太阳晒得很热。工作一天是很辛苦的。那样严严肃肃的干一天太累了。”

“老板的儿子也和我们同行，年龄最小。我经常对他讲，男子汉决定一件事情要有胆量。错了就错了。我们这里经常应该拿主意的是他。老板就是他爸爸嘛。我讲，‘你只要敢干，就是做亏了几千块一万块，学到了经验锻炼出来，你爸爸拿钱让你学到了做人做买卖，是值得的，他也会乐意的。不要这么老不敢拿主意，回来还是草包一个，那就白扔了几千块钱啦。’”

“老板的儿子刚丢了五千块钱。丢了五千块钱就要想死？你还这么年轻，有几个五千块钱挣不回来？不要把自己看得这么不值。这还算个男子汉？五千块钱算什么？

“一件事情开始了就要把它做到底，因为如果你开始了，不做完它那个心里就会不平。我妈妈讲我，什么都不好，就是这个牛气好。好比我们卖这裤子还剩了几包拿回去，那人家不说我，我自己也不好受。我怎么样也要把它卖完了的。一个人做一件事不做到底，人家会看不起你。所以你现在办报就要办成功，头破血流也要把它办成了。”

朱毓讲自己想办一份报纸。有一个人老跟朱毓捣乱。因为他也想办一份报纸，但是他的信用声誉不高，没人理睬。“任他争嘛！他本来是一个小人，再跳也是一米高。你本来就有两米的基础，你怕他那个一米干什么？好比一盘菜叫上来了，你吃多半盘让他吃一小点。下一盘菜又送上来了，还是你吃多半他吃小点。何必不让他吃呢？把他激起来，他把你一盘菜打翻了。你还要去再叫一盘岂不是要费力气？做大人物就要容忍啦。等你干出来以后大家都承认你，他就不敢与你争啦。这个道理我讲给你好像‘班门弄斧’，做人的关键就看这个‘忍’的分寸啦。要不卑不亢的。”

“当你有什么想不通的时候，你就找一个厕所蹲下，直蹲得你的腿疼。这时你就有一点想法，知道人生什么都得要忍耐一下了。太相信人永远是一个笨蛋。相信七分的人已经是太相信啦。”

老板的儿子因为丢了钱想不开，急得想去死。同伙的人都安慰他：“在温室里成长的人根本上经不起风吹雨打。我认识你，我都知道我错了。你说是不是？受得了风吹雨打的人才是好汉。”这样激他的话，反而使他一下子醒悟了，不再说什么寻死。

夜里他们出去逛，享受一下夜气的凉爽。走过来一个盛装的女郎，挎着一个西装革履的老头。“你看，像不像椰子壳？像椰子壳一样油光光的，像上了一层油。”老头的脑袋上一根毛也没有了，在夜间也格外醒目。

“这种女人，‘国际码头’，什么船都可以泊上去的。”

“我一个人在海口等他们的时候，有一天，一个女的敲门进来。我问她是谁，她说，她是服务员。我说，服务员我怎么没有见过你。她讲她是四楼的。我说：‘有什么事吗？’她说：‘先生很闷吗？要不要打牌？’

“打牌就打牌。打了一会儿，她把大腿搁在我膝盖。我说：‘他妈的，去去！什么货色！我还没结婚呢。’”

“天下只有两种人，一种是骗子，一种是傻子。好比我们就是骗子。说什么大减价不要成本了，其实那个成本早在里头了。你就是傻子。”

朱毓说：“那我们之间是什么？谁是骗子谁是傻子？你们请我来坐在这里喝晚茶为了骗什么呢？”

朱毓想他把自己说得太坏了，又说：“你们搬运扛大包坐船过来，也是劳动。挣一点是应该的。当然，嘴上讲得好一点夸大一点多赚一点。但是劳动是主要的。骗的是小部分。总还是卖了一条裤子，人家买了可以穿上的吧？所以你们多数靠劳动吃饭，也骗一小部分。连劳动带骗，光骗是不行的。”

“我们和你们的差别就是这一点啦。我们看见的就是骗的这一点。你们看见的这总是一条裤子啦。你们懂得多。但是你不愿随身带一杆秤，到处买东西都称一下。所以你仍是要被骗。”

“黑颈，他是从‘黑颈’那里出来的人。‘黑颈’你不懂吧？就是我们广州人讲‘黑脖子’，乡下人。他出去了，该回来了。”

外出的去通什打听行情的一个人终于回来了。他就是那个“黑颈”。他们五个人中唯一的乡下人。所以，汇齐了的四个人分外地担心。

约定的时间已经过了一天。又到了中午吃饭的时候，坐在那家“海鲜餐厅”里，四个人和朱毓同桌吃饭，小林的眼睛始终盯着雨中的车水马龙的路。

小林就是那天朱毓在这家小饭馆吃饭时，同桌搭腔认识的。他们是从广州来海南贩服装的。

几天来他们总在这家待客和气的饭馆里聚首吃饭，边吃边聊。晚上没有事他们便像一伙兄弟似的陪着朱毓逛海口市。逛东湖、南湖，到大酒楼吃茶点。这一下总算改变了朱毓夜不出门的半封闭状态。

她一个人夜间在路上走，常常会有人向她喊：“喂!”她不理，有人就成伙地哄笑她。似乎她在装正经。因为她一个人，穿条裙子，两手插在裙袋里，东张西望，摇摇摆摆地走路，还喜欢走那些灯光幽微的地方。她意在舒散白日的闷热思虑，可是在别人眼中竟会意味着这么多别的意思。

朱毓在大陆上那种鼓励女人打天下的环境中长大。如今来到海南，处处被恭称为“小姐”，自然颇舒泰。可是，女性色彩渲染过度，又常常感到，不如让人家还是当作“男女都一样”的“同志”坦然了。

海南小姐不那么势利。年轻的姑娘们经常一面端菜一面和吃饭的客人大声说笑起来。有时拉了一把椅子坐下片刻，老板也是允许的。她们大都很爽朗。

小林，就是广州人当中最初结识朱毓，并且一直和她讲得最多的那个小伙子，长得帅气，他自己说是“南北杂种”。他的父亲是部队南下的一个山东大汉，母亲是漂亮的广州姑娘。

小林没空去和饭馆的小姐搭腔，除了很熟练地喊着“小姐”叫人上菜添筷端料。他似乎有很多话要跟朱毓说。他很想让朱毓知道他和他的伙伴是怎样的人。

但是现在他沉默了。从昨天晚上他开始变得唠叨，老是看表。今天一早就没多少话。中午，饭快吃完了，虽然大家都吃得很慢，在暗中等待着那个去通什的人回来，但终于又结束午餐了。小姐已拿着账单过来结账。

忽然小林从座位上跳了起来。那个外出的细高个“黑颈”出现在门口。小林拦在门口，伸腿就是一个绊子。“他妈的!”两个人嘴里骂着，在饭馆的门口空地上互相绊了一阵。吃饭的人们和系围裙的胖师傅都看着这奇特的亲热。

坐下来了。他们并不问候，也不表白想念，更不责备。只是小林一面骂骂咧咧一面回头叫小姐：“上茶!”叫胖师傅：“来半斤烧鸭!”

细高个儿低头喝着，吃着。额前头发如草，面色比别人黑了许多。他也不解释，也不诉苦，只是低头吃饭，夹烧鸭。他们团圆了。担心了两天的他没带住宿证明，没带外衣，都一句不用问了。明天他们可以放放心心地一起高兴上路，去文昌卖裤子了。

朱毓心中发出一阵悠长的“呵”，她羡慕异常。一班做生意的找钱的自称是“骗子”的人之间，有着这样深厚诚挚的情谊。他们比她认识的一般文化人要高和美！他们不孤独。

小林对她说：“我们那里的老太婆讲‘桑德拉’，她们说‘山卡拉’，就是那个山沟沟的意思。好玩不好玩?”

是的，好玩。

然而小林忽然想起了，他说：“你不是要回去等电报吗?”对了，朱毓便起身离开了这伙重聚兴奋的兄弟。

当天晚上他们没有如约到海鲜餐厅来吃饭。

观——观看展示。

“物大然后可观，故受之以观。”

“观”，是展示与仰观的意思。

说明观察不可幼稚，应高瞻远瞩。

说明观察应有主见，不可盲从。

说明应观察民情，了解民间疾苦。

说明应当观察自己的行为，检讨反省。

说明在上者时刻都被瞩目，不可掉以轻心。

朱毓用一枚硬币扔了三次，用六个面进行占卜，然后翻看那本《白话易经》，得到了她的卦，就是“观”。

这是一个研究生教她的，他手头正好有一本《白话易经》。那个研究生一面使劲叫人相信，一面也想通过多人试验来提高自己的信念，他就住在朱毓楼下，是某个公司的留守办事人员。远离大陆，独守空室，正寂寞得无奈，又不能像别人似的自由地去流浪观光，要守着那间房子和电话机。在海南早找到工作也有坏处，一下子就拴住了。于是坐在那里每天希望来人找他算命。算命玩儿。

“咱们都到东方县去淘金吧！听说，东方县的宾馆现在生意可兴隆啦。那里晃来晃去的全是些彪形大汉，梳大背头，上身光着，吹冷风的日子也不穿衣服，就要那劲儿。淘金老板一走出来，就两个夹一个，坐上车嘟嘟开走。知道吗？那是保镖的。说是那些淘金的个体户都急了，因为成天有许多人围在旁边等着。那些业主一炸山，土块崩下来，大家就扑上去抢。咱也背个麻布口袋去等着。咱是打过篮球的，准比别人都能抢。

只要抢中了一块含金的，那咱就盖楼啦！”

每天在那屋里算完命就这么瞎吹着。

朱毓也在那屋猛吹过一回。反正听的都是一些天涯海角人，听完就散。

“我想，在海南岛办个东方迪士尼。咱们不叫迪士尼，叫个中国的名儿，中国的滑稽大王自古不少。总之，大游乐场，其中仙女妖魔，咱们‘西游’、‘聊斋’、‘封神’就不少了，还有什么《牡丹亭》《牛郎织女》《精卫填海》《夸父追日》全用国货。西方人游乐还讲究恐怖刺激，什么地狱幽灵海盗外星人机器魔王。咱们的恐怖也超过西方。这也是一种文化。恐怖乐园。那些老外，拉家带口的一进去，立刻冲出一队革命群众把他们捆绑吊打，没收金戒指及一切。刹那间妻离子散，坐喷气式，隔离审查。叫他们父子夫妻互相揭发，比做忏悔还要厉害。完了睡到半夜，广播声大作，叫他们立即起床紧急集合排队游行欢呼最新指示……”

说到这里人们已笑得乐不可支。一种事情既真实又荒诞，既可痛又可乐，既严肃又幽默，似乎，在想象里显得更清晰。海南能给人狂想的力量。在这里他们反省着大陆。当然对于海南人，这儿也是大陆，但对于大陆人却似乎不是。

海南，这块肥沃的绿荫的阳光充盛的土地，这块土地将要自由和公平得像大自然本身一样。只要是劳动者创造价值者便能享有他的创造。

无数青年和中年男女单身跑到这里。目前，在没有做事之前，这里像一个俱乐部，狂想俱乐部。

妈妈，你未曾去过那里。

那里没有冰封雪冻。一片蔚蓝，一片白沙。

椰树亭立，绿翠遍岛，

我要急急地前往。

我只合到那里去，

在那里自由地寻觅，飘摇。

陈若雅拎起来时的小包，悄无声息地离开了椰荫饭店。大家都希望她别走，都不明白她为什么不愿去亚美公司当“公关小姐”。另外两个女孩子还因为吴海嵩介绍了她，没有介绍她们，而在生气。吴海嵩直接说人家“没那素质，干不了”。小红和阿平气得暗下决心非找一“公关”的职业不可。

现代公关难道是全凭长得漂亮吗？关键是要有一股子可爱劲儿，机灵。她们到外面去许多男的也都讲她们很可爱。吴大哥实在太偏心。

陈若雅自从拒绝去公司后，次日便去买了一副宽大的太阳镜戴上了，甚至进屋子也不摘，性情也变得不爱理人。原来大家叫她“小姐”，是因为她人品清灵可爱。现在叫“小姐”，就含着些难以理解的怪癖。若雅自己也感到，在这个坦诚的大家庭里藏着隐私难以和大家相处下去。

大汉曾劝她：“为什么不去攻关？”他喜欢改词。他说“攻关”比“公关”更准确，因为在海南要打开关系就像攻克堡垒一样。大汉说：“你放心，亚美公司的石老板我知道，看起来风流，其实是个文化人，有贼心没贼胆的……”若雅又是叫他住口，一个劲捂耳摇头。

大汉说：“还是别走吧！我看了许多地方，还就是这儿的空气最好。别图那些跑买卖的花钱容易，好打交道。你一个女孩子闯江湖可比不得我们男的。你要离开这里，恐怕你的‘那位’也不放心。”

肺腑之言也留不住若雅。提到她的“那位”，又是一股幽怨升起。她的大学男友是位才子，考上了“托福”，正忙于出国，春风得意，大概已难以与她分担理解这流浪的苦衷。

若雅毕业后分配不理想，到一家师范去教书。她最擅长的是口语。语音、反应都很好，仪态又居上乘。这样的资质去教书，连老师都惋惜不已。所以她闯海南来了。

她未来的婆家也在海南。男友黄弗彬，海南文昌县人氏。那是一个文宪名邦，出过中国的三个皇后，出过近代史上成百名将军，至于商贾学者，更是覆盖南洋和大陆，难以胜数。据说就是一个做饭的厨师，也到过非洲。

这个县一反中国“父母在不远游”的保守传统，崇尚驰骋天下。父母以儿女远行为荣。子弟也格外聪颖好学。出生在这里的黄弗彬要去留洋当然是顺理成章的事。在文昌县，儿女走得越远，家里放的鞭炮越多，乡邻们越是敬重羡慕。这都是若雅到海南后听人家说的。

小黄在出国前要回乡辞行，两人约好在文昌县聚首叙别。若雅便先行了。

冥冥大海，茫茫宇宙，为何独独赋予若雅一股幽怨之气？她正青春年少，质地美奂。可是，在她的心头飘荡的那一股被遗弃的滋味和恐惧，仿佛命定似的侵害着她。使她琴音低哑，眼波黯然。

若雅自幼资质秀慧，受人羡慕。可是她的内心却从来没有完整过。

为了挣脱这“被弃”的感觉，她搏斗着。因而她没有一般漂亮女孩子的那些弱点：虚荣、懒惰、依赖，等等。她以优异的分数毕业。凡是和她接触的人，会发现她的内心极为谦和、礼让，对于真情万分珍惜。

来到海岛，她变得欢乐。在海边大家都像无家的游子，大家又都像是海的女儿，亲如姊妹兄弟。若雅终于舒了一口气，忘记了那刻骨铭心的被弃的自卑。她不在乎眼前的窘迫，不在乎卖水饺，不在乎找工作的希望渺茫。她是多么感谢海岛，感谢给了她一个家的吴海嵩、张建奇、大汉他们。甚至男友黄弗彬即将出国，也不能再使她沮丧伤感了。

海浪拍打着岸，每天早晨把数不清的海螺、小贝壳、海石花、珊瑚，数不清的美丽送上岸来，交给爱海的孩子。海的礼物是无尽的，就像生活。而在海的深处，还有多少更美的珍珠宝贝，在那蔚蓝中隐藏。

若雅和小红在天将欲晓时起床，跟着大汉、张建奇他们跑到海滩上去赶海。为了抢夺海水下映得斑斓生辉的一块未知物，她们总是被退潮的海水返回打得半身湿透。

当大家聚在海滩上比赛谁捡的最好时，若雅捡的总是又精彩又有味。除了众所公认的鹿皮斑贝、大海螺，她还捡一些叫不出名堂的玩意儿。有的像一对小鹿角，五色交错。有的像无数小菊花织成的圆石。

同时在大海边拾遗，大家不禁对这女孩子的才情另眼相看。她总能从你走过的海滩上又发现出令你喝彩的东西。

当太阳跃出南海，若雅不禁感到自己的生命也跃出了大海。

他们总是摇摇摆摆地哼着歌回去：

天上的水在流，地上的云在走，

啊姑娘，你何时跟我走？

他们就是这样唱的：天上的水在流。

临离开椰荫饭店那个晚上，若雅独自站在大阳台上思量。大汉过来，关切地说："休息吧，你还没冲凉呢！反正，有事你言一声。"

大汉走了。若雅默默地羡慕他的那个小爱人，那个乡村小丫头，她有一个男子汉。大汉还说，等他小对象来了请若雅指导外语。而若雅，她敢说，她并没有在自己的身边见过男子汉。她的父亲不是。她的男友，看来也不是。

朱毓在第二天听说若雅只身离开的消息，心中为这柔弱任性的女孩子担忧。她一下子想起了生活中的种种的偶然性和海南热闹中的不安感。

在海口，和那伙广州客人小林他们的分别是猝然和悬心的。朱毓和他们相处虽只是三四天，然而朝夕相聚相伴于无家的异乡，同茶共饭，谈了那么多痛快的话，又目睹他们四处奔波卖裤子的生涯。朱毓和他们已有了手足姊弟般的情分。本来以为还有一段时间的盘桓。

小林他们的忽然离岛，使朱毓满怀惆怅，深感海南的生活变幻万端，忽然得到的也会忽然失去。

那天晚上，在海鲜餐厅没有见到他们来吃饭，朱毓自己饭毕，莫名地有些惦念。因为小林他们像些初生之犊，所说的"老练"都是表面的。心气旺得很，遇事不会拐弯的。有一天他们一齐喝早茶的时候，两个家伙对着朱毓吹了声口哨，小林就气黑了眼，说："他妈的，要是在广州早就揍他！"敏感纯净的青春血气，互相看看都会打起来。这种情况，朱毓完全可以理解。自然，对于书斋里的人们，真是不可思议的野蛮。

果然已经出事。小旅店里他们包的那间六人房里，靠墙堆放的大包货物已搬运光。小林已搭乘下午的轮船过海。只剩年岁最大的老罗带着"黑颈"，老板的小儿子，几个人在屋里关着门玩牌。桌上是几张大饼。显然他们没有去饭馆吃饭。

那伙打架的人还在旅馆楼下游转。朱毓从那家旅馆里出来的时候，门口游转的人还着实盯了她几下。

老罗讲，不会的，他们一般不打女人，尤其她的身份像是官方人。不过，朱毓的后背还是发了一阵怵。她说次晨七点来送老罗他们走。但她到达时已人去屋空。老罗他们不会坐门口的“大巴”，可能天亮前就离开了。但他们可能会以为她胆怯了。不，他们也不愿给她惹事。

老罗讲，打架的事端在那天中午，就是“黑颈”回来的高兴的那会儿，就已经发生了。当时朱毓还在。但是她事后使劲回想，自己竟一点感觉没有，没有嗅出半点火药味。老罗讲：“小林一个劲儿老要酒，我讲不要不要。就是那时候，服务员不知道听谁的话。那时候小林就有了要打架的意思了。”

“为什么?”朱毓惊问道。

“喏，他进来的时候，”老罗指了一下“黑颈”，细高个依然沉默着，“我们大家不是高兴了一阵吗？小林上去绊他的脚了。就在那个时候，对面墙角里那张桌上的人用本地话骂我们。你不懂。小林要你赶快回家去听电话，他是想等你走了以后再打。”这，朱毓当时也没感觉。

朱毓从这里知道了，在她出入的地方，在她的耳朵眼睛鼻子能感觉的范围之外，还存在着另一个世界。这个世界多变而风险。

后来老罗他们拉住了小林回去，可是那伙找事的人追了上来。在海鲜餐厅门口，小林站住了，讲：“算了吧，朋友。”可是那个人上来就是一拳。小林被迫还手。他长得又高大又灵活，打得那人冒水。这样老罗决定先把小林送走，大伙运完货物，再在次日回广州。

“回去怎么办呢？还有这么多包货。”朱毓说。那些裤子本来是要在文昌、陵水去卖的。

“回去不告诉老板，只说天气不好。”老罗低着头抓牌说。

“你呢?”朱毓问老板的小儿子。他穿了一件粗花呢西式外套，愈显得稚气。

“我不会讲的，”老板的小儿子说，眼睛又看了一遍同伴，“只怕他们谁讲出去，我父亲要怪我。说他们不讲有道理，你是我的儿子你也不讲吗？当然他要发火。发火就让他发啦。”

老罗说：“是人家先来打我们，也不是小林的错。就是讲了，老板也不会怎么样的。我们老板很讲道理，平常都是和我们一桌子吃饭的。不过是不愿意让大家担心，以后传出去，那些家里的老妈、老婆，又要着急害怕啦。”

就这样他们转瞬消失了。

头天，还在一起其乐融融地饮早茶，和小姐开玩笑，要着凤爪、鱼丸子。小林还给她要了肉粥，说：“你喝你喝，这个粥是我们真正广州大师傅烧的。”

头一天，朱毓夜行时还视他们为有力的保镖而感到轻松愉快。而现在他们比她还要不安全。

还有，舞场上的那个杜老板。在激光闪耀的舞厅里他的彬彬有礼，他的高妙舞姿，他的喜悦和恳切，殷勤和慷慨，以及他的骄矜，和他的放肆。他捏她的那一把，好像至今还麻木着，被排斥在她的总体感觉之外。

朱毓离开海口奔向三亚，仍然是重复她的老调，即形式上是进取追求，本质上是逃避。不过，人类的活动意识也许本质上就不该分那么清楚。要是没有压抑也便没有追求。

一种焦躁使她忽然把若雅出走的事看得很重。其实“十万大军”在海岛上漂来漂去，流转寻找自己的运气，若雅也是“沧海中之一粟”罢了。

朱毓又收到了北京寄来的快件信。他为她大概已研究了现代中国邮政。那么厚的一封信中全是诉苦和对她的不信任。他说：“你知道我过的什么日子吗？我每天每天不能入睡。而你倒好，在那儿有说有笑的，还去跳舞。你干些什么你自己明白！”

“自己明白”，这句话激怒了朱毓。

吴海嵩给这姑娘找了工作。大汉他们都感到欣慰。

这些萍水相逢，路上捡到的女孩子，进了椰荫饭店这个家，男孩子们觉得对她们负有责任。很多该女孩子“靠边”的事儿，就不让她们沾。叫她们在家里干些洗洗涮涮的事儿。出外营业，从来都是搭配的。有男孩子在场，人家也不敢随便乱来调笑搭腔。

捡来的女孩子。小红就是蹲在饺子摊边带他们捏饺子，到吃饭时吃了一碗饺子，到天黑收摊时，就帮着端面盆回来了。

阿平是小红从街上领回来的。

若雅是背着一把吉他走来要水喝。大汉他们就叫她弹。一弹一唱一耽误，就邀来住了。

这些女孩子真叫人为她们担忧。椰荫饭店肯定要垮台，男孩子们去种蘑菇养鹌鹑帮人看船干什么都行。可这些女孩子，跟她们处惯了，连冲澡的水都帮她们提上楼去，照顾惯了，总怕她们没法处理自己保护自己。动不动她们就掉眼泪啦，就不吃饭啦，脸冲着墙啦，半夜站在阳台上不睡觉啦，事儿多着呢。真让人想不通，她们一个个是怎么跑出家庭，漂过海峡来的？

可能是一种青春的勇气。

现在一旦安定，那本来的娇气怯弱又全都出来了。

廖沁常常打趣地说，椰荫饭店得坚持到把这几个女孩儿“嫁”出去。

可是女孩子们如果真的自己找了“婆家”，男孩们又变得十分警惕，多疑多忌。

小红和一个广州客来往了几次，回来讲要跟人家去开舞厅。大汉他们便十分反对，一致认为广州客另有居心。这个家对人有一种无形的约束，它总是海岛上一块最实在最放心的地方。吴大哥和大汉他们是唯一能商量大事的亲人。小红终于没有去。虽然心中念念不忘，嘴上也不敢再提。

若雅听到吴海嵩的介绍后，十分高兴。想不到她的工作问题是最快解决的。同时她又有点歉疚，因为她来椰荫饭店资历是最浅的。

她一个人悄悄来到麒凤楼，在楼下徘徊了一阵，便毅然直登五层。

公司的接待室很阔气。写字台上的东西，一看都不是国货，不是日本也是香港来的。那电话机也是雅洁的乳黄色，多功能的。

若雅正想向坐在那里的一位小姐问话。那小姐是个小巧的海南女孩儿，正低着头专心致志地在信封上贴邮票。她已经贴了一大沓。

隔壁的门忽然开了。那牌子上挂的是“总经理室”。一个中年男子匆匆走出，走到那小姐桌前。他说：“先别粘了。给我要一下这个电话。”然后，他转过脸来，看了一下刚才他匆匆中未细看的若雅。

若雅站在玻璃门口。

刹那间双方都有屏息之感。一种轻微的但深刻的震动。

“小姐，您找谁?”中年人彬彬有礼地说，并把手向接待室一摊。

海南小姐也站了起来，表示礼貌。

若雅却惊得说不出话来。“不，我找错了。”她转身匆匆地下楼去了。

啊，那一张脸，那一张她想从记忆中剜去却永不能剜去的脸。不知道是由于儿时的印象，还是从母亲收藏起来的照片中，她总在怀恨着思念着这张脸。

他曾把她抱在手上，他曾亲过她，无疑的。

他将她弃于“无父”的位置。他还抛弃了随他患难多年的结发妻。

他改了名字。她的父亲叫石文锋。

石总经理看着那匆匆走下楼梯去的少女，那背影酷似一个人。不，岂止是背影。她的鼻梁那么秀气，又带点西洋美的高隆流畅的线条，她的嘴角敏感，抿着说不完的话。只是那双眼睛，更大更有生气，四周围护的睫毛也似乎更浓黑。

她像他的初恋人，他的前妻。

“她来干什么的?”他问秀爱小姐。

秀爱在那架多功能的电话机上讲了几句，刚放下话筒，对总经理说：“等一下，他们挂过来。”

“刚才来的是谁?”总经理又问。

秀爱一笑。她知道老板见了漂亮的女孩子喜欢问长问短。

秀爱说：“我也不知道。她还没说话，你就来了。”

“噢!”石总经理又看了一眼楼梯口。

楼梯口空空荡荡。

吴海嵩外出归来。

吴海嵩带了人去荔枝沟谈种植蘑菇的事情。这么大一伙人，得有块土地来养活比较踏实一点。买卖上的事情毕竟还有点玄乎。

吴海嵩原来是这样的，毫无那种一目了然的银幕式的气质。中等个子，戴副眼镜，目光拘谨，只是比一般人更固执，像个书生。背微弓着，像大多数久经重压习惯于重压的中国男人一样，但在那微弓中又似乎含着爆发力。使人感到，这微弓不是一种僵化的妥协，却是一种迸发的准备动作。

含胸的男子比那些气宇轩昂的男人似乎更令人可信。

这种人智力都是中上然而个人生活却往往连一般人也不如。这种人的思虑中从来不包括自己的仪表和舒适。他们对生活什么都不要，又似乎要得比别人都多。为了要干事，他们把一般人的信任和爱戴甚至依赖剥削看得比生命还重。仿佛他们天生就要当拖斗车，拉起一帮人跑的。什么时候斗空了。没有人依靠他们，他们反而会感到茫然。

50 年代这种人很多是标准的好男子汉。

60 年代从“红卫兵”头头到知青大家庭的家长，这种人身上的英雄主义、侠义精神和“乌托邦”色彩更加鲜明。

然而他们的结局都是悲剧。

往往最恨他们的是那些他们负载过的弱者。

他们最后一无所有。既没有自修得一门外语又没有占住一位标致的姑娘。

他们中一些觉悟者喊出理想失败要学“自私”，其实也没完全弄明白。

他们中的大多数人眼见得时代转向，人人趋利，以往崇尚过的理想好像在和现实背道而驰，连以往的忠厚品格也不再算一个有价值的数。于是他们沉默在自己生命的失误中。

朱毓想不到，在 80 年代海南岛的全方位开放中，还会见到这样的人物，乌托邦英雄。他们曾用善良的愿望铺设了一条使整个民族通往地狱的道路。

盲目地崇拜群众，以“群众”为神圣而自己为奴仆。有谁敢说一句？其实许多时候群众也不知道他们要什么。要“大锅饭”吗？开始的时候不也是满心欢喜地拥护的吗？而现在厌恶“大锅饭”吗？也不见得那么清楚，不是许多妒才红眼病又出来了吗？

朱毓属于经过若干反思的“老三届”，深感到要有一条冷静到冷酷的情理来规范有着七情六欲的人们，包括领导和群众。

吴海嵩很文静地向她点头，与她坐下，准备娓娓细谈的时候，朱毓忽然冒了火。好像是这个文静的克己的青年干了什么大坏事一样。

她说：“我一直在思考，你辛苦经营这个大陆之家的动机是什么？是想在海南岛拉山头吗？搞自己的哥们儿，想控制人？你这么宽仁忍让，这儿都成了收容所，究竟有什么野心呢？”现在海南岛的四川人已自称“川军”在街上贴大红帖要举行信息串联，而湖南人也自称“湘军”挺进海南。人们在飘零中只要找到一种依托总是欣喜万分。不过最后的较量是素质的较量，而不会是什么川、湘、滇、黔的较量。

吴海嵩听她发完了火，依然很沉静的说：“我没有什么野心。这里租下房子来本来是我们几个先来的落个脚，然后看情况办点事。没想到我出外奔波办事，这里就滚雪球一样的带来了许多人。有来的有走的。当然，我回来也是为了整顿一下。

许多人并不是准备在这里干的。”

“那你给陈若雅找工作，人家不干，把人家逼走是怎么回事?”朱毓又有意虚张声势地说。

“恐怕不是那样的吧。去石老板那儿干没有什么不好的，我现在还这样认为。他是三亚唯一有资信的外资公司，也在干一些事。再说，谁也没逼谁，陈若雅恐怕有些事不想让我们知道。”吴海嵩很敦厚地说着。他对朱毓是有一些耳闻的。

朱毓看出他清晰而实在，便微微一笑，说：“你知道吗?我一到这儿，就嗅出些当年我们知青大家庭的那味儿。那是悲剧性的味儿。凡是这种大家庭的头儿，都是悲剧角色。”

吴海嵩说：“我也很头疼这个问题。在这里我年纪大一点，他们什么都爱来问我，也许是有点依赖性了。不过，在海南这种地方，要想把人控制住是不简单的。起码的一条，钱。跟那些公司大老板干还跳槽呢。我算什么？估计，我们这里很快要散了。”

朱毓说：“散了好。”

麒凤楼的餐厅在七楼。三面开窗，三面环水。下面是三亚江、江桥，和远远的海湾，鹿回头那高踞于山巅的轮廓清朗的雕塑。景色是采得十分好。在这样的地方坐着吃饭是永远不会腻味的。它把人从下面那个嘈杂的噪音世界里解脱出来，升华到了海、山和天空之间。

怪不得古诗上说，“窗含西岭千秋雪，门泊东吴万里船”。一间屋，一座楼，可以衔历史，通地理，使人融化于漫漫岁月和渺渺空间之中。这就是文化感。

上了一道鱿鱼。每天吃海南味甜腻了的朱毓要了蒜蓉辣酱。

“吴海嵩，你在这里。”一位仿佛港客似的中年先生走进来，带着位窈窕的小姐。小姐可谓“小”矣，好像只有十五六岁。海南小姐特有的娇小玲珑而又线条齐全。

中年人满面含笑转问朱毓，练达地伸出手：“这位小姐是……”

朱毓站了起来。吴海嵩做了介绍。亚美公司总经理石番辉先生和他公司的小姐秀爱。秀爱顺顺地笑着。她面孔黝黑，眼睛大而鼓，像梅花鹿，美丽，又有天生的痴情。

石老板从握手中感到朱毓机警而坦然。

“秀爱，是我的秘书也是我的干女儿。我非常喜欢女孩，可老婆只给我三个儿子。”石老板显然钻研过公共关系，善于制造人情味的气氛。并且，他非常准确地把握住了朱毓打量秀爱的眼神。

秀爱并不妖冶，白色丝绸长裙。飘带和泡泡袖都带着十足的少女味。要是她那头浓黑的头发不烫而是自然直披，就雅了，朱毓想。她看出秀爱十分聪敏，在知识女性面前十分收敛，不由想指点她一下。

不过，这样可爱稚气的小姐，待在日理万机的总经理办公室里，只是一朵白玉莲。听说，石老板十分能干，连文字工作，从通信到协议全是自己下笔。小姐一共有两个，石老板待她们有如娇女，只是接电话，管收发，陪客人等待石老板耽误了的约会等。但她们工资甚厚。显然，秀爱并没有大学学历。

陈若雅为什么不来呢？就从认“干女儿”这个事的角度看，石老板既很得体，又富有纯中国式的伦理之情。看他给秀爱夹菜，大声呵斥，确实是一种慈父情怀的流露。朱毓听说，石老板有两个儿子都在这个公司里工作。有家室更是德行的担保啦。若雅为什么不愿加入这个亲密的幼辈的行列呢？

“石老板，你有了海南小姐可以对付本地，你还应该有一国际小姐可以和外商打交道。”朱毓有意无意地说。

“懂外语的小姐，吴海嵩给推荐了一个，说得我很高兴。等了好几天，不见来报到。听说不愿意干。她要什么条件，可以来这里当面谈嘛！我石番辉不是小气的人。我爱人才。听小吴说，这位小姐还是我家乡的人。那我一定更得照顾了。对不对？好嘛，让她去海南岛别处去碰一碰，这个机会不是到处都有的。”

石老板有些伤了自尊心的感觉。

“公关小姐”已经成为海南的热门货色。各企事业无论是国家资本还是独资、外资，都大言不惭地宣称他们需要“公关小姐”。笼统的理解是年轻漂亮、仪态大方、会打交道、人人喜欢、可以作为尖锐枯燥的斗争中的润滑剂，“可口可乐”似的，甚至可以出奇兵达到用正式谈判不能达到的目的。这一进口的洋货，某些方面和中国的人情味，“买卖不成仁义在”，以及无处不弥漫的家庭气氛似有某种投合。但对于一个年轻女孩子来说，又是与传统文化观念乃至中国式现代观念相悖逆的。

就是中国式的现代观念吧，一个女性应该自立，和男人一样靠血汗和脑力吃饭，而今却还要添上姿色风度女性魅力。那些瑰宝即使是精神会餐也只能是属于丈夫的私产，现在却靠了它来混工资吃。独立的中国女性现在连仰丈夫鼻息都以为不屑。大陆上“妻管炎”已成为社会公德。而今“公关小姐”却要把对丈夫都舍不得给以柔媚顺从体贴领会的眼神手势丰姿奉献给老板和老板的客人。另外，劳动的价值不是按照死的定例，而是根据不同老板的年龄喜好脾气等来确定，仿佛整个人格的价值、存在、收入都随着老板的好恶而浮动着。这种个性化太强了的职业，评价也是不稳定的。

要说到“公关小姐”的实战威力，目前在海南恐怕还是雷声大雨点小，基本上还是花瓶性质，在交际场合出来斟茶摆果的。另外，即使她们真有这业务素质，她们的那一套妆裹和丰姿恐怕在为男士们怡悦的同时，也使他们戒备。因为中国男人从来把做事和玩是分清的，就像把老婆和狎妓分开一样。目下，到海南来的人资金都来之不易，一次失误就可能失去立足的根本。都是不见真神不烧香的。而“公关小姐”则一点不能被人看作是真神的啦。反之，更容易被男士们的信息机制分析为“糖弹”和“尤物”，岂不糟糕！这是文化的问题。

此外，还有中国国情的复杂，有儒教的正统，有马列的正统，有老派人尤其是掌权人看得顺眼的标准，也有新潮的标准。一位年轻的小姐，要她既像共产党员又像电影明星还能和外国人融洽，那真是要有外交家水平。难为！

石老板身材修长，肩宽腰细腿直，面部又是江南人的精细优美的线条。他自己说是当了右派去井下背煤二十年，所以身体比文人好。在江南文化的基础上，大西北给他增添了诸多雄性魅力。他抽着细长的香烟，漫漫吞吐着云雾，暗中欣赏着女记者关于公关小姐的即兴议论。

有深度的女人才是有魅力的女人，才能调动一点他压抑的情愫。对于他这岁数、这经历，男女之情的享乐必须有文化的加入才能通体痛快。右派下放并没有根除他的风流性格。相反，失去了事业去到底层反使他更放浪于形骸之外，并且见识了许多非文化层的可爱的女人。直到今天人们还认为他的前妻的离异是一种政治悲剧。只有他俩知道，即使在下放的境地中，他在感情上也是享有优势的。一个女人不畏苦难却没有得到忠实的报偿，这才是前妻带着幼女最终离开他的原因。其实那时候“文革”都快结束了。

她皮肤如果白净一些，这张脸就会很美丽。如今是黑了些并有雀斑和日晒斑，但这掩盖的美丽却蕴含了魅力。魅力，谁也不知道是为什么并不漂亮的人常常有它，而标准的漂亮角色却常常一星点儿全无。这仿佛荒莽的美，蓝天的美，比花儿更令人神往。

一朵花儿它有什么啊？它有幽深吗？它有莫测和浩茫吗？它有洗涤和净化感吗？它有变幻和沉静吗？

石老板是个要花也要大海的男人。

朱毓感觉到在石老板彬彬有礼的言行中，有一种急于倾谈和沟通的激情。

石老板说，何必在楼下订床位呢。这麒凤楼的五楼已全部被他包了，打开一间住就是。洗澡用水也方便一些。

朱毓谢了他，愿意搬家。石老板说，自己也是个文人，当老板不过是代人理财。董事长在香港，引进一些外资。如果钱花得好一些，还可以再多要一些。他不过窝囊了一辈子，想利用这“开放”做点事。尤其对文化，兴趣不衰。

一种中年人才有的含蓄的信息在他俩之间传递着。

秀爱小姐一会儿已经取来了五楼一间屋的钥匙。

两万元打了三分钟。

最欢乐的是小楼上的服务员小姐们。从“鹿回头”的峰峦上空打出的一团团焰火，虽然每一炮之间隔的时间太长，并且全是红绿黄白四色的菊花状，星状雨丝，比起朱毓每年在天安门广场夜空见到的，真是单调和有限得多。然而，由于它上升在山峦大海之间，映照着三亚江的大桥，桥上扶栏的人们，桥下的水上人家，海湾中静憩的渔船，这焰火变得异常的神奇美丽。这焰火的美妙使人想到“鹿回头”的神话，想到海岛的魅力，想到神秘的希望和来来。

朱毓的心情和那些欢呼一声接一声的海南小姐一样，轻松愉快，充满新奇。

可是主楼阳台上，茶点宴前的老板们却似乎都没有陶醉。

这场短暂的焰火就是三亚市各位老板的捐助，表示一点元宵节的庆意，由政府部门主办，委托海军部队特选了“鹿回头”打炮的。

阳台上的各企业代表都着西服打领带，仪态庄重，忙于应酬，显得心事重重。桌上的西瓜、香蕉、橘子都十分肥硕，然而大部分没动，只嗑了几粒瓜子。嗑瓜子可能有助于人定神。美丽的礼花带给他们的感觉似乎是沉重的。他们大多数只在心里惊讶了一声：“就完了？三分钟，两万块钱。”

然后，他们就计算着自己的投资以及昨晚在电台播送中的名次排列。有人满意，有人不满。

这场短暂的礼花表明了目前三亚市还没有出现什么暴发式的大老板。大家都很谨慎，又很实在。既不吝啬，也不会为虚荣热闹付出太多代价。这都是中国老板。

海外投资怎么样呢？

别看三亚海滩上走着游着躺着的外国人多，要说到投资办实业，目前还真是“恋爱的多，结婚的少”。

阳台上端茶摆茶的是大东海宾馆的小姐们。她们一律的玫瑰色裙子，白衬衫，面目清俊，个头比一般海南女性高。在裙装上她们又每个人都挎一条宽条子，上面写着服务的字样，像几天前活跃在海口街头的大陆人体广告队一样。朱毓不禁惊叹，海南这些老板学习新东西是真快当。从石老板的身上她就看出，这般中年奔赴海南的人大多半生坎坷，无奈蹉跎，所以人进五十，还有这个劲远离大陆来折腾。

这拨人阅世颇深，有一种内在的冲力，且大都性格开放，某些部分还没有老化，对行情和女性都同样敏感。他们也在为自己的性格寻找新天地呢。

一个成功的男人，女性的青睐完全是这种成功的直接转化，甜蜜的转化，也是对他的成功的承认——温柔的承认。

对男人来说，成功，也许比年轻更重要。

而对于女人，则要求又成功又年轻。

大东海的老板向石老板敬烟，抱怨着几天前他的一个小姐随家庭迁赴香港而离职。

“我光是为了培养她就花了几千块钱。我原来指望她待几年，把这些女孩子带出来再走。你看看，现在像什么话？宾馆里的客人经常直接跑到我办公室来，要这要那。这般女孩子，连怎样跟人打招呼都不会，摆一双筷子都不合格！”

石老板说：“这问题是个隐患。你好不容易把人培养出来了，各方面都熟悉，顺手了一点，她就要走。”

朱毓说：“那秀爱也要嫁人的。公关小姐也得有自己的幸福。到时候她宁可丢工作不能丢爱情。对吗秀爱？”

秀爱在桌旁忸怩地笑了一下。她的笑容里是认可的。她今天晚上的穿着更像个小家碧玉。那些穿正规服装的大东海小姐仿佛都可以当她的娘娘了。那些人听说是从深圳广州聘的，而石老板却宁愿就地取材发掘真正的海南小姐。

秀爱虽然长相活泼却性格稳重，含而不露，尤其是不爱用嘴巴表态，却用神情表态，真是风韵平增。对于石老板这样一个性格奔放的中年男人，秀爱的这种表态方式弄得他心急，有时简直颠倒了主仆关系，由他围着秀爱转去弄明白秀爱的心里话。在这种时候石老板很像一个焦灼的追求者，而秀爱像个矜持佳人。

朱毓不禁感到这小姑娘很有潜力，有前途。像秀巧的五指山一样，她有很深的蕴含。

“秀爱不会那样就离开我的吧?”石老板自慰地看了秀爱一眼，说着，“当然，我不反对我公司的小姐们结婚。我的条件是结了婚把丈夫带来，也在我们公司工作。男随女走。我们公司的这几个小姐，失去一个，对我的损失太大了。恐怕雇几个男的都代替不了她们。她们现在已经基本掌握公司的各个联络渠道了。”

夜空早已恢复了灰蓝的暗色。三亚桥上扶栏仰望的人们业已四散。螃蟹车又在奔驰轰鸣了。

高阳台上被邀观礼花的老板们准备离开了。又是一番握别的寒暄。大东海小姐们站成一排在楼口送客，颇有一点仪仗队的排场。

朱毓和秀爱还在吃着瓜子。她们在等石老板。

石老板匆匆地回来了。

刚才，人家传达给他，楼下有一位小姐求见，说是由别人推荐给他的“公关小姐”。石老板兴致勃勃地离席而去。朱毓心中猜测：是不是若雅去而复归?

石老板上楼来却脸色沮丧，还夹着几丝恼怒。他说："吴海嵩这人是怎么搞的？他给我推荐的小姐，情况介绍是很好的。我是相信他的眼光的。说是各方面超过我的秀爱和小玲她们。还说来了可以带带秀爱她们。刚才一见面，完全不是那么回事！"

朱毓暗自吃惊，说："她叫什么名字？是说吴海嵩介绍来的吗？"

石老板说："好像叫红什么，我也没听清。因为我根本就不想要她。"

"什么样子？"朱毓说。

"瘦得像根竹竿，穿条小喇叭裙，戴着太阳镜。太阳镜是晚上戴的吗？不可思议！而且，讲话也很不文雅。我已经告诉她，改时间再谈。她一定要我今天晚上表态。我说，小姐，在我们公司里工作是不许戴太阳镜的。真没教养！"

朱毓非常诧异，说："她的头发多长？"

石老板说："剪得像个男孩子。我看她要穿一身男式夏装可能还合适一点。还穿牛仔裙。穿起龙袍不像太子嘛！"

秀爱也用表示意外的眼光看看朱毓。因为刚才朱毓正跟她讲，小吴介绍来的那个小姐气质很优雅，待人柔中含刚。

"这可能是弄错了，石老板。"朱毓说，"吴海嵩推荐的那个女孩子是不错，我见过的。的确。"她用目光扫了一下排队送客的仪仗队小姐们，"在今晚这些小姐中没人能赶得上她的气质、仪态和教养。"

"可是她明明说是吴海嵩介绍来的啊。"石老板咕噜着，一脸不理解的样子。

"因病速归。"

朱毓拿到这份电报，谢了服务台上的小姐。小姐正好奇地盯着她手中的电报。麒凤楼是港人投资的饭店，开张不久。以后，小姐就不会再那么好奇了，会老练，表面礼貌骨子里势利。

朱毓忽然讨厌起他来。什么病？一个大男子汉，不管人家在千里万里之外办事多么辛苦不易，总拿他的感情来缠。再说，回去又能怎么样？没有本事解决问题，回去光让人家白受牵连。

是不是他最担心的事情发生了？她的内心深处真的在变了？

刚刚跟石老板谈妥了，办一份公共关系方面的报纸。石老板已慷慨解囊，表示资金由他出。

她讨厌老当被人指派来指派去的记者，她讨厌老是纠缠不清的"第三者"的角色。

她想换口新鲜的空气。

清晨，窗外是"鹿回头"山景。少年射鹿，鹿回头变成姑娘，永远和他相伴。一个螃蟹车司机告诉她，本来，在山下大海里有一块珊瑚礁，酷似梅花鹿。那才是真正的"鹿回头"。那只鹿硬是跑到了那里，跃入碧海波涛，见少年穷追不舍，又不忍放箭，于是在海中回首，才化为少女。事情就是这样绝处逢生的。现在的雕塑搞在山顶上，作为旅游，倒是一高高在上的广告，但其中的滋味，传说的境界便少了一个层次了。

朱毓感到这封电报犹如射她的箭。她会回头吗？还是仍旧做一只梅花鹿？自由与爱情显然相忤，正如鹿和人。

紧挨窗下，是摆满了瓜果菜蔬的一条小巷摊贩市场。

忽然，太阳升起来了，金光万丈。海湾和江水的颜色为之一改。“鹿回头”的背景换了。四周波光粼粼，充满活力。三亚真美！三亚包围在奇光异景之中。三亚，是人们踏进大自然怀抱，走到天涯海角，触摸亚龙湾的原始般的清纯，领略宇宙，领略悠远的一个入口。

来到三亚，意味着出发，而不是回归。

来到三亚，向往那海阔天空，感受到创造和被创造。

朱毓仿佛看到，山峦上的鹿雕像离开了少年向前奔驰，挣脱了脉脉温情跃入波涛滚滚之中。

敲门声响了。细心的秀爱不知又来关照什么。石老板是个激情和粗忽的人。当然，也许粗忽后面正是他的精细。很多的地方都由秀爱小姐来补充了。

“请进!”

进来的不是秀爱却是一个瘦瘦的女孩。头发剪成童式，太短。穿了上下一身尼龙运动服。尼龙在广州已被淘汰，就像手绢已被一次性的香味小餐纸代替。这使她像个未长成的中学生，虽然个子比秀爱高，但各种女性的线条尚未完备。人们见了这样的女孩，便会自然地把她们叫作“小丫头”，黄毛丫头，而不是“小姐”了。

女孩淡眉淡眼，小鼻子小嘴巴，好像刚哭过，瘪着嘴，不知所措。

“朱大姐，”她说，“朱大姐……”眼泪又掉下来了。

“怎么啦？怎么啦？来来！”朱毓上前拉她，抚她的肩，让她坐在床上，“什么事？告诉我。”

这是小红。椰荫饭店的那个女孩，给她煮过方便面的，干起活来挺麻利的。

“吴海嵩骂我了。呜呜！他们都不理我了。呜呜！呜呜……”小红大伤心起来，趴在床上大哭。

朱毓似有所悟。她去盥洗室拧了洗脸毛巾。递给小红，“来，来，擦把脸。什么事大不了的。你一个人离开爹妈都敢跑到海南岛来了，还怕什么？不理就不理，连家都离得了，还离不了他们吗？‘此地不留爷，自有留爷处’嘛！来，说给我听，什么事？吴海嵩怎么骂你了？”

小红听了这几句迎头上来的宽慰，抬起头来。她说：“吴海嵩说，我冒充他的推荐找石老板，打着他的旗号乱干。还叫我‘滚！’呜！呜呜……”又哭起来。

朱毓明白了，心中一阵好笑。

“那么，你冒充了没有？”

小红抬起头来，倔强地说：“没有！没有啊。我昨天，不，前天晚上很早就回来了。不信问阿平。”

“那他们大家又为什么不理你呢？”

“他们就是看不惯我。我喜欢和外面的人接触。人家也喜欢我，经常叫我出去帮忙什么的。他们因为我为自己找门路，每次我去外面回来，都讥笑我。”

“那就错了！大家都是在等饭吃的，谁不想找工作啊？他们按兵不动，还讥笑你？”

“他们就是这样！”小红得到了支持，开始擦干眼泪，人也坐了起来，“他们对我就是有偏见。其实，我干的事比陈若雅和阿平都多。我的脑子也比她们快。可是我不明白，家里的人为什么总认为我比陈若雅和阿平都差。”阿平是个胖胖的敦厚女孩子，远没有小红那样爱表观自己的主意。小红说的“家里”指的是椰荫饭店。虽然是暂栖之所，却已有了它的地位、感情和评价。

“别光记住别人的坏处。要想到你们在一起，椰荫饭店这个集体是暂时的。有一天你们就要各自东西，分道扬镳。那时各奔前程干什么的都有，再见到面真的就如兄弟姐妹一样亲热啦！兄弟姐妹真的还没有一块儿闯荡过生活呢，你说是不是？那时候回忆就会美好得多。千万不要以为外面的谁都比椰荫饭店的人好，更不要意气用事投向何处。”朱毓说着动了感情。聚集在三亚的这个大陆青年团体，并不是她所见过的最出色最有作为的大陆人。可是，在这个行将瓦解的乌托邦式大家庭里，在寡言执拗的吴海嵩，以及小张、小廖、大汉等身上，有着使她动情之处，使她恋念之处。

也许是他们的幻想、漂泊和欢乐、期待，使她的灵魂从疲惫中复苏，使她感受到那失落已久的青春的欢快感，使萎缩了的人格力量重新振作起来。可爱的年轻人，谁见了他们，听了他们的心声，谁就会想同他们一起再次度过青春。

“早二十年，不，早十年我就会和他们一样来开排档，擦皮鞋的。”朱毓曾不止一次在心里说。

“反正将来我要有了好工作，肯定不会忘记他们的。其实，原来他们对我都挺好的。廖沁他们都挺喜欢我。吴大哥上那儿去也爱带着我，还常常问我的主意。就是从推荐陈若雅当公关小姐起，他们知道我也想去，就开始取笑我。吴大哥当面就这样说，贬低我。我不服气，顶了他几句。难道公关小姐就是要选美？再说美的标准也不是一个。我不信我就是不如陈若雅。当时，陈若雅不想干，而我想干，他们就认为我太那个……”小红的脸已擦得干干净净。薄薄两片嘴皮子又“嗒嗒”地讲个没完。那是一个好强的女孩子的自述。朱毓惊讶地发现她对自己自视很高。她有一股要和谁比试比试的锐气。

“他们还说我心比天高，呜！”泪水忽然又夺眶而出，显然是一句伤心的话，“呜！命有纸薄。我就不信我的命有纸薄！”

朱毓大笑起来：“他们乱说，乱用《红楼梦》上的话。我看能闯到海南来的女孩就不会命薄。能闯到这儿来的人都是敢追求敢选择的。只有等待命运赐予的人，才谈得上‘命薄’。”

古典主义的幽灵，也在这现代浪潮中沉浮。各种观念真是古旧。

朱毓正视着小红，说：“其实，我觉得，那个去找石老板谋工作的女孩很可爱，有一股纯洁的勇气。我相信她日后一定会成功的。我祝她成功!”

小红的脸一下子红了。她垂了头，低声说：“我也不认为我有什么错。”她又仰起头，“可是他们觉得好像我干了大丑事一样。我没法在椰荫饭店再待下去。其实，现在离开椰荫饭店，我也不知道该去哪儿。有一个广州人很喜欢我，叫我和他一块儿去办舞厅。”

“办什么舞厅?”

“就是承包三亚的一个餐厅，夜里当舞场用。可是……”

“‘可是’什么?”

“可是他说他喜欢我，他总想吻我。我怕我保护不了自己。”小红说话中竟那么老练。

阳光灿烂，洒在东窗。

“我们游泳去吧！去大东海。”朱毓来了兴致。

小红立刻同意了：“朱大姐，我真没找错人。我感觉出，你会理解我的。”

“是吗？谢谢你了。看来你还是有公关才能。”朱毓微笑着说。

小红也笑了。

她们下楼去，奔赴海滩。